Briefe eines unbekannten Soldaten

Achim Kuhlmann

Roman

EDITION OCTOPUS

Achim Kuhlmann, »Briefe eines unbekannten Soldaten«

Satz: Benjamin Kleine
Umschlaggestaltung: Benjamin Kleine
Umschlagfoto: Achim Kuhlmann
Druck und Einband: MV-Verlag

ISBN 978-3-86582-979-5

Über den Autor

Achim Kuhlmann ist in Werther aufgewachsen. Er studierte Germanistik und Sonderpädagogik in Bremen. Mittlerweile arbeitet er als Lehrer an der Peter-Korschak-Schule in Halle/ Westfalen. Über seinen Roman sagt er: „Heinrich Altmann könnte mein Vater sein. Die vielen Erlebnisse, die Personen, die Orte des Geschehens ... Aber *nein*, Heinrich Altmann ist nicht mein Vater. Ich habe ihm nur sein Gesicht geliehen. Heinrich Altmann ist ein unbekannter Soldat. Einer von so unendlich vielen, die Leid und Elend ertragen mussten. Vielleicht war er einer von denen, die tief in ihrem Herzen den Krieg verflucht haben. Wie sehr hätte ich ihm gewünscht, dass er mit Johanna glücklich geworden wäre.“

Für meinen Vater, von dem ich
nicht weiß, ob er in seinem Herzen
nicht doch so war, wie ich ihn mir
gewünscht habe.

Prolog
Berlin, Juli 1945

Es war, als erwachte er aus einem Traum. Jahre, die zusammenklebten, wie ein einziger Tag. Grau in grau. In seinem Inneren suchte er nach Erinnerungen, nach etwas, an dem er sich festhalten und orientieren konnte und tatsächlich fanden seine Gedanken diesen Tag, diesen einen Tag. So als brächte dieser einzige Tag den Sonnenschein in sein Herz zurück. Doch immer wieder überlagerten Wolken diesen Sonnenschein. Dunkle, schwere Wolken, in denen er nichts erkennen konnte. Aus denen es regnete und die mit Wind, Sturm, Hagel und Schnee einfach nicht weiterziehen wollten. Er hatte all dies erlebt, es war kein Traum. Er hatte gefroren, hatte gesehen, wie andere leblos im Schnee liegen geblieben waren, hatte es vor Hitze und Schwüle nicht ausgehalten.

Neben ihm dröhnte jetzt der Dieselmotor eines Lastkraftwagens. Er war Schlimmeres gewohnt. Das Krachen unzähliger Granaten, die ohrenbetäubend und nicht enden wollend die Rohre der Kanonen verließen, das Einschlagen und Explodieren. Die Schreie und das Rufen irgendwelcher Befehle. Das Rasseln der Ketten von Panzern, der Gestank von Pulver, Benzin und Gasen, die Bilder von Blut und Leichen. Aus der Lethargie erwacht, schaute er hoch in den Himmel. Die Sonne strahlte und er musste sich die Hand vor die Augen halten, um nicht geblendet zu werden. Sie strahlte genauso, wie sie es schon damals getan hatte, damals, 1941. Das Jahr, in dem dieser eine Tag seinem Leben eine Hoffnung gegeben hatte.

Er war wieder in Berlin, doch dieses Mal sah alles ganz anders aus. Nichts erinnerte an die glorreiche Zeit von 1936, keine Fahnen, keine geschmückten Häuser, keine Musik, die durch die Straßen schallte und das Gefühl von Macht und Stärke verlieh, keine Menschen, die wohlgenährt und schick gekleidet lachten und scherzten und auch kein geschäftiges Treiben, das den Mittelpunkt einer blühenden Metropole anzeigte. Nichts erinnerte an die Parolen wie „Räder müssen rollen für den Sieg!“, an die Fahnen mit den Hakenkreuzen. Soldaten gab es heute wie damals in den Straßen, doch deren Uniform war heute eine andere als die, die er sechs Jahre tagaus tagein gesehen hatte. Die Befehle, die sie sich zuriefen, klangen englisch und russisch. Er verstand davon kein Wort und wollte davon auch gar nichts verstehen. Befehle hatte er genug gehört, verstanden und ausgeführt in den letzten sechs Jahren.

Den Lehrter Bahnhof, an dem er auch damals angekommen war, gab es eigentlich gar nicht mehr. Wie viele Bomben mussten ihn getroffen haben, damit der Rest des Gebäudes so aussah, wie er jetzt dastand? Jämmerlich! Wie ein Haufen Elend, bemitleidenswert. Aber wer bemitleidete eigentlich ihn? Er stand auf dem Vorplatz und blickte sich um Richtung Friedrichstraße, eine U-Bahn würde er vergeblich suchen. Die größeren Straßen waren freigeräumt, soweit es möglich war und hier und da fuhr sogar ein Auto. Wer konnte sich in diesen Zeiten ein Auto leisten, wer hatte es geschafft, sein Auto durch diese Zeiten zu retten und woher bekam er das Benzin, um damit zu fahren? Wie viele Einsatzbefehle konnten nicht ausgeführt werden, weil es kein Benzin gab? Benzinmangel war das große Problem der deutschen Wehrmacht in den letzten Jahren gewesen. Es war, als ginge er über einen Teppich von Staub. Es knirschte unter seinen Stiefeln, die nicht nur dreckig, sondern auch zerschlissen waren. Seine Schuhe. Immer waren seine Schuhe kaputt gewesen.

Er sah die Straße entlang. Frauen mit Kopftüchern standen auf den Trümmerfeldern und reichten sich die Steine in einer Kette weiter, um sie dann irgendwo zu stapeln. Es war das Klopfen der Hämmer, das am Ende jeder Kette zu hören war, mit denen sie den Mörtel von den Steinen abschlugen. Wohin sollte man mit all dem Schutt, mit all den zerstörten Teilen, die einmal zu einem Haus gehört hatten? Was noch zu gebrauchen war,

wurde aussortiert, Holzbalken, Türen, Möbelreste, und wenn es auch nur noch für Brennholz gut genug war. Das war Männerarbeit, aber Männer waren kaum zu sehen, Männer, die so jung waren wie er. Höchstens sah man Alte und Verkrüppelte oder Jungs, die noch vor kurzem in der HJ marschiert waren. Die Männer waren gefallen.
Er hatte diesen Begriff nie gemocht. Gefallen, was hieß das? Waren sie denn nur gestolpert, hatten sich das Knie geschrammt? Wie viele Gefallene hatte er gesehen? Er hatte sie nicht gezählt. Er hatte diese Gefallenen begraben müssen, es fehlten ihnen Gliedmaßen, sie waren blutüberströmt, ihre Augen angstvoll weit aufgerissen. Eben noch waren sie gesund, hatten sich gegenseitig geholfen und dann hatte das Schicksal genau sie ausgesucht. Sie und nicht ihn. Gefallen für den Führer, für das Reich, für Großdeutschland. Es gab Zeiten, da hatte er an die Ideale geglaubt. Er selbst hatte wie alle anderen geschworen, für die Ideale sein Leben zu geben. Lange Zeit wäre es ihm nicht in den Sinn gekommen, irgendetwas daran infrage zu stellen. Er war marschiert für Deutschland, hatte gekämpft für Deutschland und wäre sogar gestorben für Deutschland. Wann hatte er eigentlich aufgehört, an die Ideale zu glauben? An was glaubte er überhaupt noch?
Just in diesem Moment fuhr ein Lastwagen an ihm vorbei. Beladen war er mit Kadavern von Schweinen und Kühen und zog einen bestialischen Gestank hinter sich her. Im selben Augenblick spürte und sah er den Zug von Abertausenden schwarzer, dicker Fliegen, die dem Gestank folgten. Wahrscheinlich gab es aber auch für diese tierischen Reste noch menschliche Abnehmer, die aus den Knochen eine Suppe kochen und ihren Hunger stillen würden.
Er war zurück in Berlin, der Hauptstadt, die nun in Trümmern lag. Es gab keinen Führer mehr, auf den man seine Hoffnung bauen konnte. „Der Führer wird's schon richten!“ Es war so leicht, die Verantwortung für sein Handeln abzugeben. „Führer

befiehl, wir folgen!“ Jetzt gab es nur noch den kleinen Funken Hoffnung, in diesen Trümmern das eigene Glück zu finden. Aber es war eben nur Glück, denn etwas ändern konnte man nun nicht mehr.

An der Wilhelmstraße überquerte er die Spree. Es stank geradezu bestialisch und eine dunkle Ahnung mischte sich in seine Gedanken. Er schaute über das Geländer. Der Gestank kam von den verwesenden Leichen in der Spree, die aufgeblasen und vollgesogen im Wasser lagen. Konnte denn niemand dafür sorgen, dass auch diese Menschen unter die Erde kamen? Er schaute auf den Pariser Platz mit dem Brandenburger Tor. Von dem stark beschädigten Denkmal hingen die traurigen Fetzen des ehemaligen Siegeswagens. Dies war einmal der Stolz der Berliner und der Deutschen gewesen. Wehte da oben nicht die Fahne der Bolschewisten? Zu beiden Seiten der Charlottenburger Chaussee standen die zerschossenen, alten Bäume mit ihrem spärlichen Grün wie stumme Zeugen und gewährten einen Blick auf den riesigen Trümmerblock des Reichstagsgebäudes. Auch dieser wuchtige Bau hatte reichlich Treffer abbekommen. Er wirkte hohl und ausgebrannt. Rechts und links des Weges lagen zerschossene Autos, die sich überschlagen hatten, als sie die tödlichen Einschüsse von Maschinengewehren und Granaten erhielten. Heinrich ging die Friedrichstraße weiter Richtung Hallesches Tor. Er wusste, wohin er wollte. Was er dort finden würde, wusste er nicht.

Kapitel 1
Werther, 1926

Wieder rumpelte der Wagen durch ein Schlagloch und Elisabeth verlor beinahe den Halt auf der schweren Truhe. Mit beiden Händen klammerte sie sich an die Bretter, die ihr Vater zwischen die Ladewand und die Truhe gesteckt hatte, damit nichts vom Wagen herunterfallen konnte.
„Man muss sich schon gut festhalten können, wenn man Kutsche fahren will. Aber du bist eben nur ein Mädchen“, grinste Heinrich. „Mädchen können das nicht. Kutsche fahren ist nur was für Jungs!“
Heinrich hatte es sich auf den weichen Säcken bequem gemacht. Es saß tief genug, sodass er sich problemlos am Eichenschrank abstützen konnte und so machten ihm die Schlaglöcher nichts aus.
„Du hast dir ja auch gleich den besten Platz ausgesucht“, entgegnete Elisabeth. „Natürlich können Mädchen auch Kutsche fahren!“
Elisabeth streckte Heinrich die Zunge heraus und prompt bekam sie von Heinrich einen Schubs, so dass sie beinahe wieder von der Truhe gerutscht wäre.
Der Wagen holperte weiter über die Landstraße. Kurz hinter Jöllenbeck war das Kopfsteinpflaster in eine staubige Schotterpiste übergegangen und nun tauchten die Räder immer wieder in die Schlaglöcher ein. Sie hatten die Wassermühle in Deppendorf bereits passiert und waren noch etwa drei Kilometer von Werther entfernt. Zu beiden Seiten der Straße zogen sich hügelige Felder, Wiesen und kleine Waldstücke am Fuße des Osnings hin.
Gottlob hatte es seit Tagen nicht geregnet und auch heute war es sonnig, sodass nicht zu befürchten war, dass der Wagen im Matsch stecken blieb oder die Möbel und Kisten nass wurden. Die beiden großen, massigen Pferde, die auch einen Brauerei-

wagen hätten ziehen können, kamen dennoch nur langsam voran.

„Wo hast du eigentlich deine Schuhe?" fragte Elisabeth und sah lachend auf Heinrichs nackte Füße.

„Hab' ich zu Hause gelassen, ist ja heute warm genug", antwortete Heinrich.

„Du und deine Schuhe", lachte Elisabeth. „Hat Vater eigentlich schon gesehen, dass sie vom Fußballspielen wieder kaputt sind?"

Elisabeth wusste, dass sie den vorlauten, jüngeren Bruder damit in die Defensive drängen konnte.

Heinrich wurde nun verlegen. „Sag's ihm bloß nicht, bitte Elli! Das gibt sonst wieder Ärger. Mutter hat doch kein Geld für den Schuster."

Fordernd schaute Elisabeth zu Heinrich und rutschte neben ihn auf die weichen Säcke: „Aber nur, wenn ich auf der Rückfahrt vorne auf dem Kutschbock sitzen darf!"

Heinrich und Elisabeth hatten vom Vater den Vorzug bekommen beim Umzug von Jöllenbeck nach Werther mitfahren zu dürfen, weil sie die beiden ältesten Kinder waren und helfen konnten. Für sie war die Fahrt auf dem Pferdefuhrwerk nach Werther ein echtes Abenteuer.

„Abgemacht!" Widerwillig nickte Heinrich seiner Schwester zu, drehte sich kurz nach vorn, um zu sehen, ob der Vater auch wirklich nichts mitbekommen hatte.

Der Pferdewagen, der normalerweise Strohballen, Säcke voller Kartoffeln oder Rüben, Bretter oder ähnliches transportierte, war heute voll gepackt mit Möbeln, Koffern, Kisten und Säkken mit Wäsche. Hermann Altmann, der Vater von Heinrich und Elisabeth, hatte den Fuhrunternehmer und Kleinbauern Gustav Tönsmeise, der oft Gast in Hermanns „Altem Dorfkrug" in Jöllenbeck war, für den Umzug angeheuert. Der Fuhrunternehmer wollte auf seinem Wagen die Möbel von Jöllenbeck nach Werther mitnehmen, wenn er sowieso wieder einmal dorthin musste. Gustav Tönsmeise würde seinen Lohn in Bier erhalten. Aber bei einem Bier würde es nicht bleiben. Hermann Altmann kannte das. 1923, als die Wirtschaftkrise auch die kleinen Dörfer und Städte in Westfalen erreicht hatte und kaum jemand noch lohnabhängige Arbeit fand, war es schlimm gewesen. Wie oft waren die Knechte und Landarbeiter, die keinen Lohn mehr vom Bauern erhielten, die arbeitslosen Ziegelbrenner, die zuvor noch Arbeit in Bültmanns Ziegelei hatten, oder die arbeitslosen Schlosser von Konsemüllers Schraubenfabrik erfolglos von der Arbeitssuche abends zu ihm in seine Kneipe gekommen, hatten ein Bier nach dem nächsten bestellt, um dann anschließend betrunken ihre Hosentaschen nach außen zu ziehen und ein bedauerndes „Hermann, kannste das noch mal anschreiben?“ hervorzubringen? Sollte er seine Stammgäste rauswerfen? Freilich, er kannte „seine Pappenheimer“. Er wusste schon recht genau, bei wem auch auf Dauer nichts zu erwarten war. Deren Ansinnen auf kostenlose Getränke schob er dann schnell einen Riegel vor. Da konnte Hermann Altmann sehr ungemütlich werden.

Auf dem Höhepunkt der Krise 1923 hatte er gar keine Geldscheine mehr angenommen. Zwar war die Situation in Jöllenbeck nicht mit Berlin, Hamburg oder Köln zu vergleichen, wo eine Millionen Reichsmark morgen vielleicht schon nichts mehr wert sein konnte. In dieser Zeit hatte man auf dem Land sowieso in Naturalien bezahlt. Ein Stück Wurst oder ein paar Eier für ein, zwei oder drei Bier und einen Schnaps. Doch auch diese Währung war knapp geworden. Wenn Gäste in seine Wirtschaft kamen, dann musste Hermann schon aufpassen, dass er Einnahmen machte. Seine Frau Grete hatte er ebenso oft angewiesen nicht zu freigiebig zu sein. Mittlerweile hatte sich die Wirtschaftslage schon wieder etwas beruhigt, wenngleich die Zeiten auch heute, 1926, alles andere als rosig waren. Maschinenbaufirmen wie Dürkopp oder Dickertmann stellten seit einiger Zeit wieder Arbeiter ein und natürlich versuchte jeder Arbeitslose so eine begehrte Stelle zu bekommen. War erst wieder etwas Geld in den Taschen der Arbeiter, dann war es auch schnell in der Kasse des Wirtes. Außerdem hatten sich in den letzten Jahren immer mehr Arbeitervereine gegründet, in denen entweder Sport getrieben, gesungen, Tauben gezüchtet, Kleingärten bewirtschaftet oder auch über Politik gestritten wurde. Jede Versammlung, jede Veranstaltung, jede Demonstration, jedes Volksfest endete stets damit, dass man noch auf ein Bier in eine Schankwirtschaft ging. Bei schönem Wetter fuhr man mit dem Rad von Bielefeld schon einmal ins Grüne nach Jöllenbeck, in die Senne, oder nach Deppendorf. Davon profitierten kleine Kneipen, wie die von Hermann Altmann, nun wieder zunehmend.

Hermann Altmann betrieb die Schankwirtschaft im „Alten Dorfkrug“ seit nunmehr fast zehn Jahren. Die Pacht lief in einem halben Jahr aus und sollte nicht verlängert werden. Er hatte von einem Gast gehört, dass an der Endstation der Kleinbahn von Bielefeld nach Werther die Bahnhofsschänke zu verpachten sei. Schon am nächsten Tag war er mit dem Fahrrad die knapp acht Kilometer von Jöllenbeck nach Werther gefahren, um den Vertrag auszuhandeln. Dass die Gaststätte in Werther kleiner war als die in Jöllenbeck, sollte kein Nachteil sein. Im Gegenteil: Seitdem seine Frau Grete das vierte Kind bekommen hatte, konnte sie die anfallenden Arbeiten kaum noch schaffen. Eine Aushilfskraft kam überhaupt nicht infrage. Dafür warf die Gaststätte nicht genug ab. Unglücklich war nur, dass man die Bedingung stellte, er solle die Pacht schon zum 1. Juni antreten und das, obwohl die alte Pacht in Jöllenbeck erst zum 31. Oktober endete. Solange musste beides bewirtschaftet werden, Jöllenbeck und Werther. Grete sollte allein mit den Kindern in Jöllenbeck bleiben, während er selbst in Werther schon die ersten Gäste bewirten wollte.

Hermann Altmann war ein sparsamer Mensch. Sparsam in jeglicher Hinsicht. Wo und wann immer es nur irgend möglich war, hielt er das Geld zusammen, legte es auf die hohe Kante, brachte es zur Sparkasse und stopfte es sogar in einen Sparstrumpf, den er streng verborgen hielt. Sparsam ging er aber auch mit Worten und Gesten um, von Gefühlen ganz zu schweigen. Was nicht unbedingt gesagt werden musste, fand auch keinen weiteren Ausdruck. Gesagt werden mussten vor allem Anweisungen, die man als Befehl zu verstehen hatte, kurz, bündig und unmissverständlich. Gefühle auszudrücken hatte Hermann nicht gelernt. „Gefühlsduselei“ war etwas, das er nicht leiden konnte. Das hieß, einige Gefühle konnte Hermann sehr wohl ausdrücken, nämlich jene der Wut und des Ärgers. Diese Gefühle bahnten sich bei ihm sehr schnell ihren Weg. Wütend und zornig war er seinen Kindern gegenüber. Die Kinder hatten so zu sein, wie er es anordnete, wie er es befahl. Gehorchten sie nicht, so war es seine Pflicht sie zu strafen und diese Strafe war nicht selten die körperliche Züchtigung. Ganz das Gegenteil war seine Frau Grete. Sie hatte ihre Stellung als Hauswirtschafterin in einer angesehenen Bielefelder Familie aufgegeben, weil Hermann sie so lange bedrängt hatte, doch endlich seine Frau zu werden. Hermann hatte Grete im „Alten Dorfkrug“ kennen gelernt, als ihre Herrschaft die Taufe ihres jüngsten Sohnes dort feierte. Sie war nachgiebig und verständnisvoll, konnte aber auch durchaus „ihren Mann stehen“. Heinrich, ihrem Ältesten, gelang es immer wieder, seine Mutter um den Finger zu wickeln. Er wusste, wen er fragen musste, wenn er etwas erreichen wollte. Wenn er etwas angestellt hatte, dann war es besser, es der Mutter zu beichten und darauf zu hoffen, sie möge es dem Vater schonend beibringen.

Hermann und Grete hatten vier Kinder. Heinrich, der älteste Junge, sechs Jahre alt, sollte in Werther zur Schule gehen. Elisabeth, die älteste Tochter, war mit acht Jahren schon in einem Alter, in dem sie richtig mit anfassen und helfen musste. Walter war nun drei und aus dem Gröbsten heraus, während Lotte mal gerade ein Jahr alt war und noch nicht laufen konnte. Grete

hatte vor ein paar Monaten mit dem Stillen aufgehört.
Heinrich musterte noch einmal die Fracht. Der Wagen war wirklich voll bepackt. Seine Mutter hatte nur das Nötigste an Möbeln dabehalten, um den Schankbetrieb noch eine Weile weiter betreiben zu können.
„Wie wollt ihr das denn nun machen?“ Gustav Tönsmeise, der Fuhrunternehmer, der vorn neben Hermann die Zügel locker in der Hand hielt, machte ein fragendes Gesicht und zog an seiner Pfeife.
„Willst du Grete mit den Kindern ganz allein in Jöllenbeck lassen? Ich mein’, die Kneipe macht ja schon so genug Arbeit und dann noch die Blagen am Rockzipfel? Wann willst du denn in Werther aufmachen?“
Hermann hob kurz die Schultern und wandte den Kopf zur Seite. „Nächste Woche muss der Laden laufen, das hab’ ich der Bahngesellschaft zugesagt.“ Seine Antworten kamen stockend. „Ich muss schon jetzt die Pacht bezahlen. Die Getränke werden übermorgen geliefert.“ Wieder machte er eine Pause.
„Grete wird das in Jöllenbeck schon schaffen. Ist ja nur noch für ein paar Monate.“
Gustav spuckte auf die Straße. „Na ja, das soll wohl gehen. Und die Lütten, was macht ihr mit denen?“
„Walter ist drei. Und Lotte... Ich hab letzte Woche mal mit Gretes Schwester Else in Halle gesprochen. Else und Paul haben keine Kinder. Lotte kommt zu Else und Paul nach Halle.“
„Wie meinst du das, willst du sie ganz weggeben?“ fragte Gustav und drehte sich abrupt zu Hermann.
„Was sollen wir denn machen. Grete schafft die Arbeit kaum noch. Einen Esser weniger in diesen Zeiten... Und bei Else und Paul in Halle hat Lotte es gut. Paul ist bei Kisker auf dem Büro und Else hat einen Narren an Lotte gefressen. Bei Else ist die Kleine gut aufgehoben.“ Hermann starrte vor sich hin. Gustav nickte und zog an seiner Pfeife. „Is’ wohl besser so.“
Heinrich und Elli hatten das Gespräch der Erwachsenen mit

angehört und es traf sie wie ein Blitz aus heiterem Himmel. Hatten sie richtig verstanden? Lotte sollte weg? Das war doch undenkbar. Warum? Warum sollte Lotte weg? War sie böse gewesen? Aber sie war doch erst ein Jahr alt.
„Hast du das gehört?“ Elisabeth flüsterte geradezu angstvoll. „Lotte soll weg?“
Heinrich zog die Schultern hoch und schaute ebenso angstvoll zu seiner Schwester herüber.
„Vielleicht ist es, weil *wir* so oft frech waren. Mutter schafft die Arbeit kaum noch, hat Vater gesagt. Vielleicht haben wir die Schuld. Wir hätten mehr helfen sollen.“
„Aber warum denn Lotte? Sie ist doch noch so klein! Glaubst du, wir müssen auch weg, wenn wir wieder frech sind?“
Heinrich schüttelte den Kopf. „Wohin denn? Onkel Paul und Tante Else haben dann doch schon Lotte.“
Heinrich und Elli verstanden die Welt nicht mehr. Nie im Leben hätten sie sich getraut, den Vater zu fragen, warum Lotte zu Tante Else und Onkel Paul gegeben wurde.
Mittlerweile hatte der Wagen in Werther die Schlossstraße erreicht. Kurz nach dem alten Herrenhaus, dem „Werther Schloss“, wie man in Werther sagte, begann wieder das Kopfsteinpflaster. Die beschlagenen Hufe der Pferde sowie das Rumpeln der eisenbeschlagenen Wagenräder waren nun laut zu hören. Das Herrenhaus hatte vor längerer Zeit die jüdische Familie Weinberg gekauft und seitdem wurden dort Zigarren hergestellt, gelagert und vertrieben. Von Weitem war bereits der Kirchturm von St. Jacobi zu sehen. Es war Samstagnachmittag und nur wenige Menschen waren in der ländlichen Kleinstadt unterwegs. Hier und da spielten ein paar Kinder, die beim Vorüberfahren der Kutsche im Spiel anhielten, um zu sehen, was sich hier tat. Kaum hatten sie erkannt, dass sich auf dem hinteren Teil zwei Kinder aufhielten, streckten sie den beiden die Zunge heraus und liefen ein Stück hinter dem Wagen her. Heinrich und Elisabeth taten von ihrem sicheren Platz

auf dem Wagen natürlich das ihre, um die Kinder auf der Straße zu provozieren. Immer wieder versuchte ein Kind sich am Wagen festzuhalten, um ein Stück mitfahren zu können.
Sie passierten das kaiserliche Postgebäude. Über dem großen preußischen Adler an der Wand erhob sich ein kleiner Turm, in dem die Telegraphendrähte zusammenliefen und das kleine Werther mit der großen weiten Welt verbanden. Auf der Ravensberger Straße musste Gustav Tönsmeise in Höhe des Fachwerkhauses eines Schustergeschäfts einem entgegenkommenden Automobil ausweichen. Vor der Adlerapotheke bog Gustav Tönsmeise mit dem Wagen in die Bahnhofstraße ein. Gleich links hinter der Apotheke befand sich die Synagoge der kleinen jüdischen Gemeinde von Werther. Dieses Gebäude war nicht sehr groß und auch recht schmucklos, man konnte jedoch den Davidsstern am Eingang deutlich erkennen. Außerdem zeugten die großen Bogenfenster davon, dass es sich hier nicht um ein gewöhnliches Wohnhaus handeln konnte. In Werther lebten etwa 20 jüdische Familien.
Nach etwa hundert Metern hielt Gustav Tönsmeise die Pferde an. „So Hermann, da wären wir. Willst du von vorne oder von hinten die Sachen reinbringen?“
Hermann stemmte die Hände in die Hüften und richtete sich etwas auf. „Fahr man von hinten ran“, gab er zur Antwort.
Vor ihnen lagen die Bahnhofgaststätte und der Bahnhof. Die Gaststätte war aus roten Klinkersteinen gebaut und hatte ein Erdgeschoss, einen 1. Stock und ein paar Dachräume. Links neben der Gaststätte schloss sich in einer Länge von etwa 20 Metern ein erstes Lagerhaus an. Das Lagerhaus war im Fachwerkstil errichtet, deren Fächer Mauerwerk aus demselben roten Klinker hatte wie das Hauptgebäude. Auf der gegenüberliegenden Seite des Lagerhauses und der Gaststätte befanden sich der Bahnsteig und die Gleise. Kurz bevor die Schienen den Bahnhofsbereich erreichten, teilten sie sich in einen zweiten und einen dritten Strang und endeten jeweils vor einem

Prellbock. Im Jahre 1901 hatte die Gesellschaft den Betrieb der Kleinbahn von Bielefeld nach Werther aufgenommen und bediente seitdem dreimal täglich mit zwei bis drei Waggons der zweiten und dritten Klasse diese Strecke. Im Erdgeschoss des Haupthauses war neben der kleinen Halle mit den Warteräumen der Fahrkartenschalter, welcher zugleich das Büro des Bahnhofsvorstehers war, und nebenan befand sich die Schankstube. Die Bahnhofsanlage war zu diesem Zeitpunkt ruhig. Am Ende der Gleise befanden sich lediglich ein paar leere abgestellte Güterwaggons. Die Gaststätte hatte ihren privaten Eingang im rückwärtigen Teil, vorn von der Gleisseite her gelangte man über die Warteräume direkt in die Schankstube. Im ersten Stockwerk lagen die Wohnräume für den Pächter, insgesamt vier kleine Zimmer und die Küche. Ein Badezimmer gab es nicht. Wollte man sich waschen, so tat man das in der Küche mittels einer Zinkwanne, eines Eimers oder über dem Spülstein. Immerhin gab es im Bahnhof bereits fließend kaltes Wasser. Die Toilette befand sich außerhalb des Gebäudes, direkt in einem kleinen Anbau an der Seite und wurde auch von den Gästen mitbenutzt. Der Bahnhof verfügte über elektrischen Strom, den bei Weitem noch nicht jedes Haus in Werther hatte.

Gustav und Hermann machten sich daran, die Möbel Stück für Stück in das Haus zu tragen. Die leichteren Teile wie Säcke und kleinere Kisten konnten auch Elli und Heinrich in die Zimmer schleppen. Während Hermann schon einzelne Kisten auspackte und Herbert noch die Pferde versorgte, hatte sich vor dem Haus schon eine Schar von Kindern versammelt. Es hatte sich herum gesprochen, dass die Bahnhofskneipe wieder verpachtet war und dass die neuen Pächter angekommen waren.

„Wo kommt ihr denn weg?“ Ein Junge etwa in Heinrichs Alter, mit kurzer Hose und roten Haaren, verschränkte die Arme vor der Brust und musterte Heinrich und Elisabeth, die vor dem Haus der Horde von acht Kindern gegenüberstanden.

„Aus Jürmke“, antwortete Elli wahrheitsgemäß. „Und meine Eltern haben jetzt hier die Bahnhofsgaststätte. Aber wir ziehen erst in ein paar Monaten her.“
Jürmke nannte der Volksmund das Dorf Jöllenbeck. Der Junge ließ seine Augen auf Heinrich haften.
„Und warum seid ihr dann jetzt schon hier?“
Wieder war es Elisabeth, die antwortete: „Weil mein Vater schon nächste Woche die Gaststätte öffnet.“
Die meisten der Kinder hatten keine Schuhe an den Füßen, ihre Kleidung war zerschlissen, ihre Hosen wurden mit Hosenträgern gehalten, die Hemden waren entweder zu klein oder so groß, dass man noch hineinwachsen konnte. Aufgeschabte Knie zeugten von Spiel und Balgereien an der frischen Luft. Dem kleinsten der Jungs im Hintergrund lief die Nase und ein geräuschvolles Hochziehen seiner Triefnase durchbrach im Rhythmus von wenigen Sekunden die gespannte Stille.
„Die hörn hier nich hin!“
„Kannst du Fußball spielen?“ fragte nun ein anderer der Jungen, der unter seinem Arm einen aus Lumpen zusammengebunden Ball trug. Heinrich zögerte einen kurzen Moment. Doch Schlagfertigkeit war seine Stärke.
„Natürlich. Wenn es sein muss, dann trickse ich dich auf einem Bierdeckel aus, dass dir ganz schwindelig wird.“
Erneut entstand eine Pause, bis jemand aus der Gruppe einwarf: „Lass doch den Angeber, Friedhelm!“
Aber der Angesprochene entgegnete: „Das wollen wir ja mal sehen. Wir spielen immer auf Ransings Wiese. Kannst ja auch kommen, wenn du willst!“
Kaum hatte der Anführer das Signal gegeben, verschwand die Meute wieder mit Gebrüll. Heinrich und Elisabeth schauten verdutzt hinterher.

Kapitel 2
Werther, 1928

Es war halb acht Uhr morgens und Heinrich wartete auf seine Schwester. Er saß am Tisch in der Ecke der Schankwirtschaft und starrte nach draußen, die Hände unter sein Kinn gestützt und in Gedanken versunken. Gut zwei Jahre waren seit dem Umzug aus Jöllenbeck vergangen. Familie Altmann war in Werther heimisch geworden. Alle, bis auf Lotte. Lotte hatte den Umzug nach Werther gar nicht erst mitgemacht. Schon kurz nachdem der Vater zunächst allein den neuen Pachtvertrag angetreten war, hatten Hermann und Grete ihre jüngste Tochter zur Schwester nach Halle gegeben. Die Entscheidung hatte Hermann eigentlich allein getroffen, bei Grete hatte sie gleich bei der Abreise von Lotte große Zweifel ausgelöst. Nur einmal hatte sie versucht mit Hermann darüber zu sprechen, doch als dieser kurz und mürrisch geantwortet hatte: „Lass gut sein, Grete. Lotte hat alles in Halle, was sie braucht!“, konnte sie keine weiteren Bedenken mehr äußern. Die Kinder hatten sie einmal gefragt, warum denn Lotte weg sollte. Grete hatte geantwortet: „Vater hat es so entschieden!“ Und als Elli noch sagte: „Wir würden Lotte auch bestimmt immer etwas abgeben“, da wurde die Mutter böse und wollte nichts mehr davon hören.
Als Lotte von ihrem Onkel abgeholt worden war, waren bei Grete die Tränen nicht mehr zu halten gewesen. Sie stand in ihrem dunklen Kleid und der hellen Schürze vor dem Haus und wischte sich die Tränen aus dem Gesicht. Heinrich ahnte, warum die Mutter weinte, auch er hätte gerne geweint. Aber Jungen durften nicht weinen. Die Mutter stand da und weinte. Endlich hatte sie den Kopf nach oben genommen, sich umgedreht und die Kinder mit ins Haus genommen. Das erste, was sie wieder sagen konnte, waren Anweisungen an die Kinder.
„Elli, in der Schankstube stehen noch Gläser und Tassen, die

gewaschen werden müssen. Heinrich, der Saal muss noch gefegt werden und habe ich dir nicht gesagt, dass du Gurken aus dem Keller holen sollst. Nun steht hier nicht so herum. Marsch, an die Arbeit!“ Die Kinder hatten gespürt, dass es besser war, nicht weiter zu fragen.

Diese Erinnerungen gingen Heinrich nun durch den Kopf. Der Vater hatte dann in Werther nur die Arbeit gesehen. Arbeit ging für ihn vor Trauer, vor Grübeleien allemal. Die Arbeit half ihm, sich mit unliebsamen Gedanken auseinander setzen zu müssen. Grete war zunächst öfters in Halle gewesen. Nachdem auch sie mit Heinrich und Elli nach Werther übergesiedelt war, hatte sie sich am Wochenende das eine oder andere Mal auf den Weg gemacht, um ihre jüngste Tochter bei ihrer Schwester in Halle zu sehen. Lotte hingegen hatte die Umsiedlung erstaunlich gut verkraftet. Sie hatte ihre Tante sehr bald als neue Mutter anerkannt und schien in der neuen Umgebung recht gut klar zu kommen.

Nach etwa einem Jahr erschien es Grete, als wenn Lotte sie bei den Besuchen gar nicht mehr wahrnehmen würde, keine Anzeichen dafür gab, ihre leibliche Mutter zu vermissen. Lotte hatte sogar angefangen, „Mama“ zu ihrer Tante Else zu sagen. Grete war der kleinen Lotte im Stillen dankbar dafür, sie hatte daraufhin die Besuche in Halle reduziert, ihr schlechtes Gewissen war zunehmend beruhigt und auch ihr half die Arbeit über weitere Gedanken hinweg. Lediglich in stillen Momenten, die jedoch sehr selten waren, standen Grete Tränen in den Augen, sie wollte nicht, dass Hermann oder die Kinder sie so sahen. Manchmal schlich sich bei Heinrich eine Art Schuldgefühl ein. Hatte *er* etwas mit der Weggabe von Lotte zu tun? Heinrich blieb gar nichts anderes übrig, als die Situation so hinzunehmen, wie sie war. Besser nicht fragen, als Antworten zu bekommen, die man nicht hören wollte oder nicht verstand, denn Ehrlichkeit konnte er von seinen Eltern diesbezüglich nicht erwarten. Überhaupt war für Heinrich eine der wichtigsten Lerneinheiten: Nicht zu viel fragen, besser alles so hinnehmen, wie es kommt.

„Heinrich, was träumst du da vor dich hin? Es wird Zeit, dass ihr zur Schule kommt. Wo ist Elli?“ Der Vater riss Heinrich aus seinen Gedanken.

„Ich bin schon hier.“ Elisabeth kam aus der Küche, ihren Ranzen bereits auf dem Rücken. Während Elli ordentlich gekleidet war, waren Heinrichs Schuhe wieder einmal unauffindbar. Im Eingangsbereich schlüpfte er deshalb in seine Holzpantinen. Es wurde tatsächlich Zeit für die Schule. Obwohl der Weg nur einige hundert Meter betrug, gab es unterwegs doch so manche Ablenkung und Lehrer Mannske, von dem Heinrich unterrichtet wurde, nahm es mit der Pünktlichkeit sehr genau. Gerade noch rechtzeitig, bevor der Hausmeister die große Glocke läutete, erreichten sie das Schulgebäude. Vor der Schule traf Heinrich auf seine Freunde. Gerd Walkenhorst, der Junge, der damals den selbstgebastelten Ball mitgebracht hatte, war ein gutmütiger, etwas übergewichtiger Spielkamerad, mit dem man bestens auskam. Vor Friedhelm Reckers hingegen musste man sich mitunter schon in Acht nehmen. Friedhelm beanspruchte stets die Anführerrolle für sich. Er führte allerdings nur dann das große Wort, wenn er andere hinter sich wusste, die für ihn die Kastanien aus dem Feuer holten. Helmut Bergmann und Günther Wehmhöhner waren so zwei, die sich für diese Aufgabe anboten. Sie verzichteten allzu oft auf eine eigene Meinung in der sicheren Annahme, ein anderer werde schon die richtigen Entscheidungen treffen. An diesem Morgen herrschte Aufregung.

„Habt ihr schon gehört, am Wochenende ist Kirmes in Werther!“ rief Gerd.

„Kirmes, so richtig mit Karussell? Woher weißt du das?“

„Mein Vater hat es mir erzählt. Auf dem Platz bei Heinrich am Bahnhof.“

Kirmes war eines der wenigen Vergnügen, bei denen *sie* mehr

oder weniger die Hauptpersonen waren. Irgendwie schafften es die meisten, den Eltern ein paar Pfennige abzuluchsen, oder sie zum Mitkommen zu überreden. Die Budenbesitzer profitierten dann vor allem von ihrem kleinen Publikum.
„Na Heinrich", begrüßte Friedhelm seinen Freund mit einem nicht zu verkennenden Unterton. „Sag mal, hast du die ganzen Aufgaben auf Seite 15 gemacht, oder auch nur die ersten drei?"
Heinrich stutzte. „Wieso, Herr Mannske hat uns doch nur die ersten drei Aufgaben aufgegeben."
„Na dann kannst du dich schon jetzt auf was gefasst machen. Helmut, Günther und Wilhelm haben auch nur die ersten drei Aufgaben. Herr Mannske hat aber die ganze Seite aufgegeben."
Herr Mannske führte die Schüler in die Klasse. Er war ein Lehrer vom alten Schlag. Sein weißes Hemd war mit einer Krawatte zu einem Stehkragen hochgebunden. Darüber trug er einen dunklen Anzug, der bis zu den Oberschenkeln reichte. In seiner Westentasche steckte eine Uhr, die er bei jeder passenden und unpassenden Gelegenheit hervorzog und betrachtete. Er war ungefähr 50 Jahre alt und hatte bereits eine Glatze. Dafür zierte ein äußerst buschiger Schnurrbart seine Oberlippe. Herr Mannske bezeichnete sich selbst als streng, aber gerecht. Strenge war ein allgemein definierter Begriff, was Gerechtigkeit bedeutete, bestimmte Herr Mannske in seinem Klassenraum selbst.
Es dauerte nur bis zur dritten Stunde, bis Herr Mannske im Mathematikunterricht herausfand, dass nicht alle Kinder die Hausaufgaben so erledigt hatten, wie er es angeordnet hatte. Zumindest meinte er, dass er es so angeordnet habe. Vielleicht hatten aber auch nur einige Schüler in vorauseilendem Gehorsam mehr Aufgaben gerechnet als eigentlich angeordnet waren. Heinrich war sich sicher, dass nur die ersten drei Aufgaben zu rechnen gewesen waren, schließlich war er nicht der

einzige, der nur die ersten Aufgaben gerechnet hatte. Er fühlte sich unbedingt im Recht. Doch was Recht war, bestimmte Herr Mannske und nicht die Schüler. Alle Schüler, die nicht die ganze Seite bearbeitet hatten, mussten sich durch die engen Schulbänke nach vorne zwängen. Dort standen sie nun nebeneinander und warteten auf ihre Strafe. Heinrich wollte diese nicht hinnehmen.

„Aber Herr Mannske, Sie haben doch nur die ersten drei Aufgaben aufgegeben!“ beschwerte er sich. Das war etwas, was Herr Mannske überhaupt nicht leiden konnte. Aufsässigkeit, Widerworte, Respektlosigkeit. Herr Mannske schrie Heinrich an und verbot ihm das Wort. In aller Ruhe holte er dann den gefürchteten Rohrstock von seinem Pult und ließ die Kinder ihre Hände ausstrecken. Jeder bekam fünf Schläge auf die Handfläche und konnte so für den Rest des Tages nicht mehr schreiben. Heinrich bekam sogar noch fünf Schläge extra. Er spürte Wut und Ohnmacht. Eine himmelschreiende Ungerechtigkeit. Obendrein schaute ihn Friedhelm noch grinsend und schadenfroh an.

Nach der Schule lief Heinrich nach Hause. Er wollte sich beim Vater beschweren. Heinrich war sich sicher, sein Vater musste ihn verstehen. Er würde ihm erklären, dass Herr Mannske im Unrecht war. Man muss sich doch beschweren, wenn man genau weiß, dass einem Unrecht widerfahren ist. Und bei wem sollte man Hilfe bekommen, wenn nicht beim eigenen Vater? Doch Heinrich verkannte die Situation völlig. Kaum erreichte er den Bahnhof, da erwartete ihn schon sein Vater in der Tür.

„Herr Mannske war gerade hier. Du hast deine Aufgaben nicht gemacht und auch noch freche Widerworte gegeben!“

Heinrich kam überhaupt nicht dazu, seinem Vater irgendetwas zu erklären. Kaum waren die Schmerzen in der Hand verklungen, erhielt Heinrich eine zweite Tracht Prügel von seinem Vater, wurde in sein Zimmer geschickt und bekam Hausarrest für den Rest der Woche. Und das ausgerechnet zur Kirmes. Die Welt war ungerecht.

Die Tage bis zum Wochenende vergingen. Natürlich war Heinrich trotz seines Hausarrestes von seinen Aufgaben im Bahnhof nicht befreit. Er musste sogar noch mehr helfen als sonst. Am Donnerstagabend schaute er sehnsüchtig aus seinem Fenster auf die Schausteller, die schon angefangen hatten ihre Buden aufzubauen. Besonders das Karussell hatte es ihm angetan. Auf einer mit Brettern verdeckten runden Platte waren mehrere Holzpferde mit kleinen Kutschen angebracht. Die Holzplatte wurde im inneren Bereich von vier echten Pferden gezogen, wie in einer Rossmühle. Die echten Pferde waren also gewissermaßen der Antrieb für die Holzpferde. Eigentlich durften die kleinen Kinder nur auf den Holzpferden sitzen, wenn man es aber schaffte, den Betreiber oder den Gehilfen zu überreden, dann konnte man vielleicht sogar auf einem der echten Ponys mitreiten. Heinrich seufzte, in ihm reifte ein Plan. Bei seinem Vater brauchte er gar nicht erst zu fragen, aber seine Mutter.
Der Freitag war der erste Tag, an dem die Kirmes stattfand. Gleich nach der Schule half Heinrich im Haus, wo immer er nur konnte. Dabei verpasste er keine Gelegenheit, um vor allem der Mutter zu beweisen, dass er emsig und fleißig war. Gab es Gegenstände in den Keller zu tragen, so lief er demonstrativ durch die Küche und kommentierte seine Arbeit: „Ich bring' das schon mal nach unten!"
Auf dem Rückweg erstattete er dann wieder der Mutter Rapport: „Ich habe im Keller die Kisten Bier nach hinten geräumt. Der Warteraum ist auch schon gefegt!"
Der Mutter blieb gar nichts anderes übrig, als Heinrichs Taten zu bemerken. Doch ganz so unbedarft, wie Heinrich sie sich wünschte, war Grete auch wieder nicht. In einer ruhigen Minute hielt sie Heinrich fest.
„Sag' mal, was ist los mit dir? Du bist heute ja so übereifrig."

Heinrich fühlte sich ertappt und wagte die Flucht nach vorne.
„Heute ist doch Kirmes und ich würd' so gerne hingehen."
Grete lachte. Natürlich hatte sie sich so etwas schon gedacht. Heinrich stand vor ihr und schaute sie mit einem Dackelblick an.
„Hast du denn überhaupt Geld?" Heinrich kramte sein Geld aus der Hosentasche. „Zwei Groschen hab' ich."
Wieder lachte die Mutter.
„So so, zwei Groschen. Na, dann komm mal her. Hier hast du noch zwei Groschen. Aber nimm Walter mit und pass mir gut auf ihn auf. Lass ihn auch mal auf dem Karussell reiten, hörst du? Und geht nicht durch die Schankstube, Vater muss es ja nicht gerade mitbekommen."
Heinrich war selig. Er hatte sein Ziel erreicht. Sein Plan war aufgegangen. Eine Stunde später schlich er sich mit Walter durch die Küche auf den Bahnhofsvorplatz. Der Vater war in der Schankstube gut beschäftigt, sodass er davon nichts mitbekam. Das Kirmespublikum bescherte auch ihm den einen oder anderen zusätzlichen Gast.
Die Kirmes war bereits in vollem Gange. Überall lärmten Kinder, teilweise wurden sie von ihren Eltern begleitet, teilweise drückten sie sich aber auch allein auf dem Platz herum. Gab es hier einen „Hau den Lukas", stand dort hinten ein Ballonverkäufer. Wieder eine Ecke weiter wurden Lose verkauft. Ein Leierkastenmann schob seinen Musikkasten über den Platz und wurde stets von einer Traube Kinder umlagert. An einem anderen Stand wurden Süßigkeiten verkauft. Die Attraktion aber war das Karussell mit den Pferden. Vor allem die Jungs waren ganz wild darauf, so nah wie möglich an den natürlichen Antrieb zu gelangen und die Pferde einmal anzufassen. Alle träumten davon, Offizier zu Pferde zu sein, so wie sie es in den Schulbüchern oder auf Wandbildern gesehen hatten. Wenn man schon nicht auf dem echten Pferd sitzen durfte, oder wenn den kleinen Kindern das echte Pferd doch „zu wild und ge-

fährlich“ erschien, so gaben sie sich auch gern mit den Holzpferden zufrieden, um dann „stolz wie ein Husar“ in die Runde zu reiten. Sofort erkannte Heinrich, dass Friedhelm es bereits geschafft hatte, dem Gehilfen am Karussell zur Seite zu stehen. Immer wieder durfte er ein echtes Pferd anfassen und vor allem dabei helfen an den Zügeln zu ziehen, wenn der Antrieb zum Stehen gebracht werden musste. Heinrich war sauer. Das sollte eigentlich seine Aufgabe sein. Darauf hatte er sich gefreut. Damit konnte man punkten. Die meisten Jungs bewunderten jemanden, der sich schon so viel traute. Aber Friedhelm war ihm zuvorgekommen. Heinrich reihte sich in die Schar derer, die am Rande standen und zuschauten. Er gab Walter den Anteil von Mutters Zuschuss und entließ ihn mit der Aufforderung, nicht gleich alles auf einmal auszugeben. Heinrich wartete. Eine, zwei, drei weitere Runden führte und stoppte Friedhelm das Pferd.
„Hallo Friedhelm. Hast du deine Mutter schon gesehen, sie sucht dich!“
„Meine Mutter? Wo denn?“
„Vorhin war sie hinten am letzten Schuppen. Ich glaub, da ist sie immer noch.“ Heinrich erschien die List nur gerecht. Es sollte doch seine Aufgabe sein, die Pferde zu bedienen. Kaum war Friedhelm ärgerlich losgezogen, um seine Mutter zu suchen, meldete Heinrich Ansprüche auf den nächsten Pferdeführer an. Tatsächlich gelang es ihm in kurzer Zeit den Gehilfen von seinen Qualitäten zu überzeugen. Friedhelm hatte seine Mutter natürlich nicht finden können und beobachtete nun seinerseits argwöhnisch seinen Stellvertreter. Nach weiteren zehn Minuten kam er mit Walter zum Karussell zurück. Walter war aufgeregt und rief Heinrich die veränderte Lage zu.
„Du sollst sofort zum Vater kommen, Heinrich. Du hast doch Hausarrest.“
Heinrich ließ die Zügel sinken. „Woher weiß Vater denn, dass wir hier sind?“

Walter schaute traurig und ein wenig ängstlich erst zu Friedhelm und dann zu Heinrich.

Tage später saß Walter auf der Rampe vorm Lagerschuppen und schnitzte an einem Stück Holz herum. Seine Aufgaben im Haushalt und in der Gaststätte begrenzten sich noch auf kleine Botengänge, auf das Fegen der Wartehalle oder auf Handreichungen für die Mutter. Völlig entspannt schaute er Heinrich beim Tragen der Bierkisten zu. Die Brauerei hatte geliefert und Heinrich sollte die vollen schweren Kisten in den Keller tragen.

„Kannst ruhig auch mal mithelfen, anstatt so faul hier rumzulungern." Aus Heinrich sprachen Neid genauso wie Ärger darüber, dass er die schwere Arbeit allein verrichten sollte. Aber Walter dachte gar nicht daran mitzuhelfen sondern schnitzte seelenruhig weiter. Stattdessen fragte er:

„Gehst du mit Mutter und Elli nachher nach Halle zu Lotte?"

„Nö, ich will noch mit Gerd, Friedhelm und den anderen spielen."

Heinrich verschwand mit einer Kiste im Keller, um kurz darauf wieder an der Rampe zu erscheinen. Walter nahm seine Fragerei erneut auf.

„Sag mal, glaubst du, dass Lotte mal wieder zurückkommt, irgendwann, meine ich?"

„Weiß nicht. Kann schon sein."

„Ist sie jetzt eigentlich gar nicht mehr unsere Schwester?"

„Wie kommst du denn darauf? Natürlich ist sie noch unsere Schwester!"

„Aber zu Tante Else sagt Lotte doch „Mama" und zu Onkel Paul sagt sie „Papa". Dann ist unsere Mutter doch gar nicht mehr ihre Mutter."

„Sie sagt doch nur Mama zu Tante Else, weil sie es nicht besser weiß. Sie ist doch noch so klein, sie versteht das nicht."

„Ich versteh' das auch nicht. Warum ist sie nicht mehr hier?"

„Weil wir zu wenig Platz haben und nicht immer genug für alle zu essen und Kleidung und so." Walter grübelte und gab sich mit der Antwort noch nicht zufrieden.
„Meinst du, dass wir dann vielleicht auch irgendwann weg müssen?"
„Ach Quatsch! Wir bleiben hier. Und jetzt frag nicht so blöd!" Heinrich schnappte sich die nächste Kiste, um sie nach unten zu transportieren. Da es heute warm genug war, erledigte er seine Aufgabe barfuß. Doch bei diesem Gang passierte das Malheur. Auf der Treppe trat er in ein Steinchen, verlor das Gleichgewicht und stürzte mitsamt der Kiste den Rest der Treppe herunter. Mehrere Flaschen zerschlugen. Und als wäre das nicht schon schlimm genug, fiel er mit den Knien in die Scherben, schnitt sich das Knie blutig und begann augenblicklich unter Tränen aufzuschreien und zu weinen. Walter sprang von der Rampe, schaute nur kurz um die Ecke die Kellertreppe herunter, um dann sofort aus der Gaststätte seinen Vater herbeizuholen. Nur wenige Augenblicke später erschien Hermann Altmann am Ort des Geschehens, musterte die Lage und stieß ein kurzes „Was ist hier los?" hervor. Doch bevor Walter oder der Tränen überströmte Heinrich ihm überhaupt antworten konnten, stürzte Hermann die Treppe herunter, riss Heinrich zunächst am Arm hoch, um ihm dann sofort am Ohr die Treppe heraufzuziehen.
„Kannst du nicht aufpassen? Weißt du, was so eine Flasche kostet?" Und mit lautem Klatschen schlug er Heinrich derart ins Gesicht, dass dieser fast erneut die Treppe hinunter gefallen wäre.
„Sofort machst du die Schweinerei hier wieder sauber!"
Nicht mit einem Wort ging der Vater auf die Verletzung von Heinrich ein, hatte kein einziges Wort des Trostes für seinen Sohn übrig. Er schaute sich das blutende Knie nicht einmal an, sondern ging schnellen Schrittes in die Gaststätte zurück, um seine Kunden weiter zu bedienen. Mittlerweile hatte auch

die Mutter die Kellertreppe erreicht. Sie kniete sich neben Heinrich, nahm ihr Taschentuch aus der Schürze und wischte das Blut von seinem Bein. Die Worte der Mutter klangen im Gegensatz zum Vater liebevoll, für Heinrich bedeuteten sie in diesem Moment unendlichen Trost.

Der Nachmittag kam und Heinrich hatte den Schmerz und die Enttäuschung des Vormittags einigermaßen überwunden. Er hatte seine Arbeiten erledigt und war froh, dass der Vater ihn jetzt nicht weiter beachtete. Es hätte doch nur weitere Aufgaben für ihn bedeutet. Mit Walter im Schlepptau machte er sich deshalb nun auf, seine Freunde zu treffen. Auf der Ravensberger Straße, der Hauptstraße, die direkt durch den kleinen Ort führte, wurde er bereits erwartet.

„Was machen wir heute? Spielen wir Fußball in Bierkamps Hof?"

Gerd Walkenhorst hatte seinen Ball aus Lumpen mitgebracht und versuchte die anderen zu einem Spiel vor dem Eingangstor der Gerberei zu überreden. Alte Fässer ergaben hier ein prächtiges Tor und am Samstagnachmittag wurden die Kinder von den Arbeitern nicht mehr verscheucht. Doch Friedhelm war heute nicht nach Fußball. „Ach nein, lass uns unten am Schwarzbach beim Schloss nach Fröschen suchen. Oder wir bauen dort eine Wassersperre."

Heinrich war es recht. Helmut und Günther stimmten ebenfalls zu, Walter und Wilhelm waren noch zu jung, um andere Vorschläge durchzusetzen. So gelangten sie kurze Zeit später an den Schwarzbach, der hier den Ort durchquert hatte und beim kleinen Schloss zu einem Teich aufgestaut war. In den Wiesen rund um das Schloss wollten sie sich schon auf Froschsuche begeben, als sie dort auf einen Mann aufmerksam wurden. Der Mann war vielleicht vierzig Jahre alt, hatte einen Vollbart, trug Holzschuhe an den Füßen, wie man sie oft von Bauern bei der Feldarbeit hier kannte und sehr einfache, abgetragene, bäuerliche Kleidung sowie einen ausladenden Hut. Er stand vor einem

Holzgestell, in der Hand hielt er ein Brett, auf dem sich unzählige vermischte Farben befanden. In der anderen Hand hatte er einen Pinsel. Das Bild, welches er auf dem Gestell malte, zeigte zwei Personen, die auf dem Feld arbeiteten. Einer trug eine Sense oder etwas Ähnliches. Die andere Person war tief gebückt und band die Kornähren zusammen. Alles war in roten, gelben und orangefarbenen Tönen gehalten. Lediglich der Himmel war tief dunkelblau.
„Was macht der denn da?" Günther war der Mann zuerst aufgefallen und voller Neugier begaben sich nun alle in die Nähe des Malers.
„Das scheint ein Künstler zu sein. Ist das nicht der Böckstiegel?" flüsterte Helmut, der den Mann zu kennen schien. Böckstiegel war in Werther kein Unbekannter. Der eine oder andere Wertheraner wusste, dass in Arrode, einer Bauernschaft, der Sohn eines Kleinbauern, der eigentlich einen anständigen Beruf erlernen sollte, nach dem Krieg endgültig Kunstmaler geworden war und es als solcher auch schon zu bescheidenen Erfolgen gebracht hatte. Man hörte von Ausstellungen. Im Sommer war dieser Künstler oft in Werther zu sehen, es zog ihn dann immer in seine Heimat, um hier die ländlichen Motive mit Ölfarben auf eine Leinwand, oder mit Kohle auf Papier zu bringen. Im Herbst ging er in die Großstadt nach Dresden, wo er angeblich ein Atelier haben sollte. Die Bevölkerung in Werther konnte so einem Menschen nichts abgewinnen. Kaum einer hatte je in Werther eines seiner Bilder gesehen, mit Ausnahme vielleicht der direkten Nachbarn, die Böckstiegel gern auf seinen Bildern verewigte. Viel gravierender war aber, man verübelte es ihm, dass er durch seine häufige Abwesenheit die bäuerliche Arbeit und Mithilfe bei seinen Eltern vernachlässigte. Zumindest stand diese Behauptung immer in Verbindung mit dem Namen Böckstiegel. Böckstiegels Frau musste in dieser Zeit die zwei Kinder versorgen und hatte genau wie die meisten Kleinbauern Probleme, die Familie satt und gesund

über die Runden zu bringen. Die Eltern und seine Frau legten dem Maler jedoch keine Steine in den Weg, wenngleich oft genug der Erlös von Bildern oder der Preis einer kleinen Auszeichnung für neue Farben und Pinsel investiert wurde.
Friedhelm ergriff das Wort. „Da kann man ja gar nichts darauf erkennen. Sind Sie ein Künstler?“
„Ob ich ein Künstler bin, müssen andere beurteilen!“ Böckstiegel ließ sich nicht beirren. Er hielt seine Palette in der linken und mischte die Farben mit der rechten Hand.
„Können Sie die Menschen denn so malen, wie sie wirklich sind, ich meine, dass man sie auch erkennt?“ Günther Wehmhöhner versuchte Friedhelm beizupflichten.
„Ich könnte schon, aber ich finde, so zeigen sie doch viel besser, wie es wirklich ist, wie mühsam und hart das Leben auf dem Lande ist. Man muss doch nicht immer alles schön darstellen, wenn es das vielleicht gar nicht ist.“
„Mein Vater sagt, Malerei ist brotlose Kunst!“ Friedhelm versuchte weiter den Maler aus der Reserve zu locken.
„So, sagt er das? Versteht dein Vater denn etwas von Kunst?“
Jetzt fühlte sich Friedhelm ertappt.
„Kommt, lasst uns Frösche suchen. Der kann ja gar nicht richtig malen.“ Friedhelm wandte sich ab und bis auf Heinrich folgten ihm die Spielgefährten. Heinrich setzte sich neben den Maler Böckstiegel ins Gras und schaute ihm zu.
„Und du, erkennst du etwas auf dem Bild?“ fragte Böckstiegel.
„Da sind zwei Menschen, die auf dem Feld arbeiten“, antwortete Heinrich.
„Das sind meine Eltern. Ich will hier draußen jetzt noch den Himmel fertig malen. Wie alt bist du, Junge?“
„Ich bin acht.“ Wie gebannt starrte Heinrich auf die Pinselstriche des Malers.
„Und was hältst du von meinem Bild?“
„Ich finde es schön bunt.“ Böckstiegel drehte sich um und lä-

chelte Heinrich an.
„So, so, dir gefällt es also." Heinrich mochte die Art des Malers. Er schaute noch eine Weile zu und lief dann zu den wartenden Freunden.

Hermann Altmann stand an der Theke und ertappte seinen Sohn erneut bei der Untätigkeit. „Heinrich, was träumst du da vor dich hin? Hast du nichts zu tun?"
Heinrich wurde unsanft aus seinen Gedanken gerissen. Abrupt drehte er sich zu seinem Vater um und fühlte sich erwischt.
„Du kannst bei Bauer Linnert Milch holen. Oder frag Mutter, ob sie noch Arbeit für dich in der Küche hat!" Der Vater sah es nicht gern, wenn Heinrich zu viel Freizeit hatte. „Müßiggang ist aller Laster Anfang!" Ein Sprichwort, dass der Vater seinem Sohn vorhielt, damit dieser nicht auf dumme Gedanken kam. Milch holen war keine unliebsame Arbeit für Heinrich. Zum einen war er dann immer eine gewisse Zeit der strengen Aufsicht seines Vater entronnen, zum anderen konnte er auf dem Weg noch bei seinen Freunden auf der Ravensberger Straße vorbeischauen, ohne dafür ein schlechtes Gewissen haben zu müssen. Vielleicht ergab sich ja eine Möglichkeit zu seinem Lieblingsspiel „Soldaten". Die Jungs träumten alle von einer großen Karriere als Offizier. Die Begriffe und Kommandos dafür kannten sie bereits. Strittig war dabei stets die Führungsrolle. Heinrich verschaffte sich durch Spielideen mehr und mehr Anerkennung, während Friedhelm hingegen die Jungs durch geschicktes Ausspielen auf seine Seite zog. Er versprach schon einmal Dinge, die er nicht halten konnte oder wendete kleine Druckmittel an, wie „Wenn du dies oder das nicht mitmachst, dann kannst du auch nicht mehr mein Adjutant sein."
Der Auftrag Milch zu holen, kam Heinrich also gerade recht. Vor einiger Zeit hatten sie auf der Werther Egge, einem kleinen Höhenzug außerhalb der Stadt, ein vortreffliches Spielgebiet entdeckt. Hier erstreckte sich ein optimales Terrain, um

der neusten Soldatenspielvariante „Erstürmen und Verteidigen von Schützengräben" nachzugehen. Eine Partei musste einen Unterstand im Dickicht verteidigen, eine andere Partei musste versuchen, diesen zu erstürmen. Heinrich schoss sofort der Gedanke durch den Kopf, diesen Nachmittag für ein Spiel zu nutzen. Er ging in die Küche, wo er auf seine Mutter und seinen Bruder traf.
„Kommst du mit Walter? Vater sagt, wir sollen noch Milch holen." Heinrich blickte seinen Bruder verheißungsvoll an. Walter war von diesem Vorschlag mehr als begeistert. Er langweilte sich in der Küche ein wenig, da niemand Zeit für ihn hatte. Ohne viel Worte gab die Mutter Heinrich ein paar Groschen und ermahnte beide nur, nicht so lange zu trödeln. Heinrich und Walter verließen die Gaststätte aus der Hintertür. Hundert Meter weiter passierten sie die jüdische Synagoge, die man von der Bahnhofstraße gut einsehen konnte, obwohl sie von Wohnhäusern umgeben war.
„Du, Heinrich, weißt du eigentlich, was Juden sind?"
Walter sah seinen Bruder fragend an. Heinrich ging schlendernd weiter und antwortete zögerlich.
„So genau weiß ich es auch nicht. Bei mir in die Klasse geht ein Mädchen, die ist Jüdin, das hat uns Herr Mannske gesagt. Aber das merkt man gar nicht. Juden sind meistens reich."
Walter gab sich mit dieser Antwort zufrieden, obwohl er nun immer noch nicht wirklich wusste, was Juden sind.
Auf der Ravensberger Straße trafen sie auf den Rest der Jungs. Ein Fußballspiel wollte nicht so recht in Gang kommen und so waren alle über Heinrichs Vorschlag in der Egge „Krieg zu spielen" sehr erfreut.
Die Milch war schnell geholt. Heinrich fiel es nicht schwer Walter zu überreden, die Kanne allein nach Hause zu tragen und dabei auf keinen Fall durch den Schankraum zu gehen, sodass ihn der Vater nicht sehen konnte. Sollte nämlich er, Heinrich, die Milch nach Hause bringen, würde er mit Sicher-

heit neue Aufgaben bekommen und aus dem Vorschlag in die Egge zu gehen, würde nichts werden. Walter könne die Kanne einfach in die Küche bringen und der Mutter gar nichts davon erzählen, dass beide Jungen noch im Wald spielen wollten. Der kleinere Walter würde leichter übersehen, sollte er dennoch zur Arbeit eingeteilt werden, so konnte man auch ohne ihn spielen. Walter erledigte seinen Auftrag mehr als zufriedenstellend. Schon nach knapp zehn Minuten erschien er ohne Kanne wieder an der Ravensberger Straße, dem „Kriegspiel“ stand nun nichts mehr im Wege.
Der Weg führte über die Haller Straße vorbei an einer Reihe von neuen Bürgerhäusern leicht bergan in die Werther Egge. Gleich rechts hinter der Villa Potthoff ging es in den Wald. Nach weiteren dreihundert Metern begann das abenteuerreichste Gelände, das sich die Jungs wünschen konnten.
Kaum hatten sie das Unterholz erreicht, begann Heinrich mit der Einteilung seines Regiments. „Gerd, du bist mein Adjutant, Walter und Helmut, ihr seid auch noch bei mir!“ „Moment mal, Helmut und Günther sind bei mir. Du kannst Willi noch bei dir haben. Wir sind diesmal mit Verteidigen dran.“ Friedhelm versuchte, die Gruppe neu zu ordnen.
„Alles ausschwärmen und dass mir jeder mit einem geeigneten Gewehr zurückkommt. Große Erdklumpen können wir als Handgranaten gebrauchen. Im Laufschritt, marsch, marsch!“ Schon bald waren alle Jungs im Wald verschwunden. Auch Heinrich brauchte noch eine Waffe. Er schlug sich etwa fünfzig Meter weiter in den unteren Teil der Egge. Doch kaum hatte er den Waldrand erreicht, blickte er in einen Abhang, an dessen Fuß sich einige merkwürdige Steinplatten befanden. In diesem Bereich war er noch nie gewesen und so war er von diesem Fund mehr als überrascht. Heinrich drehte sich um: „He, Leute, kommt mal alle her. Ich hab hier was entdeckt!“
Im Nu waren alle um Heinrich versammelt.
„Seht mal, da unten, das sieht doch aus wie ein Friedhof.“

Die Jungs starrten den Abhang herunter. In ordentlicher Formation lagen circa zehn massige Steinplatten nebeneinander auf einem kleinen Plateau. Was hier fehlte, waren lediglich Kreuze, die das Ganze als Friedhof ausgewiesen hätten. Als erster fand Günther die Sprache wieder: „Mein Vater hat gesagt, hier oben in der Egge liegen Juden begraben und deshalb sollen wir hier auch nicht spielen. Das muss die Stelle wohl sein. Was meinst ihr, sollen wir mal nachschauen?"
„Die Toten werden uns nichts mehr anhaben können", gab Friedhelm zurück. Heinrich stieg den Abhang herunter und stand vor den schweren Steinplatten. Deutlich war auf einigen der sechszackige Davidsstern zu erkennen.
„Den Stern gibt es auch unten an der jüdischen Kirche."
Friedhelm spuckte aus. „Mein Vater sagt, diesen Juden gehört schon fast alles in Werther."
Man untersuchte die Platten, doch etwas wirklich Spannendes gab es nicht zu entdecken. Die Jungs krabbelten den Abhang wieder hinauf und bereiteten sich auf die Erstürmung des Schützengrabens vor. Nachdem Heinrich seine Leute zunächst in Reih und Glied hatte aufmarschieren lassen und die Waffen inspiziert hatte, gab er Befehle, wie der Angriff zu erfolgen hätte.
„Walter, du kommst von der rechten Flanke, aber pass auf, dass du nicht in ein Trommelfeuer gerätst. Gerd, du greifst von der linken Seite her an und Willi und ich nehmen sie von vorn unter Beschuss. Wir wollen doch mal sehen, ob der Franzmann nicht die Hosen voll hat und die weiße Fahne schwenkt!"
Innerhalb kurzer Zeit ertönte eine laute Schießerei aus Kinderhälsen durch den Wald. Sobald jemand getroffen stilecht zusammen gesunken war, verstummte sein Gewehr, um aber nach wenigen Augenblicken wieder putzmunter den Angriff oder die Verteidigung fortzusetzen.
„Walter", schrie Heinrich der rechten Flanke zu, „versuch' es von oben her mit den Granaten! Auf den Baum, Walter! Vor-

wärts, der Sieg gehört uns!"
Heinrich gab seinem Bruder eindeutige Zeichen. Walter wollte sich keine Blöße geben. Er stellte sein Gewehr an die Seite und begann mit dem Erklettern des Baumes. Er hatte bereits gut zwei Meter hinter sich gebracht, als auch Friedhelm von seinem Vorhaben Wind bekam und den Befehl gab, nun ebenfalls mit Erdklumpen zu werfen. Damit hatte Walter nicht gerechnet. Zwar traf ihn keiner der Klumpen, doch in seiner Verunsicherung verlor er den Halt und stürzte den Baum hinab, wobei er mit dem Bein an einem Ast entlang schabte. Mit schmerzverzerrtem Gesicht hielt er sich das Bein und fing an zu weinen.
„He, Heinrich", rief einer der Verteidiger. „Dein Bruder ist erledigt. Wollt ihr euren Angriff aufgeben?"
Heinrich spürte plötzlich ein Gefühl, mit dem er nicht umzugehen wusste: Panik. Er fühlte sein Herz bis zum Hals schlagen, es war, als wollte in ihm etwas zerplatzen. Er hatte die Verantwortung für seinen Bruder. Auf einmal aber war Verantwortung eine Last, sie machte Angst. Als er realisierte, dass sein Bruder blutete und die Sache einen ernsten Charakter bekommen hatte, warf er seinen Stock beiseite und ergriff die Flucht. Er hörte kaum die Rufe der anderen, er rannte und rannte bis er die Haller Straße erreicht hatte. Nur einmal schaute er sich kurz um und merkte, dass ihm mittlerweile die Tränen im Gesicht herunterliefen. Er wusste, dass er sich falsch verhalten hatte. Er konnte in diesem Moment nicht sagen, was schlimmer war, dass er seinen Bruder blutend liegen gelassen, oder dass er Feigheit vor dem Feind gezeigt hatte. Der Gedanke brachte ihn noch mehr in Panik, vermischte sich mit seiner Angst und diese Mischung lies Heinrich nicht mehr er selbst sein. Erst auf der Ravensberger Straße fiel ihm auf, dass er nun eine weitere Entscheidung treffen musste, wohin er eigentlich laufen sollte. Er entschied sich für zu Hause. Durch die Hintertür in den Bahnhof, die Treppe rauf und in sein Bett. Dort zog er die Decke über seinen Kopf und weinte. Er weinte über seinen Bruder,

er weinte aber auch über sich, weil er sich so entschieden hatte, wie er es nicht hätte tun dürfen. Heinrich tat alles, um die Gedanken über das Geschehene aus seinem Kopf zu verdrängen. Er hatte alles viel schlimmer gemacht und er hatte keine Ahnung warum. So gerne hätte er nun jemanden gehabt, der ihm die Verantwortung in allen Ehren wieder abgenommen hätte, der gesagt hätte, dass doch alles gar nicht so schlimm sei. Am liebsten wäre ihm sein Vater gewesen, doch in den Gedanken an seinen Vater mischte sich erneut die Angst.

Heinrich wusste nicht, wie lange er schon so lag, vielleicht eine Stunde, vielleicht auch zwei, als endlich seine Schwester in das Zimmer kam.

„Hier oben bist du! Wir haben dich schon gesucht. Du sollst sofort zu Vater kommen." Heinrich setzte sich auf die Bettkante, während ihm immer noch die Tränen im Gesicht herunterliefen.

„Wir haben oben in der Egge gespielt. Walter hat sich verletzt und ich bin einfach weggelaufen."

„Ich weiß." In Elisabeths Stimme klang Mitleid aber auch ein wenig Schadenfreude mit.

„Walter ist von den anderen in einem Bollerwagen nach Haus gebracht worden. Mutter hat ihn schon verarztet. Und du sollst jetzt zu Vater. In deiner Haut möchte ich nicht stecken."

Heinrich wusste, was ihm blühte. Es war nicht das erste Mal, dass ihn der Vater strafte. Wenngleich er vor dem Vater in so einer Situation große Angst hatte und er alles dafür gegeben hätte, den kommenden zehn Minuten zu entrinnen, so gab es in ihm jedoch auch das merkwürdige Gefühl, dass er in diesem Fall seine Strafe verdient hatte. Konnte man sich eine Strafe verdienen, wie man eine Belohnung verdiente, wenn man eine Arbeit gut verrichtete? Er hatte seinen Bruder im Stich gelassen. Schon allein für seinen Bruder musste er das Kommende überstehen. Langsam und mit Tränen ging er die Treppe herunter. Im Schankraum waren neben dem Vater noch vier, viel-

leicht fünf Gäste, die gerade ihr Bier tranken. Den Vater störten die Zuschauer nicht im Geringsten.
„Wo seid ihr gewesen? Was ist passiert?“ Während Hermann Altmann auf die Antwort seines Sohnes gar nicht erst wartete, ging er hinter den Tresen, um sich den Weidenstock zu holen, den er für Strafen solcher Art hier aufbewahrte.
„Wir haben oben in der Egge gespielt... Walter hat sich verletzt und da bin ich...“
Weiter kam er nicht. Hermann hatte seinen Sohn am Arm gepackt und ihn mit einem Ruck über sein Knie gelegt. Immer wieder sauste der Weidenstock über Heinrichs Hinterteil. Was der Vater dabei lautstark brüllte, konnte Heinrich nicht verstehen. Zehnmal, vielleicht zwanzigmal schlug Hermann Altmann auf seinen Sohn ein, bis er endlich Heinrich von sich stieß, sich aufrichtete und sich den Gästen zuwandte. Erst jetzt konnte Heinrich wie aus der Ferne vernehmen, was sein Vater sagte: „Wie oft habe ich dem Jungen gesagt, er soll auf seinen Bruder aufpassen. Und da oben beim Judenfriedhof haben sie sowieso nichts zu suchen!“ Die Gäste murmelten nur Zustimmung und tranken weiter ihr Bier.

Kapitel 3
Werther/Bielefeld, 1934

Der Tag wollte einfach nicht enden. Am Morgen in der evangelischen Privatschule, in die Heinrich seit einem Jahr ging, waren ihm die Stunden unendlich lang vorgekommen. Heinrich wurde dort sogar in Französisch unterrichtet. Ein Fach, das ihm gut gefiel, hatte es doch etwas von der großen weiten Welt. Bonjour Madame – Au revoir Monsieur. Oui, oui. Er hatte im Unterricht etwas von Paris gehört, vom Eiffelturm, von Sacré Cœur. Irgendwann einmal wollte er dort hin. Heinrich mochte diese Sprache, wenngleich sie bei ihm noch recht hart und holperig klang. Sein Vater hatte ihn als ältesten Sohn auf der Privatschule angemeldet, damit er vor allem in der Mathematik mehr lernen sollte. Heinrich sollte im nächsten Jahr eine Lehre als Kaufmannsgehilfe beginnen. So hatte es sein Vater beschlossen, doch eine Lehrstelle hatte er für seinen Sohn bislang noch nicht gefunden. Momentan war es allerdings mehr das Schulgeld, das den Vater bedrückte. War die Volksschule noch kostenfrei gewesen, so musste er nun für die evangelische Privatschule einen monatlichen Beitrag bezahlen. Nicht nur einmal war Heinrich am Monatsanfang zur Schule geschickt worden mit der Anweisung, er solle der Lehrerin sagen, dass er das Schulgeld vergessen hätte, was Heinrich unendlich peinlich war.

Heute war der 20. April. Ausgerechnet heute gab es in der Gaststätte im Werther Bahnhof viel zu tun. Während Elli der Mutter bei der Wäsche zur Hand ging, mussten Heinrich und Walter dem Vater helfen. Hermann Altmann sah es nicht gern, wenn seine Kinder untätig herum standen und so scheuchte er sie immerzu hin und her, damit sie irgendeine Aufgabe erledigten: Tische abwischen, Gläser einsammeln und spülen, Kisten aus dem Keller holen, oder den Schankraum fegen. Dabei hatte sich Heinrich um sechs Uhr mit seinen Freunden verabredet. Heute hatte der Führer Geburtstag. In Bielefeld sollte es zu seinen Ehren nach Einbruch der Dunkelheit einen großen Fackelumzug geben, bei dem Heinrich und seine Freunde unbedingt mitmarschieren wollten. Es war bereits halb sechs und noch immer hatte der Vater irgendeine Arbeit für ihn.

„Vater, ich muss doch noch mein Hemd raussuchen und die Schuhe putzen. Ich komme noch zu spät!"

Heinrich quengelte und drängte auf Entlassung aus seiner Pflicht. Der Vater schaute nur mürrisch zur Seite und erwiderte: „Was willst du denn da? Der Hitler feiert auch ohne dich seinen Geburtstag."

„Aber unser ganzer Jungzug geht. Ich kann da nicht fehlen. Wir kriegen alle eine Fackel und dürfen mittendrin mitmarschieren."

„Ich will auch mit!" Jetzt fing auch noch Walter an.

„Nichts da, du bleibst hier. Ich glaub's dir wohl. So spät hast du nichts mehr in Bielefeld zu suchen." Hermann bekam einen Hustenanfall und achtete nicht mehr auf seinen ältesten Sohn, als dieser sich nun endgültig aus dem Schankraum schlich, während Walter ihm sehnsüchtig hinterher blickte.

Hermann Altmann war neunundfünfzig Jahre alt. Über dem weißen Hemd mit aufgekrempelten Ärmeln trug er oft eine schwarze Weste. Sein ergrautes Haar war sehr kurz geschnitten und zum Nacken hin vollständig ausrasiert. Er hatte einen buschigen Schatzbart, den er hegte und pflegte, so wie man ihn in den Dreißigerjahren oft sah. Hermann war im Wilhelminischen Kaiserreich in der Provinz Westfalen aufgewachsen und hatte von seinem Vater vor allem gelernt, dass man den Eltern, den Vorgesetzten, den Behörden, dem Lehrer, der Polizei und nicht zuletzt dem Militär gehorchen musste. Das erwartete er auch von seinen Kindern. Alles hatte seine Ordnung und die konnte nur funktionieren, wenn ein Befehl von oben nach unten weitergegeben wurde und dieser befolgt wurde, ohne dass man nach dem Warum und Wieso fragte. Deutschland, das war für ihn vor allem Preußen. Tausende von Menschen hatten 1914 „Hurra" geschrien und ihre Hüte in die Luft geworfen, als der Kaiser verkündet hatte, dass Deutschland sich gegen seine Feinde wehren müsse. Hermann hatte nicht „Hurra" geschrien und auch nicht seinen Hut in die Luft geworfen. Er selbst war auf Grund eines Lungenschadens wehrdienstuntauglich. Ständig bekam er Hustenanfälle und fühlte sich dann nicht gut.

Hermanns Kunden in der Bahnhofsschänke kamen aus fast allen Schichten und aus fast allen Parteien. Ob Bauern oder deren Knechte, ob Arbeiter oder Beamte, bei Hermann Altmann und seiner Frau Grete bekam jeder sein Bier. Bis 1933 verkehrten auch Sozialdemokraten in seiner Gastwirtschaft, nur Kommunisten waren für Hermann ein rotes Tuch, aber die schien es in Werther auch nicht zu geben. Deutschland hatte sich verändert. Nach 1933 kamen immer häufiger überzeugte Nationalsozialisten in den Bahnhof, während Kunden, die zuvor noch der SPD zugeordnet gewesen wären, mehr und mehr ausblieben, so dass man sich fragen konnte, ob es die überhaupt jemals gegeben hatte. Hermann hätten die Nazis eigentlich recht sein können, standen sie doch genauso wie sein geliebter Kaiser für Ordnung, für hartes Durchgreifen, für eisernen Willen und unbedingten Gehorsam. Aber er mochte sie nicht. Sie waren ihm zu laut, zu ungehobelt und deshalb suspekt. Vor allem, wenn Adolf Hitler im Volksempfänger zu hören war und seine Reden geradezu über den Äther schrie, so dass man kaum ein Wort verstand, war für Hermann klar, so ein Mann könne Deutschland nicht regieren. Nein, die neuen Machthaber hatten ihm zuviel verändert. Allerdings wies er keinem Braunhemd die Tür. Im Stillen hatte er immer gehofft, man würde den alten Kaiser Wilhelm zurückholen, aber nichts dergleichen war passiert.

Auch in Werther war die neue Zeit angebrochen. Für den jungen Heinrich waren die neuen Signale willkommen gewesen. Als wenn endlich das eingetroffen wäre, worauf man lange gewartet hätte. Heinrich hätte nie sagen können, worauf er gewartet hatte. Er war nun vierzehn Jahre alt und akzeptierte immer seltener die Anweisungen seines Vaters. Nicht, dass er überhaupt keine Anweisungen mehr akzeptierte, Gehorsamkeit hatte er verinnerlicht. Aber sein Vater war kein Nazi und stand der Sache skeptisch gegenüber. Schon allein deshalb waren die Ideen der Nationalsozialisten für ihn interessant. Die neuen Ideen verliehen jedem das Gefühl eines geborenen Siegers, nur mitmachen und dafür sein musste man. Politische Querelen waren überwunden, es gab nur noch eine Richtung. Der unbedingte Gehorsam hatte sich mehr noch als 1914 mit größenwahnsinnigem Selbstbewusstsein gepaart. Kriegspielen war nun Pflichtveranstaltung und jeder wollte auf der Siegerseite stehen.

Hermann mochte es nicht, dass seine Söhne sich gleich nach 1933 der neuen Bewegung anschlossen. Jungzug, Hitlerjugend! Alles war auf Adolf Hitler zugeschnitten. Und dieser Hitler hatte nicht das Format eines Kaisers. Was ihm vor allem nicht gefiel, war, dass seine Jungs mehr auf die Befehle der kaum älteren Kameradschaftsführer hörten als auf ihren Vater. Die Jungen hatten nichts anderes mehr im Kopf, als sich in der Hitlerjugend zu treffen und „Heil Hitler“ zu brüllen. Und Walter hatte auch schon damit angefangen.

„Da bist du ja endlich, wir wollten gerade ohne dich fahren.“ Friedhelm saß auf seinem Rad und grinste Heinrich an, der sich abmühte, noch rechtzeitig zu seinen Freunden zu stoßen.

„Hat dein alter Herr dich wieder nicht gehen lassen?“

„Der hatte immer noch ‘ne neue Aufgabe für mich.“

„Scheint mir fast so, als wenn dein Vater nichts davon hält, dass Deutschland endlich zu neuen Ehren kommt und in der Volksgemeinschaft fest zusammen steht.“

„Doch, doch. Es gibt eben immer viel zu tun zu Hause. Also los, worauf warten wir noch?“

Alle sechs Jungen hatten sich in ihre braunen Hemden gewor-

fen und ihr Halstuch umgebunden. Heinrich hatte es nicht mehr geschafft, seine Schuhe ordentlich zu putzen.
Der Sammelplatz für den Jungzug aus Werther und Umgebung war unterhalb der Oetkerhalle in Bielefeld. Es fing bereits an zu dämmern, als der Scharführer, der selbst erst sechzehn Jahre alt war, seinen Pimpfen endlich die Fackeln aushändigte.
„Kameraden, angetreten! Stillgestanden! Was sind wir?"
Wie aus einem Mund kam die Antwort von fünfzig Jungen, die militärisch stramm in Reih und Glied dastanden: „Pimpfe!"
„Was wollen wir werden?"
„Soldaten!"
„Unser Lied, Kameraden!"
Und ohne zu zögern sangen fünfzig Jungen aus voller Kehle:

„Hört ihr die Trommel schlagen?
Sie ruft euch allzumal!
Vorbei das bange Zagen,
Hell braust's von Tal zu Tal.
Wir sind die Hitlerjugend
Und helfen euch befrei'n,
Wir steh'n mit unserm jungen Blut
Für Volk und Heimat ein!"

Die Marschformation und der Marschweg waren eingeübt. Schon in den Wochen zuvor hatten unzählige Übungen stattgefunden. Jeder kannte seinen Platz, jeder wusste bestens, wie man richtig marschiert, im Gleichschritt, die Augen links...
Nicht weit von der Oetkerhalle entfernt wurde noch einmal angehalten. Die Fackeln wurden entzündet, weiter im Gleichschritt. Die Jungs schauten sich freudestrahlend an. Die Arme schmerzten schon vom langen ausgestreckten Halten. Die Füße und Beine machten sich bemerkbar vom Stampfen auf der Straße, doch das war ihnen egal. Sie waren dabei. Sie waren wer. Der Zug vereinigte sich mit anderen Zügen, von der

HJ, von der SA, von Zügen der Partei, von Arbeitern und von Bürgern. Ein einziges Meer von Fackeln. Fanfaren und Musikkapellen gaben den Takt vor. Die nicht enden wollende Kolonne zog um den kleinen See im Bürgerpark. Die Oetkerhalle war festlich geschmückt und mit Lichtern erhellt. Eigens zum Geburtstag des Führers war eine Projektionsfläche aufgebaut, auf der nun sein Konterfei in aller Größe zu sehen war. Ein Spektakel, das Bielefeld lange nicht erlebt hatte. Die Jungen aus Werther kamen aus dem Staunen nicht mehr heraus. Sie fühlten sich zugehörig, mittendrin. Sie kannten die vielen Menschen nicht und doch meinten sie, von guten Freunden und Kameraden umgeben zu sein. Sie fühlten sich groß und wichtig. Als nach über einer Stunde die Gruppen endlich ihre Plätze vor der Halle gefunden hatten, ergriff der Bürgermeister das Wort. Über Lautsprecher konnte man seine Worte bis weit über die Wertherstraße und bis zur Großen Kurfürstenstraße hören:
„... und so soll von heute an der Bürgerpark voller Stolz der Namen Adolf-Hitler-Park tragen."

Eine Woche später sollte wie jeden Mittwoch der Sportnachmittag für die Pimpfe stattfinden. Die zehn- bis vierzehnjährigen Jungs aus Werther trafen sich, um in ihren uniformgleichen braunen Hemden auf den Blotenberg zu marschieren und dort Geländespiele durchzuführen. Für Heinrich und seine Freunde waren dies immer besondere Nachmittage, zu denen sie gerne gingen. Sie boten Abwechslung und erneut die Bestätigung, schon ganz wichtig und fast erwachsen zu sein. Marschieren wie die Soldaten und dazu singen: „Die Fahne flattert uns voran. Wir marschieren für Hitler durch Nacht und Not, für Freiheit und Brot. Durch unsere Fäuste fällt, wer sich uns entgegenstellt." Sie glaubten, was sie sangen. Auf dem Blotenberg wurden dann Nahkämpfe geübt, jeder musste sich einen Gegner suchen, um ihn im fairen Ringkampf niederzukämpfen. Blaue Flecken und blutige Nasen waren keine Seltenheit.

„Was uns nicht umbringt, macht uns nur härter!"
Heinrich würde heute Nachmittag nicht dabei sein. Er stand im Schankraum und hatte schlechte Laune, während sein Vater sich den schwarzen Anzug aus dem Schrank holte und ihn abbürstete.
„Können wir nicht morgen auf Lehrstellensuche fahren? Ich muss doch zum Sportnachmittag. Der Gruppenführer sieht es gar nicht gerne, wenn einer fehlt."
„Die müssen sich heute mal ohne dich raufen."
Hermann Altmann hatte seine Frau für diesen Nachmittag in die Gaststätte beordert, damit er selbst mit seinem Sohn verschiedene Betriebe in Werther und Umgebung aufsuchen konnte, um sich, oder besser gesagt seinen Sohn, vorzustellen und um eine Lehrstelle vorzusprechen. In diesem Moment erschienen Friedhelm, Günther, Helmut und Gerd in der Kneipe.
„Heil Hitler, Herr Altmann!" Friedhelm grüßte mit erhobenem Arm, wie es seit 1933 bei immer mehr Deutschen zur Gewohnheit geworden war. Die anderen Jungs standen hinter Friedhelm, taten es ihm gleich und beobachteten die Szenerie. Hermann war kurz angebunden.
„Tag. Heinrich kann heute nicht."
„Aber Herr Altmann, grüßt denn so ein guter deutscher Volksgenosse? Sie wissen doch, dass wir heute unseren Nachmittag haben, wir wollen Heinrich abholen."
Friedhelm war gerade 14 Jahre alt geworden, aber er schien jeglichen Respekt gegenüber Erwachsenen, zumindest gegenüber ihm unsympathischen Erwachsenen, verloren zu haben.
„Nee, der kommt heut nicht mit. Wir sind auf Lehrstellensuche", antwortete der Vater.
„Klar, die Lehrstelle ist natürlich wichtig, Herr Altmann, aber kann man das nicht verschieben?"
„Das geht dich doch nichts an."
„Herr Altmann, Sport stählt die Muskeln, der Führer braucht kräftige Soldaten. Unser Sportnachmittag soll uns zu mutigen

Männern machen. Heinrich ist unser Kamerad.“
„Und er ist mein Sohn. So, und nun steht hier nicht im Weg herum.“
Hermann ging an die Theke, wo seine Frau ihn vertrat, und murmelte ihr ärgerlich zu: „Dieser Hitler macht uns die Jugend mit seinem Geschrei noch ganz verrückt!“
Im selben Moment bekam er einen Hustenanfall. Friedhelm und die anderen Jungen hatten allerdings noch seine abfällige Bemerkung gehört und schauten sich vielsagend an. Als Hermanns Husten vorüber war, schob er seinen Sohn an dessen Freunden vorbei nach draußen in Richtung Schuppen, wo die Fahrräder eingestellt waren. Heinrich zog im Vorbeigehen nur die Schultern hoch und machte damit eine entschuldigende Geste.
„Als erstes fahren wir zu Potthof. Vielleicht haben wir da ja schon Glück“, gab der Vater die Anweisung. Sie hatten kein Glück. Nicht beim Rohrhersteller Potthof und auch nicht in der Schraubenfabrik Drögemöller. Bei Wehmeyer konnten sie zumindest den Bürovorsteher persönlich sprechen. Aber seine Absage war deutlich.
„Tut mir Leid. Wir nehmen nur drei Lehrlinge, aber die Plätze sind schon vergeben. Über fünfzehn Jungs haben sich hier vorgestellt. Leider nichts zu machen.“
Enttäuscht zogen Hermann und Heinrich weiter. Nach zwei weiteren Absagen kam Hermann auf die Idee, ins fünf Kilometer entfernte Halle zu fahren. Dort gab es unter anderem zwei kleine Lederfabriken, die vielleicht noch eine Lehrstelle hatten. Leder! Bei dem Gedanken an dieses uninteressante Material bekam Heinrich schon Aversionen. Eisen und Stahl waren doch in dieser Zeit wichtig. Auch in Werther gab es eine kleine Gerberei, mitten in der Stadt an der Ravensberger Straße. Alles was mit Leder zu tun hatte, stank und war unangenehm. Bei Gütgemanns in Halle bekamen sie eine weitere Absage, aber bei Bergenthal an der Alleestraße, die seit neuestem Adolf-

Hitler-Straße hieß, konnten sie Hoffnung schöpfen. Herr Bergenthal persönlich ließ sie ins Büro eintreten. Von einer Firma konnte man eigentlich gar nicht sprechen. Nichts deutete auf einen Betrieb hin. Überall standen Fässer, Kisten und Gerätschaften herum, die schon länger nicht mehr benutzt wurden. Große Lederfelle wurden gestapelt und auch hier war ein beißender Gestank.
„Tja, wir haben auch schon mal bessere Zeiten erlebt. Vor fünfzehn Jahren hatten wir noch über zwanzig Leute angestellt. Heute sind es leider nur noch zwei. Und im Büro mache ich die Arbeit allein." Herr Bergenthal nahm hinter seinem großen Schreibtisch Platz.
„Ich suche eine Lehrstelle für meinen Sohn, auf dem Büro, als Kaufmannsgehilfe. Er geht auf die evangelische Privatschule in Werther. Seine Noten in Mathematik waren immer gut", ergriff Hermann Altmann sogleich das Wort.
„Das glaube ich gerne. Aber die Geschäfte gehen im Moment nicht so gut. Ich weiß gar nicht, ob ich überhaupt jemanden brauchen kann."
„Könnten Sie es nicht mit ihm versuchen? Er wird pünktlich sein und sich sicher nicht dumm anstellen." Sein Sohn wollte sich gerade mit den Fingern an der Nase reiben, als ihm sein Vater energisch auf die Hand schlug.
Herr Bergenthal musterte den Jungen und nahm sich eine Zigarre, um sie endlos lange zum Rauchen vorzubereiten. Als der erste dichte Rauch aufstieg, nickte er Heinrich einmal kurz zu und fragte völlig überraschend: „Wie viel ist ein halb mal ein halb?"
Die Frage traf Heinrich wie aus heiterem Himmel. Ein halb mal ein halb? Ein halb mal ein halb? Er schaute zu seinem Vater und merkte, dass er hier keine Hilfe erwarten konnte. Doch dann schoss es ihm durch den Kopf. Bruchrechnung, na klar. Der will mich aufs Glatteis führen. „Ein halb mal ein halb macht... ein viertel!"

Herr Bergenthal nickte zufrieden. „Wie heißt du noch gleich?"
„Heinrich Altmann!"
Fast wäre Heinrich der Gewohnheit nach aufgestanden und hätte die Hacken zusammen geschlagen. Immerhin lagen seine Hände vorschriftsmäßig an den Hosennähten.
„Hast du schon einmal auf einer Schreibmaschine geschrieben?"
Heinrich schüttelte den Kopf.
„Wirst du noch lernen. Weißt du, was Stenographie ist?"
Erneutes Kopfschütteln.
„Also, Herr Altmann", sagte Herr Bergenthal und blies weitere Rauchwolken in den Raum. „Ich schreibe Ihnen einen Vertrag und melde Ihren Sohn dann bei der Berufsschule an. Schreiben Sie mir hier doch noch den Namen und die Anschrift auf. Ich schicke Ihnen dann alles zu."
Heinrich wusste nicht, ob er sich freuen sollte. Herr Bergenthal war ihm nicht ganz geheuer. Vor allem aber störte ihn der schreckliche Geruch, der in allen Räumen der Firma wehte. Auf der anderen Seite musste er jedoch froh sein, überhaupt eine Lehrstelle gefunden zu haben. Die vielen Absagen vorher zeigten, dass es in diesen Zeiten sehr schwierig war, eine Arbeit oder eine Ausbildung zu bekommen.
Es war spät geworden. Nur mit Mühe schaffte der Vater die Rückfahrt mit dem Rad über den Osning. Immer wieder wurde er von Hustenanfällen geschüttelt und musste deshalb anhalten. Aus diesem Grund fiel es Heinrich nicht schwer, sich auf der Ravensberger Straße von seinem Vater zu verabschieden und auf den Blotenberg zu fahren in der Hoffnung, dass er seine Kameraden dort noch antreffen würde. Er kam zu spät. Die Übung war bereits beendet. Er wollte gerade nach Hause fahren, als er auf der angrenzenden Wiese den Maler Böckstiegel entdeckte. Er schob sein Fahrrad hinüber, um ihm einen Moment beim Malen zuzusehen.

„Tag, Herr Böckstiegel."
„Heißt das nicht heutzutage Heil Hitler?"
Heinrich war überrascht, diese Begrüßung ausgerechnet aus dem Munde Böckstiegels zu hören.
„Deine Freunde waren vorhin auch noch hier. Nun sind sie aber fort, haben ihre Wehrsportübung beendet."
„Wie lange sind sie denn schon weg?"
„Vielleicht eine Stunde. Ganz vorschriftsmäßig und im Gleichschritt sind sie abgezogen, nachdem sie mir fast mein Bild demoliert hätten."
„Sicher nur aus Versehen."
„Nein, nicht aus Versehen. Ganz mit Absicht. Das sei doch keine Kunst, sondern Schmiererei, hat der Gruppenführer noch gesagt, und dann haben sie mir die Staffelei einfach umgerempelt."
„Versteh' ich nicht. Warum denn das?"
„Viele Menschen scheinen den Verstand in diesen Zeiten verloren zu haben."
„Wie meinen Sie das?"
Böckstiegel ließ sich mit seiner Antwort Zeit. Ohne sich umzudrehen redete er ruhig weiter.
„Es ist gefährlich geworden anders zu sein. Wenn man nicht so ist, wie die anderen einen haben wollen, dann hat man nichts zu lachen."
„Ja wollen Sie denn nicht wie alle anderen sein? Ich meine gerade jetzt, wo der Führer uns ruft, ein neues großdeutsches Reich zu schaffen. Und wir dürfen alle mit dabei sein."
„Der Führer... Führer befiehl, wir folgen dir. Vor zwanzig Jahren sind wir dem Kaiser gefolgt. Weißt du, wo das geendet hat? Weißt du, was es heißt in einem Schützengraben zu liegen, nichts zu Essen zu haben, Angst vor Bomben und Granaten und jeden Moment raus zu müssen, um einen anderen Menschen zu töten?"
„Ja, damals. Aber jetzt wird alles besser."

„Was soll denn besser werden? Kann man jetzt besser schießen und besser Granaten werfen? Früher oder später wird es wieder einen Krieg geben und ich wünsche dir, mein Junge, dass du nicht dabei sein musst."
Jetzt war es Heinrich, der eine Pause entstehen ließ.
„Aber ich will doch dabei sein. So wie alle anderen auch."
„Im Krieg heißt es immer, der andere oder ich. Glaub mir, Krieg ist nicht schön. Ich habe es selbst erlebt. Viele Kameraden haben sich damals gefreut, als es endlich losging. „Auf nach Paris, wir sehen uns auf dem Boulevard. Mir juckt's in meiner Säbelspitze" haben sie gerufen. Wir sind aber nur bis Verdun gekommen. Und viele haben es dann nicht mehr bis nach Hause geschafft. Ich war an der Ostfront. Es ist gar nicht schön, einen Kameraden zu verlieren und noch schlimmer ist es, wenn du ihn verbluten siehst und ihm nicht helfen kannst."
„Haben Sie viele Russen erschossen?"
Böckstiegel überlegte seine Antwort.
„Weiß nicht. Hab nicht gezählt. Vielleicht habe ich aber auch schlecht gezielt und gar nicht getroffen."
Heinrich war von dieser Antwort überrascht. Er hatte bislang nur Heldenberichte aus dem Krieg gehört. Böckstiegel war der erste, der ganz anders vom Krieg erzählte.
„Unser Gruppenführer hat gesagt, dass man im Krieg zu großen Ehren kommen kann. Oder dass man wie ein Held für das Vaterland sein Leben gibt. Haben Sie keine Orden bekommen?"
„Was willst du denn mit so einem Stück Blech an der Brust anfangen? Junge, du bist doch noch so jung. Mach was aus deinem Leben."
„Unser Gruppenführer hat auch gesagt, Deutschland hätte nur wegen den Sozis den Krieg verloren, aber jetzt gibt es keine Sozis mehr. Jetzt zahlen wir es den Feinden heim."
„Es gibt keine Sozis mehr und bald gibt es überhaupt niemanden mehr, der anders ist."
Böckstiegel schien gegen all das zu sein, wofür Heinrich in

diesen Jahren schwärmte. Irgendwie schien er Heinrich ein wenig verrückt zu sein. Aber er konnte ihm, dem Maler, der so eine ruhige, ausgeglichene Art hatte, aus irgendeinem Grunde nicht böse sein. Heinrich schaute ihm noch eine Weile beim Malen zu, bevor er mit seinem Rad den Blotenberg herunter nach Hause sauste.

Ende Juni stand Hermann Altmann in seiner Gastwirtschaft und musste sich am Tresen festhalten. Ein schwerer Hustenanfall schüttelte ihn und er fühlte sich sehr schwach. Wenn er atmete, konnte man ein Rasseln in seinen Lungen hören. Wenn er hustete, hielt er sich ein Taschentuch vor den Mund und wenn er sich das Taschentuch anschließend besah, waren immer öfter rote Blutspuren zu sehen. Aber Hermann wollte nicht zum Arzt gehen. Grete hätte ihn am liebsten dorthin geschleift, doch für Hermann kam ein Arzt nicht infrage. So viel Geld für einen Quacksalber auszugeben, das ging nicht an. Er würde schon von allein wieder gesund werden. Vor der Gaststätte hielt eine Limousine. Zwei korrekt gekleidete Herren stiegen aus und betraten den Bahnhof. Es war noch früh am Morgen, im Schankraum waren keine Gäste und die Kinder waren in der Schule. Als die Herren sich vor dem Tresen postierten, kam Grete neugierig aus der Küche hinzu.
„Heil Hitler! Sind Sie Hermann Altmann?“
„Ja, der bin ich. Was kann ich für Sie tun?“
„Herr Altmann, wir sind von der Polizei. Wir haben ein paar Fragen an Sie.“
Grete schlug die Hände vor den Mund. Hermann machte ein verdutztes Gesicht.
„Haben die Kinder etwas angestellt?“
„Nein, Herr Altmann, wir sind nicht wegen Ihrer Kinder hier. Wir kommen wegen Ihnen.“
„Wegen mir? Was ist los?“
„Uns ist gemeldet worden, dass Sie über den Führer abfällige

Bemerkungen gemacht haben. So in dem Sinne: Der Führer versaut uns noch die Jugend. Stimmt das, Herr Altmann?"
Der Kommissar redete laut und eindringlich.
„Was soll ich gesagt haben? Das... das ist eine gemeine Lüge. Wer behauptet denn so etwas?"
„Das tut hier nichts zur Sache. Außerdem sollen Sie Ihrem Sohn verboten haben, an Wehrsportübungen der Hitlerjugend teilzunehmen."
„Wie kommen Sie darauf? Nein, meine beiden Söhne sind beim Jungvolk."
„Aber Sie sollen angeblich Ihrem Sohn eingeredet haben, nicht mehr an den Übungen teilzunehmen."
Hermann musste sich erneut an der Theke festhalten. Ihm wurde schwindelig. Grete eilte hinzu und stützte ihren Mann, der nun unfähig war zu antworten. An seiner Statt übernahm Grete nun das Gespräch.
„Das stimmt nicht. Das ist eine Lüge. Mein Mann ist vor ein paar Wochen mit meinem Sohn auf Lehrstellensuche gefahren. Vielleicht konnte mein Sohn deshalb einmal nicht zum Treffen vom Jungvolk. Aber mein Mann hat nie etwas Abfälliges über den Führer gesagt."
„Ich mache Sie darauf aufmerksam, dass Sie für Äußerungen solcher Art belangt werden können. Wir haben Erkundigungen über Sie eingeholt. Da Sie sich bislang nichts zuschulden haben kommen lassen, werden wir es diesmal bei einer Ermahnung bewenden lassen. Sie sollten aber in Zukunft auf Ihre Wortwahl achten, Herr Altmann. Und die Wehrsportübungen tun Ihrem Sohn nur gut. Heil Hitler."
Mit erhobenem Arm grüßten die Beamten kurz und verließen strammen Schrittes das Lokal, genauso wie sie gekommen waren. Grete führte ihren Mann an einen Tisch und ließ ihn sich setzen. Rasch holte sie ein Glas Wasser. Hermann saß da, stütze sich ab und war unfähig ein Wort zu sprechen. Grete überlegte nur einen kurzen Moment, band sich die Schürze ab,

blickte ihren Mann an und sagte: „Ich hole den Arzt."

Seit Monaten lag der Vater nun schon im Krankenhaus in Bielefeld. Von Lungenentzündung war die Rede gewesen, als der Arzt im Bahnhof erschienen war. Mutter, Elisabeth und Heinrich wechselten sich mit den Besuchen ab. Der Zustand des Vaters wollte und wollte sich nicht bessern. Daran hatte sich Heinrich gewöhnt. Vor Wochen hieß es dann, der Vater habe jetzt auch noch eine Rippenfellentzündung. Hatte Heinrich schon den Begriff Lungenentzündung nicht verstanden, so konnte er mit Rippenfellentzündung noch weniger anfangen. Der Vater war krank, über einen Verlust erlaubte Heinrich sich nicht nachzudenken. Er konnte mit diesen Gedanken aber auch nichts anfangen. Der Vater stand bei ihm immer für etwas wie unliebsame Pflicht, aber auch für Schläge und Angst. Das Gefühl für Traurigkeit hatte Heinrich, nicht zuletzt auf Grund der so ereignisreichen Zeit, schon lange nicht mehr erlebt. Wer wollte schon ins Grübeln kommen, wenn es galt, Großes für Deutschland zu schaffen.

Eines Sonntagnachmittags waren Tante Else, Onkel Paul und Lotte zu Besuch. Im Laufe der Jahre waren sie hin und wieder am Wochenende zu Fuß die fünf Kilometer aus Halle herübergekommen, damit Lotte den Kontakt nicht verlieren sollte. Sie war mittlerweile neun Jahre alt. Aber Lotte waren diese Besuche eher unangenehm. Schon allein der weite Weg über den Osning war lästig. Die Erwachsenen saßen in der Schankstube und unterhielten sich, während die Kinder im und vor dem Bahnhof spielten.
„Wie geht es Hermann?" wollte Onkel Paul wissen.
Grete schenkte noch eine Tasse Kaffee nach.
„Nicht gut. Er fühlt sich sehr schwach und redet kaum. Die Ärzte können immer noch nicht sagen, was er wirklich hat." Gretes Antwort klang deprimiert.

„Hat er Schmerzen?"
„Er sagt es nicht. Immer wenn er hustet, scheint es ihm sehr weh zu tun. Er isst auch kaum etwas."
„Sag mal, was ist eigentlich aus der Sache mit der Polizei geworden?"
„Gar nichts. Da ist nichts mehr gekommen. Ich weiß bis heute nicht, wer Hermann angezeigt hat. So eine bodenlose Gemeinheit."
Nun fragte auch Tante Else nach.
„Wie kommst du denn allein klar? Hast du Hilfe von den Kindern?"
Lotte und Walter kamen in die Schankstube gelaufen und aufgeregt rief Lotte: „Mama, kriegen wir noch ein Klümpchen?"
Intuitiv stand Grete auf und holte aus der Bonboniere ein paar Bonbons und gab sie Lotte. Erst jetzt merkte Grete, dass sie gar nicht gemeint war, denn auch ihre Schwester Else hatte aus ihrer Handtasche eine Tüte hervorgezogen. Else versteckte ihre Tüte aber schnell wieder, als Lotte die Bonbons erhalten hatte und sie selbst den Irrtum bemerkt hatte. Lotte nahm die Süßigkeiten entgegen und antwortete: „Danke Tante Grete."
Grete kam ins Grübeln und meinte, nachdem die Kinder wieder herausgestürmt waren, zu ihrer Schwester:
„Lotte ist mir so fremd geworden. Geht es ihr gut?"
„Du siehst ja, Grete, es fehlt ihr an nichts. Mach dir man keine Sorgen."
Lotte war im Laufe der Jahre völlig in der neuen Umgebung integriert. Alle kannten sie als Tochter von Else und Paul Sieker und Lotte war damit sehr selbstbewusst umgegangen. Ihre neuen Eltern waren sehr liebevoll und großzügig mit ihr. Sie wollte ihre Herkunft am liebsten vergessen. Draußen spielten die Kinder mit ihrem Ball.
„Was macht ihr gerade in der Schule, Lotte? Kannst du schon alles lesen?" fragte Elisabeth.
„Klar, wir lesen schon ganze Geschichten. Letzte Woche ha-

ben wir einen schönen Ausflug zur Ravensburg gemacht. Herr Oberbiermann hat uns alles erklärt und zum Schluss haben wir schöne Lieder gesungen."
„Heißt du jetzt eigentlich Sieker oder heißt du immer noch Altmann, so wie wir?" wollte Walter wissen.
„Wieso, ich heiße natürlich Sieker."
„Aber du bist doch unsere Schwester. Da musst du doch auch Altmann heißen."
Lotte war nicht wohl bei diesem Gedanken. In der Schule und überall hieß sie Sieker und nicht Altmann. Die Altmanns, das waren ihre Verwandten in Werther.
„Nein, ihr seid meine Vettern!"
„Doch, doch, du bist unsere Schwester." Und in einem Singsang intonierte Walter:
„Du bist unsere Schwester, du bist unsere Schwester..."
Walter wusste, dass sich Lotte darüber ärgerte. Wutentbrannt rannte Lotte in den Bahnhof zu ihrer neuen Mutter und wollte nicht mehr mit ihren Geschwistern spielen. Lotte kam nicht gern nach Werther.

Zweimal schon war die Kette abgesprungen und Heinrich hatte sie jeweils nur mit Mühe wieder auf das Ritzel drücken können. Er musste zu Hause unbedingt das Hinterrad lösen und es weiter nach hinten ziehen, damit die Kette strammer auf dem Zahnkranz lag. Zweimal waren seine Hände dabei schwarz und fettig geworden. Gottlob war es nicht auf der Herfahrt passiert, denn der Gruppenführer wäre sicher nicht erfreut gewesen von seinen schmutzigen Fingern. Die Jungs waren in Bielefeld bei einem Treffen des Jungvolks gewesen, bei dem wie immer marschiert wurde. Außerdem wurde Geld gesammelt, um es in der Parteizentrale abzugeben. Für Bedürftige, hieß es, Winterhilfswerk. Heute hatten sie etwas über Waffen und historische Schlachten erfahren. Vor allem eines hatte Heinrich in den letzten Jahren erlebt und schätzen gelernt: Kamerad-

schaft. Man war füreinander und miteinander da, um gemeinsam etwas zu erleben, was alles andere in den Schatten stellte. Man hatte eine Aufgabe, einen Platz, den es auszufüllen galt. Man fühlte sich wichtig.
„Was ist, machen wir wieder eine Wettfahrt mit der Kleinbahn?"
Friedhelm spornte seine Freunde an. Sie erreichten den Bahndamm in Dornberg. Hier führte ein Weg neben den Schienen der Bahn entlang, den man mit dem Rad befahren konnte. Die Jungs liebten die Bahndammstrecke, denn wann immer sie von Bielefeld mit dem Rad zurückfuhren, richteten sie es so ein, dass sie in etwa zeitgleich mit der Kleinbahn in Dornberg ankamen. Sobald sich die Dampflok mit ihren zwei Anhängern am Dornberger Bahnhof wieder in Bewegung setzte, begann für sie das Rennen. Bis Werther waren es von dort knapp vier Kilometer. Gerade noch im direkten Vergleich zu schaffen. Heinrich stellte sich dann vor, wie er bei der Olympiade, die 1936 in Berlin stattfinden sollte, einen Rekord aufstellen würde, wie ihm als Klassefahrer die Menschen zujubeln würden und er am Ende die Goldmedaille um den Hals gehängt bekommen würde. Die wöchentlichen Rennen mit der Kleinbahn waren sein Olympia. Aber heute hatte er einmal mehr erbitterte Gegner um die Goldmedaille.
In der Ferne hörten sie auch schon die stampfenden Geräusche der Kolben und sahen den Dampf, der sich in das Schnaufen der Lokomotive mischte. Hier am Bahndamm hatte sie vom Dornberger Bahnhof aus schon volle Fahrt aufgenommen. Der Volksmund beschrieb „volle Fahrt" nur mitleidig mit „Blumenpflücken während der Fahrt verboten". Jetzt galt es alles zu geben. Hoffentlich hielt die Kette. An dieser Stelle war die Strecke leicht abschüssig, was den Jungs einen Vorteil einbrachte. Nur nicht schlapp machen, da musste man durch, wenn man Olympiasieger werden wollte. Der Lokführer der Kleinbahn hinter ihnen hatte ihr Spiel erkannt und betätigte

dreimal kurz hintereinander die Signalpfeife. Gerd und Wilhelm, die als einzige eine Klingel am Lenker hatten, quittierten dies mit einem Dauergeräusch, welches zur Attacke rufen sollte. Heinrich wusste, dass die Lok ihre Höchstgeschwindigkeit bereits erreicht hatte. Sie brauchten also ihr Tempo nur zu halten, kurz vor dem Ziel noch einmal zuzulegen und einer von ihnen würde in Werther als Sieger einfahren. Endlich einmal. Doch nun begann der anstrengendste Teil. Von Isingdorf aus war der Weg leicht ansteigend und nicht gut befestigt. Als erster verlor Wilhelm den Anschluss und fiel zurück. Auch Gerd konnte nicht mehr gegenhalten. An dieser Steigung hatten sie das Rennen immer verloren, doch heute waren Friedhelm und Heinrich fit. Fast gleichzeitig erreichten sie mit der Bahn den letzten Teil, der wiederum über einen Damm und später über eine Brücke des Schwarzbaches führte. Hier mussten sie einen Vorsprung haben, sonst wäre es aus, denn die Brücke hatte nur einen schmalen Holzsteg neben dem Gleis. Auf gleicher Höhe mit dem Zug über diese Brücke zu fahren konnte gefährlich sein, zumindest aber machte es ihnen Angst, denn das Gewicht der Bahn ließ die Brücke derart erzittern, dass man meinen konnte, sie bräche zusammen. Friedhelm und Heinrich lagen in Führung. Sie beäugten sich, ihre Blicke waren alles andere als freundschaftlich und verrieten in diesem Moment bittere Konkurrenz.

Heinrich versuchte alles. Mit ganzer Kraft trat er in die Pedalen, aber kurz vor der Brücke fuhr Friedhelm den Ellbogen aus und drückte ihn damit zur Seite. Heinrich verpasste den Einstieg zum Brückenweg und rollte die Böschung herunter direkt in den Schwarzbach. Erst im Bachlauf kam er zum Stehen.

„Verdammt, das ist unfair!" entfuhr es ihm noch. Das Pfeifen des Lokführers in diesem Moment empfand er als besonderen Spott. In Werther wartete Friedhelm bereits mit einem Grinsen: „Was ist los Heinrich? Ging dir zum Schluss die Puste aus? Ich hab die Bahn noch klar abgehängt! Die Goldmedaille gehört

mir. Du hast ja nicht einmal Silber geholt."
„Du bist gemein, du hast mich abgedrängt, sonst wäre ich als Erster angekommen."
„Das stimmt, ich hab's genau gesehen. Du hast Heinrich zur Seite gestoßen." Gerd pflichtete Heinrich bei.
„So ein Blödsinn. Ich bin nur geradeaus gefahren. Frag doch Helmut und Günther. Stimmt's?"
„Ich hab nichts gesehen", antwortete Helmut.
„Das war schon alles in Ordnung." Günthers Aussage war eindeutig, da er stets auf Friedhelms Seite stand.
„Heinrich hat wohl mal wieder den Schwanz eingekniffen. So wie damals, als er in der Egge seinen Bruder fast hat verbluten lassen."
Heinrich platzte der Geduldsfaden. Wutentbrannt ging er auf Friedhelm los und stieß ihn zur Seite.
„Du Lügner!" schrie er völlig außer sich. Im Nu entwickelte sich eine Prügelei zwischen Heinrich und Friedhelm. Die beiden umklammerten sich, hielten sich im Schwitzkasten und versuchten sich gegenseitig zu Boden zu ziehen. Niemand konnte einen eindeutigen Vorteil erringen. Erst als Gerd und Wilhelm die Streithähne auseinander hielten, gaben sie Ruhe.
„Du bist ein schlechter Verlierer, Heinrich. Aber ich bin großzügig. Nächste Woche gebe ich dir noch eine Chance. Bis dahin solltest du fleißig trainieren."
Friedhelm versuchte sich sofort wieder ins rechte Licht zu rükken, schwang sich auf sein Rad und machte sich mit Helmut und Günther davon. Auch Gerd und Wilhelm hatten für heute genug. Mit einem Achselzucken und einem bedauerlichen „Der ist eben so, mach dir nichts draus" fuhren auch sie nach Hause. Daheim schob Heinrich sein Fahrrad in den Schuppen. Als er dann vor dem Bahnhof stand, fand er den Eingang zur Schankstube verschlossen. Er klopfte, doch niemand öffnete. Ohne den Bahnhofsvorsteher im Schalterraum zu fragen, was los sei, warum die Kneipe zugesperrt war, lief er zu Hintertür,

zum Eingang in den Wohntrakt. Eine merkwürdige Stille empfing ihn. Die Haustür war offen und so ging er weiter in die Küche, wo er endlich seine Familie antraf. Erst jetzt bemerkte Heinrich, dass alle am Tisch saßen und niemand ein Wort sagte. Die Mutter hatte ihren Kopf nach vorn gebeugt und ihr Gesicht in einem Tuch verborgen. Elisabeth schaute zur Tür hoch, blickte auf Heinrich und flüsterte in die Stille: „Vater ist tot!“

Kapitel 4
Werther/Berlin, 1936

Man hatte den Vater im Herbst zu Grabe getragen. Nicht in Werther, obwohl Hermann Altmann in der Kleinstadt schon recht bekannt war. Grete hatte sich für Bielefeld entschieden, weil sie selbst aus Bielefeld stammte. Für Grete hatte der Tod ihres Mannes noch mehr Arbeit bedeutet. Von heute auf morgen musste sie sich in den finanziellen Teil der Gaststätte einarbeiten. Bestellungen kalkulieren, Rechnungen begleichen, Steuern bezahlen, Auskünfte an die Ämter geben und die täglichen Einnahmen verwalten.
Heinrich war nun der älteste Mann im Haus. Seine Verantwortung war gewachsen, alle Entscheidungen, bei denen sich Grete nicht sicher war, sollten jetzt von ihm mit getroffen werden. Er war in die kaufmännische Lehre bei der Firma Bergenthal in Halle eingetreten. Der Begriff Firma war hier allerdings ein wenig übertrieben. Bei Bergenthal wurden einst Felle gegerbt, jetzt wurden nur noch wenige verarbeitet und vertrieben. Zwei Arbeiter gab es noch in der Werkstatt, die sich mit dem Zuschneiden und Nähen von Pferdegeschirr und Treibriemen beschäftigten. Der Betrieb befand sich auf einem absteigenden Ast. Heinrichs Aufgabe im Büro war die Beantwortung der Geschäftspost nach strengem Diktat von Herrn Bergenthal. Außerdem musste er die eingehende Post öffnen und für Herrn Bergenthal bereitlegen, Rechnungen schreiben oder abheften, die Buchführung machen, ebenfalls nach genauer Anweisung von Herrn Bergenthal, Bestellungen aufgeben und vor allem die Telefongespräche annehmen. Obwohl Herr Bergentahl direkt mit im Kontor saß, ließ er grundsätzlich zunächst Heinrich an den Apparat gehen, um dann den Hörer weitergereicht zu bekommen. Heinrich erschienen diese Tätigkeiten geringfügig, ja bisweilen sogar überflüssig. Wie groß lastete dagegen die Verantwortung zu Hause auf seinen Schultern, wenn die

Mutter ihm auftrug, die Wocheneinnahmen zur Sparkasse zu bringen oder mitzuentscheiden, ob man neues Mobiliar anschaffen solle, obwohl die Geschäfte nicht gut gingen und deshalb ein Kredit aufgenommen werden müsste. Heinrich spürte diese Verantwortung sehr und sie bedrückte ihn auch. Erst jetzt wurde ihm langsam bewusst, dass der Vater, so jähzornig und streng er auch gewesen sein mochte, stets für die Familie gesorgt hatte. Die Erfüllung der Pflicht war für den Vater die Lebensaufgabe gewesen. Zwar war das Essen auf dem Tisch so manchen Abend knapp gewesen, doch niemand musste hungern. In Zeiten, in denen viele Menschen ohne Arbeit auf der Straße standen, hatte es der Vater geschafft, die Familie durchzubringen.
„Der Laden muss laufen", das hatte sein Vater immer gesagt. Aber der Laden lief nur, wenn man sich kümmerte. Heinrich konnte sich nicht immer kümmern, viele Gepflogenheiten kannte er nicht und war sich deshalb unsicher. Vielleicht war dem Vater über dieses „Sich kümmern" manches Gefühl für seine Kinder verloren gegangen. Was Heinrich immer noch nicht nachvollziehen konnte, war die Geschichte mit Lotte. Er musste es hinnehmen, dass Lotte weggegeben worden war, ohne dafür von seinem Vater jemals eine wirkliche Erklärung bekommen zu haben. Aber vielleicht hatte auch dies einen Sinn, der sich ihm erst später erschließen würde. Da er nun in Halle arbeitete und somit täglich mit dem Fahrrad an Lottes Haustür vorbeikam, schaute er des Öfteren bei ihr herein, nicht zuletzt wegen des guten Essens, dass er bei Tante Else und Onkel Paul bekam. Lotte ging es nach wie vor gut, um Lotte brauchte sich Heinrich nicht zu sorgen.
Sein Chef, Herr Bergenthal, war etwa vierzig Jahre alt. Sein Aussehen war für die Verhältnisse der Zeit etwas merkwürdig. Sein Anzug passte in Schnitt und Länge so gar nicht in die Mode. Er saß oft an seinem Schreibtisch und las die Zeitung. Dies tat er jeden Morgen, es war seine Lieblingsbeschäftigung.

Er hatte die Angewohnheit, bestimmte Artikel, zumindest die Überschriften oder Kurzmeldungen, laut vorzulesen. Heinrich, der so tat, als wenn er sehr beschäftigt wäre, musste die morgendliche Lektüre über sich ergehen lassen.
„Wieder deutsche Truppen am Rhein. Der Führer macht einen umfassenden Friedensvorschlag an Frankreich und die Westmächte. Keine weiteren Gebietsansprüche. Der bolschewistischen Bedrohung durch den Französisch-Russischen Beistandspakt von 1935, der das deutsche Recht auf Selbstbestimmung behinderte, musste durch militärische Präsenz begegnet werden. Das Rheinland ist wieder deutsch! Wohin soll das nur wieder führen?“
Heinrich wagte es nicht, sich in politische Diskussionen einzumischen. Herr Bergenthal blätterte weiter und las andere Meldungen laut vor.
„Der Oberbefehlshaber des Heers Freiherr von Fritsch fordert eine weitere Vergrößerung der Truppen. Seit 1933 hat sich die Heeresgröße verfünffacht. Das deutsche Reich auf dem Weg zu alter Stärke.
Reichsjuristenführer Hans Frank erklärte, dass in Deutschland die Gewaltenteilung aufgehoben sei und die einzige Macht im Staat bei Reichsführer Adolf Hitler liege.
Vom Führer als Geschenk: Jedes Brautpaar erhält ab sofort eine Ausgabe seines Buches ‚Mein Kampf‘. Na, die können sich ja freuen.“ Bergenthal legte die Zeitung beiseite und seufzte tief. „Schwere Zeiten.“
„Der Führer wird es schon richten.“ Das war alles, was Heinrich sich traute zu sagen.
„Er wird alles und alle richten, wo er doch jetzt die ganze Macht im Staate hat.“
Heinrich konnte sich nicht helfen, irgendwie hörte er bei Herrn Bergenthal einen merkwürdigen Unterton in dessen Aussagen.
„Ach, Herr Bergenthal, ich würde Sie noch gern etwas fragen.“ Heinrich hatte ein Anliegen und druckste herum.

„Ich... Ich würde gern... Ich wollte Sie fragen, ob..."
In diesem Moment klingelte das Telefon. Heinrich nahm den Hörer ab. „Lederwerke Bergenthal. Heinrich Altmann am Apparat. Ja, Herr Bergenthal ist zu sprechen, Augenblick bitte. Für Sie, Herr Bergenthal, die Reichsindustrie und Handelskammer in Bielefeld." Heinrich reichte den Hörer weiter.
„Bergenthal, guten Morgen. Ja, ja, Heil Hitler. Mit wem spreche ich? Herr Diestelberg, was kann ich für Sie tun?"
Bergenthal wusste, oder ahnte doch zumindest, worum es sich handelte. Vor Wochen war er von der Kammer angeschrieben und aufgefordert worden unter Beweis zu stellen, dass sein Betrieb die Bezeichnung „Werke" zu Recht trug. Die Bezeichnung „Werke" dürfe nämlich erst bei einem Betrieb mit mehr als zwanzig Mitarbeitern getragen werden. Bergenthal empfand dies als lächerlich. Der Betrieb hieß schon zu Zeiten seines Vaters „Lederwerke", warum also jetzt nicht mehr? Nur weil er Arbeiter entlassen musste? Dafür konnte er doch nichts. Das ließ er sich doch nicht von den neuen Kammervorschriften der Nazis vorschreiben.
„Ja, ich habe Ihr Schreiben erhalten. Nein, ich hatte bislang noch nicht die Zeit zu antworten. Doch, doch, die Vorschriften werden erfüllt. Das kann ich Ihnen auch noch schriftlich geben. Selbstverständlich, sobald wie möglich. Ich werde Ihnen die Unterlagen zukommen lassen. Guten Tag, Herr Diestelberg."
Bergenthal legte den Hörer zurück auf die Gabel.
„Unglaublich, nur weil die jetzt das Sagen haben, wollen sie uns vorschreiben, wie der Betrieb heißen soll. Wir heißen Leder*werke* Bergenthal. Und damit Schluss."
„Herr Bergenthal, kann ich zwei Wochen Urlaub bekommen, im August?" Heinrich fasste seinen ganzen Mut zusammen, während Herr Bergenthal herumfuhr.
„Was willst du? Urlaub? Jetzt schon? Du bist doch gerade erst angefangen."
„Ich weiß, aber im August sind die olympischen Spiele in Ber-

lin und da wollen wir hin."
„Wer ist *wir*?"
„Meine Freunde und ich."
„Nach Berlin? Wie wollt ihr da denn hinkommen?"
„Mit dem Fahrrad. Und zurück mit der Reichsbahn." Heinrich schaute verlegen auf den Boden und bemerkte erst jetzt, dass Herr Bergenthal heute gelbe Schuhe trug. Gelbe Schuhe! Heinrich hatte noch nie jemanden mit gelben Schuhen gesehen.
„Kommt gar nicht in Frage. Wer soll denn hier die Arbeit machen?"
„Ich werde Ihnen jemand besorgen für die zwei Wochen. Ganz bestimmt."
„Verrückte Idee!" brummte Bergenthal.
„Wenn ich jemanden für mich schicke und ihm vorher zeige, wie alles geht, könnten Sie mir dann nicht frei geben?"
Herr Bergenthal verschränkte die Arme auf dem Rücken und ging im Kontor auf und ab. Seine Gedanken waren eigentlich noch bei der Reichskammer und dem leidigen Thema mit der Betriebsbezeichnung.
„Na schön, meinetwegen. Aber nur, wenn du mir Ersatz besorgst. Olympia, Berlin..."
Herr Bergenthal schüttelte den Kopf. Solche Bedürfnisse waren ihm fremd. Er rechnete nicht damit, dass Heinrich diese Hürde nehmen würde.

„Kann ich noch ein Bier bekommen?" Der Maler Böckstiegel saß in der Gaststätte im Kleinbahnhof und drehte sich zu Grete Altmann, die hinter dem Tresen stand und ihren einzigen Kunden im Auge behielt. Grete war skeptisch. Sie kannte den Maler. Er war im Laufe der Jahre des Öfteren im Bahnhof gewesen und hatte sein Bier getrunken. Doch Böckstiegel galt als Sonderling. Grete hatte hin und wieder mit angehört, wie er so manches Mal in einem Gespräch mit Bauern und Arbeitern angeeckt war. Seine Meinung und seine Ansichten kamen bei den

meisten Gästen als verschroben an. Wie konnte man nur sein ganzes Lebensglück auf die Malerei bauen? Und dann auch noch Bilder malen, die so ganz und gar nicht dem Zeitgeist entsprachen? Er konnte es, bislang jedenfalls. Für die Menschen in Werther war Böckstiegel damit schon fast so etwas wie eine Bedrohung. Wenn man den lieben langen Tag im Sommer auf den Feldern und Wiesen in der Umgebung unterwegs war, mit seinem Pinsel Menschen auf Papier und Leinwand bannte und davon letztlich sogar leben konnte, dann musste man sich doch fragen, wie so etwas möglich war. Wahrscheinlich lebte Böckstiegel auf Kosten seiner Eltern und seiner Frau, die unten in Arrode einen bescheidenen Bauernhof betrieben und somit weitgehend Selbstversorger waren. Während der Maler sich also ein schönes Leben machte, mussten andere für ihn auf den Feldern schuften. Böckstiegel trug mit seiner Malerei so gar nichts zur Volksgemeinschaft bei. Er war eben anders, ließ sich nicht so einfach irritieren und beharrte auf seinen Standpunkten. Dabei war er in seiner Art sehr ruhig, ausgeglichen und geradezu väterlich. Die Menschen verstanden das als überheblich, für sie war er jemand, der alles besser wusste, der sich außerhalb der neuen Ideen und der Gemeinschaft stellte. Nur aufgrund der Tatsache, dass seine Eltern in Werther alteingesessen waren und als fleißig galten, ließ man ihn gewähren, ohne sich weiter mit ihm zu beschäftigen.
Böckstiegel selbst hatte schon bessere Zeiten erlebt. Er hatte an Ausstellungen teilgenommen und hin und wieder ein Bild verkaufen können. Doch seitdem die Nationalsozialisten die Regierung übernommen hatten, ging es bergab. Es wurden sogar Bilder von ihm aus Ausstellungen entfernt, beschlagnahmt und letzten Endes vernichtet. Nirgends wollte man seine Werke mehr präsentieren. Nicht in Bielefeld und auch nicht in Dresden, wo er sich bei Freunden in einer kleinen Stadtwohnung im Winter vorwiegend aufhielt.
Böckstiegels Aussehen zeugte von zunehmender Armut, seine

Kleidung war abgetragen und wies Löcher und Schmutzstellen auf. An den Füßen trug er Holzschuhe, genau wie die Bauern sie auf den Feldern trugen. Er hatte seine Staffelei an die Wand gelehnt und seinen Rucksack, in dem er Palette, Farben und Pinsel verstaute, an einen Stuhl gehängt. Sein großer Strohhut, der jetzt vor ihm auf dem Tisch lag, verlieh ihm schon von weitem ein sonderliches Aussehen. Seine Hände waren von der Farbe noch ganz fleckig. Grete spürte, dass Böckstiegel seine Zeche heute vielleicht nicht würde zahlen können und ging deshalb zu ihm an den Tisch.

„Sie können Ihr Bier natürlich bekommen, Herr Böckstiegel, aber..."

Sie machte eine eindeutige Bewegung mit Zeigefinger und Daumen. Erst jetzt, als sie ihm ins Gesicht sah, bemerkte sie, dass Böckstiegels Wangen eingefallen wirkten. Er sah hungrig und müde aus. Böckstiegel stützte eine Hand unter sein Kinn.

„Kann ich Ihnen vielleicht ein Bild geben für Essen und Trinken?" Sein Blick verriet Verzweiflung.

„Ein Bild? Ach Gott, was soll ich denn damit?" Grete schüttelte den Kopf.

„Vielleicht können Sie es sich ja nur einmal ansehen. Ich habe neben der Malerei in Öl auch Radierungen gemacht. Schauen Sie mal, vielleicht gefällt es Ihnen!"

Böckstiegel öffnete eine Mappe, die er neben seinen anderen Geräten abgestellt hatte. Auf einem Bild war ein Stück Wald zu sehen. Am Rand erkannte man deutlich ein Gebäude, augenscheinlich eine Mühle und davor den Müller und seine Frau.

„Das ist die alte Mühle in Deppendorf, kennen Sie die?"

„Ja, die kenn' ich wohl. Stimmt. Wenn man genau hinsieht... Das ist die Mühle." Grete schüttelte erneut den Kopf.

„Aufhängen kann ich es ja doch nicht. Also schön. Ich mach Ihnen was zu essen dafür und ein Bier gibt's auch noch."

Für Grete war das eigentlich nichts Besonderes. Ihr Mann hatte oft von Kunden Naturalien angenommen, wenn diese nicht zahlen konnten. Manch anderer Kunde hatte eine Dienstleistung angeboten, aber ein Bild hatte sie als Bezahlung noch nie erhalten. Böckstiegel saß bereits vor einem Teller mit dampfenden Kartoffeln, Gemüse und etwas Fleisch, als kurz darauf Heinrich und seine Freunde in HJ-Uniform den Schankraum betraten. Sie kamen von ihrem HJ-Nachmittag. Trotz der Lehre bei Bergenthal, die er nun schon seit drei Monaten verrichtete, ließ sich Heinrich diesen Nachmittag nicht nehmen. Mit der Unterstützung der Freunde wollte er seiner Mutter eröffnen, dass er beabsichtige im August nach Berlin zur Olympiade zu fahren. Er hatte sich bislang noch nicht getraut, seiner Mutter von diesem Vorhaben zu erzählen. Noch ganz geprägt von ihren Marschübungen und Fahnenappellen auf dem Blotenberg standen alle fünf stramm, hoben den rechten Arm und brüllten: „Heil Hitler!“ Grete drehte ihren Kopf zur Seite, nuschelte ebenfalls ein „Heil Hitler“, das aber niemand verstehen konnte. Sie mochte diese Grußformel nicht, die seit einigen Jahren das „Guten Tag“ abgelöst hatte.

„Mutter, wir kommen gerade von den HJ-Übungen.“

„Das sehe ich, ihr habt ja noch eure Uniformen an.“

„Ich wollte es dir schon lange gesagt haben. Wir fahren im August nach Berlin zur Olympiade.“

„Was wollt ihr? Nach Berlin? Wie kommst du denn auf so eine Schnapsidee?“

Friedhelm drängte sich in den Vordergrund.

„Frau Altmann, Olympia ist doch nur alle vier Jahre und in Deutschland vielleicht erst in fünfzig Jahren wieder. Als gute Deutsche wollen wir auch dort hin und unsere Athleten unterstützen.“

Grete ignorierte Friedhelm einfach und wandte sich Heinrich zu.

„Wie stellst du dir das vor, Heinrich? Bei Bergenthal wirst du doch jetzt noch keinen Urlaub bekommen. Außerdem brauche ich dich hier in der Gastwirtschaft.“

„Alles geregelt, Mutter. Bergenthal gibt mir frei, wenn ich Ersatz besorge. Das macht Walter. Ich habe schon mit ihm gesprochen. Den nehme ich nächste Woche mit und zeige ihm alles."
„Walter soll für dich zu Bergenthal gehen?"
„Der schafft das schon. Und hier zu Hause könnte doch Elli ein bisschen mehr helfen."
„Und wie willst du das bezahlen? Das kostet doch eine ganze Menge Geld!"
„Frau Altmann, wir haben jeder so ungefähr sechzig Mark. Das wird wohl reichen."
„Heinrich, wo hast du denn das Geld her?"
„Ich habe gespart, alles was vom Lohn übrig bleibt. Trinkgeld aus der Gaststätte und von Onkel Paul habe ich auch etwas bekommen."
Das war hart, denn von dem bisschen, was er in der Lehre bekam, war sparen kaum möglich. Er hatte in den letzten Monaten überall kleine Arbeiten zusätzlich nachmittags und am Wochenende mit den Jungs erledigt und so das Geld zusammen bekommen.
„Dein Vater hätte es dir nicht erlaubt. Berlin! Das ist viel zu gefährlich."
„Aber Vater ist tot. Mutter, das ist eine einmalige Chance." Heinrichs Ton veränderte sich von fordernd zu bittend. Grete war entsetzt über Heinrichs Argumente, doch bevor sie erneut etwas sagen konnte, mischte sich auch Böckstiegel in das Gespräch ein.
„Lassen Sie ihn doch, Frau Altmann. Die Jugend der Welt trifft sich. Warum sollten die Jungs nicht dabei sein?"
Erst jetzt erkannten die Jungen, dass sich noch ein Gast im Raum befand. Wieder war es Friedhelm, der sofort das Wort ergriff.
„Sieh mal an, wen haben wir denn da? Den Schmierenkünstler. *Sie* würde man in Berlin sowieso nicht haben wollen."

„Ich habe nur gesagt, dass ihr doch ruhig fahren sollt. Wenn man junge Menschen aus aller Welt trifft, dann kann das nicht schlecht sein."
Friedhelm, Günther und Helmut bauten sich vor Böckstiegel auf. Er kam ihnen als Prellbock gerade recht. Noch vor einer Stunde hatten sie sich gerauft und dabei auch Blessuren einstecken müssen, nun konnten sie ihre Streitsucht an jemand anderem auslassen. In der Manier eines Feldmarschalls ging Friedhelm einige Schritte um Böckstiegel herum.
„Haben Sie wieder eine Ihrer Schmierereien angefertigt? Man hörte ja, dass Sie eigentlich gar nicht mehr malen dürfen? Vielleicht sollten Sie es mal mit richtiger Arbeit versuchen. So wie andere Bauern das auch tun müssen. Wahrscheinlich ist der auch noch Jude."
Wie aus Versehen stieß Friedhelm gegen die Staffelei, die damit zu Boden fiel. Doch nun trat Grete auf den Plan.
„Schluss jetzt. Was soll das? In meiner Gaststätte wird nicht herumgepöbelt."
Friedhelm, Helmut und Günther, die Böckstiegel bedrohlich nahe gekommen waren, gaben sich noch nicht zufrieden.
„Kann der überhaupt bezahlen?" warf Günther lapidar in den Raum.
„Natürlich kann er, sonst würde er ja nichts bei mir bekommen. Das lass mal meine Sorge sein. Und ihr, was wollt ihr? Wenn ihr nichts trinken wollt, dann habt ihr hier auch nichts verloren. Also raus jetzt mit euch."
Damit war den dreien endgültig der Wind aus den Segeln genommen. Sie drängten sich zum Ausgang, Helmut stammelte noch: „Wir sehen uns am Wochenende" zu Heinrich. Ihren Auftritt beendeten sie aber mit einem „Heil Hitler", um zu zeigen, wer nun das Sagen in Werther hatte.
Obwohl Heinrich sich aus den Pöbeleien heraus gehalten hatte, stand er nun ebenfalls ziemlich blöd da. Er fühlte sich hin und her gerissen. Er hatte nichts gegen Böckstiegel. Sollte der doch

malen, was und wie er wollte. Ihm war es egal. Er hatte sich ein paar Mal mit Böckstiegel unterhalten und fand ihn eigentlich ganz nett. Nun aber musste er feststellen, dass seine Freunde sehr wohl etwas gegen den Maler hatten. Er wusste nicht, was er sagen sollte. Böckstiegel kam ihm zuvor.
„Und du, freust du dich wohl schon auf Berlin?"
Heinrich nickte. „Deutschland wird sicher viele Goldmedaillen holen. Das muss großartig sein, im Stadion zu erleben, wie hunderttausend Menschen den Sportlern zujubeln. Darf ich, Mutter?"
Grete drehte sich zur Seite und schüttelte den Kopf.
„Du machst ja sowieso was du willst, Junge."

1936 war das Olympiajahr. Selbst bis ins kleine Werther hatte sich herumgesprochen, dass sich im August die Jugend der Welt in Berlin zum sportlichen Wettkampf treffen würde. Die Bevölkerung in ganz Deutschland war in ein Olympia-Fieber versetzt worden. Heinrich war in seinem Element: Organisation war seine Stärke. Den Anfahrtsweg nach Berlin hatte er schon herausgesucht. Mit dem Fahrrad ging es über Bielefeld, Detmold und Bad Meinberg auf die Reichsstraße eins, dann weiter nach Hameln, Hildesheim, Braunschweig, Magdeburg und Potsdam bis nach Berlin.
Drei Tage vor der Eröffnungsfeier machten sich die fünf Jungs auf den Weg. Die Fahrräder waren beladen mit Decken und Jacken, auf dem Rücken einen vollbepackten Rucksack mit ein wenig Wechselkleidung und vor allem Reiseproviant, den sie bei ihren Müttern abgestaubt hatten.
Kurz hinter Bad Meinberg beendeten sie ihre erste Etappe. Es war bereits sieben Uhr durch, als sie an einem Feldweg neben einem Wald ihre Lager aufschlagen wollten. Die Beine schmerzten trotz Olympiaeuphorie, als sich alle im Gras ausgestreckt hatten.

„Lass uns mal überlegen, was wir uns in Berlin alles ansehen sollten."
Heinrich hatte den Ablaufplan der Olympischen Spiele aus einer Zeitung mitgenommen und war genauso wie Friedhelm an den sportlichen Veranstaltungen interessiert.
„Wir werden am Samstag in Berlin ankommen. Dann ist die Eröffnungsfeier. Ich glaube zwar, der Führer hätte uns sicher gern dabei, aber die Eintrittskarte dafür können wir uns nicht leisten. Außerdem ist die Feier sowieso schon lange ausgebucht."
Die anderen nickten oder stimmten scherzhaft zu.
„Am Montag sind die Fußballer gegen Luxemburg dran. Das ist aber erst die Vorrunde."
„Luxemburg ist für uns kein Gegner." Friedhelm spielte seine Rolle als Fußballfachmann aus.
„Seit Dezember 1932 haben wir kein Heimspiel mehr verloren. Eigentlich können die uns die Goldmedaille im Fußball auch gleich so geben. Richtig spannend wird es erst, wenn es gegen die Italiener geht. Also ich würde sagen, Fußball versuchen wir im Viertelfinale."
„Was ist denn mit Radrennen?" Helmuts Leidenschaft waren die Radklassiker.
„Klar Radrennen wäre auch gut. Wisst ihr was, ich würde wirklich gerne eine Karte für den 3. August im Olympiastadion kriegen. Dann sind am Nachmittag einige Laufentscheidungen. Vor allem der Hundertmeterlauf mit Jesse Owens. Der soll ja sagenhaft schnell sein. Aber unser Borchmeyer wird ihn schon in seine Schranken weisen", ereiferte sich Gerd.
„Ja, und unser kleiner dicker Gerd rollt hinterher! Aber vielleicht kriegen wir vor dem Stadion ja noch eine Stehplatzkarte. Auf dem Schwarzmarkt oder so." Heinrichs Vorstellungen drifteten in den Bereich der Fantasie.
„Träum weiter! Hast du eine Ahnung wie teuer die da sind?"
„Was meinst du, Heinrich, wo wollen wir eigentlich übernach-

ten in Berlin? Ich habe zwei Decken mitgenommen, aber mir wäre schon ganz lieb, wir würden was Besseres als eine Parkbank finden."
„Mach' dir mal keine Sorgen. In Moabit kann man für eine Mark in einer Turnhalle schlafen. Das habe ich in der Zeitung gelesen. Und wenn die voll ist, versuchen wir es in der Jugendherberge."

Von Potsdam aus gönnten sie es sich, den letzten Teil bis Berlin mit der Bahn zu fahren. So luden sie ihre Räder am nächsten Morgen in einen Gepäckwagen der Reichsbahn und lösten eine Fahrkarte dritter Klasse bis Berlin. Als der Zug den Lehrter Bahnhof erreichte, drückten sie sich ihre Nasen an den Scheiben der Fenster fast platt. Sie waren überwältigt. Der Lehrter Bahnhof war vielleicht doppelt so groß wie der Bahnhof in Bielefeld, aber rund um den Bahnhof fuhren sicher fünfmal soviele Autos und eilten zehnmal soviele Menschen durch die Straßen. Schon während der Durchfahrt durch Berlin waren sie von der Großstadt völlig überwältigt. Sie hatten das Gefühl, alle Gebäude wären doppelt so groß wie daheim.
Nachdem sie ihre Fahrräder aus dem Gepäckwagen geholt hatten, schoben sie sie durch das große Tonnengewölbe des Kopfbahnhofes, immer darauf bedacht bloß nichts falsch zu machen. Aber was sollte man hier falsch machen? Die vielen Lautsprecheransagen waren nicht für sie bestimmt, obwohl alle immer wieder glaubten, sie müssten ganz genau hinhören. Sie hatten das Gefühl, gleich würde einer der vielen Menschen auf sie zukommen, sie fragen, woher sie denn kämen und wohin sie wollten, doch die Menschen gingen an ihnen vorbei, schienen keinerlei Notiz von ihnen zu nehmen. Niemand interessierte sich für sie. Vor dem Bahnhof waren große Fahnenbanner gehisst, die Olympiafahne im Wechsel mit der Hakenkreuzfahne. In der Mitte des langen Fahnenspaliers auf dem Washington-Platz stand eine Plakatwand mit der Aufschrift

„Willkommen in der Olympiastadt Berlin“. Hinzu kam, dass der gesamte Vorplatz von Marschmusik beschallt wurde. Dies alles versetzte die Jungs in eine unglaublich euphorische Stimmung. Schließlich blieben sie vor einer weiteren Tafel stehen. „Seht mal, es gibt sogar eine Olympiahymne.“ Gerd las den Text mit großen Gesten laut vor:

„Völker! Seid des Volkes Gäste, kommt durchs offne Tor herein!
Friede sei dem Völkerfeste! Ehre soll der Kampfspruch sein.
Junge Kraft will Mut beweisen, heißes Spiel Olympia!
Deinen Glanz in Taten preisen, reines Ziel: Olympia.

Vieler Länder Stolz und Blüte kam zum Kampfesfest herbei;
alles Feuer, das da glühte, schlägt zusammen hoch und frei.
Kraft und Geist naht sich mit Zagen. Opfergang Olympia!
Wer darf deinen Lorbeer tragen, Ruhmesklang: Olympia?

„Und wo ist nun die Turnhalle, in der wir schlafen können? Wir sollten uns mal auf den Weg machen eine Unterkunft zu besorgen“, fragte Friedhelm in die Runde.
Heinrich hatte sich einen Stadtplan besorgt. Sie fuhren die Straße Alt Moabit entlang, auf der sie dem Autoverkehr immer wieder ausweichen mussten und auf der immer noch Marschmusik ertönte, kamen an der Molkerei Bolle vorbei und waren froh, als sie endlich in die wesentlich kleinere Puttlitzstraße einbiegen konnten. Die kleine Turnhalle einer Volksschule, die sie nach wenigen hundert Metern erreichten, war von der Gemeinde hergerichtet worden, um vielleicht 50 Menschen Schlafgelegenheit zu bieten.
„Wat wollt ihr? ‘nen Platz zum Schlafen? Na, ihr seid ja lustig. Wir sind komplett ausgebucht. Keene Chance. Wo kommt ihr denn her?“ Der Hausmeister verbreitete nicht gerade Optimismus.

„Aus Bielefeld in Westfalen.“
„Mit ‘nem Fahrrad aus Westfalen? Olympia macht’s möglich. Det ist ja wie damals der Eiserne Justav mit ‘ner Pferdedroschke von Berlin nach Paris, wa? Verrückt.“
„Können Sie uns denn vielleicht sagen, wo wir noch eine Unterkunft kriegen könnten?“
„Na, ick denke mal im Adlon Kempinsky is vielleicht noch wat frei.“ Der Hausmeister lachte selbst am meisten über seinen Witz, den die Jungen nicht verstanden.
„Spaß beiseite. Am Bezirksamt Kreuzberg, unten an der Belle-Alliance-Straße kurz hinter dem Halleschen Tor hamse an der Volksschule gestern auch noch ‘ne Turnhalle eingerichtet. Vielleicht habt ihr da ja Glück.“
„Können Sie uns auch noch sagen, wo man hier günstig was zu essen bekommen kann?“
„Na det glob ick euch. Jetzt hängt der Magen inne Kniekehlen, wa? Am besten ihr fahrt zu Aschinger. Kennt ihr Aschinger?“
„Nie gehört.“
„Bei Aschinger kriegt ihr ordentlich was vor die Gabel. Aschinger is nen jutes und solides Restaurant. Da verkehr‘n sogar auch janz piek feine Leute. Also, die Paulstraße runter bis zur Jold-Else. Det is die Siegessäule mit ‘ner Figur oben druff. Denn weiter die Hofjägerallee bis zum Lützowplatz gleich hinter dem Landwehrkanal links. En Stück am Kanal längs auf der Lützower Straße bis Budapester Straße weiter zum Auguste-Viktoria-Platz, da steht auch die Kaiser-Wilhelm-Kirche. Und denn noch ‘n Stück weiter aufm Kudamm bis zur Joachimstalerstraße. Aschinger is dann direkt an der Ecke. Wat Billigeres werdet ihr wohl nich finden. Und schmecken tut‘s auch.“
Die Jungs hatten nur so getan, als wenn sie alles verstanden hätten. Berlin, Siegessäule mit der goldenen Viktoria, Kurfürstendamm, Erbsensuppe bei Aschinger, sie fühlten sich wie in einem Traum. Für fünfundsechzig Pfennige schlugen sie sich den Magen voll und das auch noch mit Nachschlag.

Berlin hatte sich herausgeputzt. An jeder großen Straße war Olympia zu spüren. Plakatwände, geschmückte Schaufenster, Fahnen, fremd aussehende und fremdländisch sprechende Menschen und immer wieder die laute Musik der preußischen Märsche, bei denen einem ein Schauer über den Rücken lief. Keiner von den Fünfen hatte jemals zuvor einen Menschen mit dunkler Hautfarbe leibhaftig gesehen. Auf dem Kurfürstendamm kam ihnen eine Gruppe Amerikaner entgegen, unter denen sich auch zwei Schwarze befanden. In Berlin gab es auch viele Menschen in Uniform. Diese Uniformen vermittelten den Jungen ein Gefühl von Sicherheit.
Als sie Stunden später an der Volksschule in Kreuzberg ankamen, hatten sie tatsächlich Glück. Auf einer Turnmatte konnten sie sich ihren Schlafplatz einrichten und fühlten sich augenblicklich für die Großstadt gerüstet. Sie beschlossen mit ihren Rädern die Gneisenaustraße Richtung Hasenheide zu fahren, dort sollte es Gartenkneipen geben. Sie kamen an mehreren Geschäften und Kneipen vorbei, an denen ein Volksempfänger mit Verstärker die Eröffnungsfeier der Spiele übertrug. Vor einem Gartenrestaurant, in dem es noch etwas Platz gab, blieben sie stehen und vernahmen eine Zeitlang die Stimme des Reporters, die teilweise sinnlich getragen, teilweise im herrischen Ton den Einmarsch der Nationalmannschaften kommentierte. Unbeschreiblicher Jubel brandete auf, als die Stimme im Radio die deutsche Nationalmannschaft ankündigte. Gebannt lauschten sie der Reportage.
„Mit erhobenem Arm zum deutschen Gruß ziehen nun die 406 deutschen Athleten und Athletinnen am Führer vorbei."
Auch auf der Straße jubelten die stehengebliebenen Passanten. Kurz danach wurde die amerikanische Mannschaft im Stadion begrüßt. Doch sowohl im Stadion, als auch auf der Straße fiel diese Begrüßung weitaus unfreundlicher aus. Als die französischen Sportler ins Stadion einmarschierten, waren viele Zuschauer irritiert.

„Auch die französische Mannschaft, die jetzt an der Ehrenloge vorbeizieht, hat den Arm zum Gruße gehoben."
Zwischendurch ertönte immer wieder laute Marschmusik. Geraume Zeit später wurde es totenstill im Stadion. Der Führer sprach. Keine stundenlange Rede, wie man es gewohnt war, sondern nur den einen Satz, durch Kunstpausen unterbrochen. *„Ich verkünde... die Spiele von Berlin... zur Feier der XI. Olympischen Spiele... neuer Zeitrechnung... für eröffnet!"* Tosender Beifall, wie immer wenn der Führer gesprochen hatte. Es war kurz nach siebzehn Uhr, irgendwo in Kreuzberg, Berlin. Für die Jungs aus Werther ein Ereignis, das sie sich nie hätten träumen lassen.
Am nächsten Morgen beschlossen sie, direkt am großen Olympiastadion ihr Glück zu versuchen und eine Karte für den Montag zu ergattern. Als sie über den Kaiserdamm und den Adolf-Hitler-Platz am Neuen Westend in die Olympische Straße einbogen und auf das Reichssportfeld zufuhren, kamen sie aus dem Staunen nicht mehr heraus und das, obwohl zur dieser Zeit im Stadion noch gar keine Veranstaltung war. Die Nationalsozialistische Gemeinschaft „Kraft durch Freude" hatte eigens für die Anreise zu den Spielen in der Nähe des Reichssportfeldes besondere Aussteigegleise bauen lassen. Zudem war eine „KdF-Stadt" in Form von großen Festhallen errichtet worden. Alleine den Zustrom, der auf Angehörige dieser NS-Gemeinschaft zurückzuführen war, konnte man im Moment auf mehrere tausend Menschen schätzen. Hinzu kamen weitere unzählige Menschenmassen, die entweder schon hinein wollten ins Stadion, oder zumindest davor Olympialuft schnuppern wollten. Hier konnte man verloren gehen. Die Jungs schoben ihre Räder über das Reichssportfeld in Richtung Stadion auf die beiden großen Säulen zu.
„Was glaubst du, haben wir eine Chance auf eine Karte?"
„Sieht nicht gut aus. Da drüben sind Kassenhäuschen. Lass uns mal nachsehen!"

Aber in den Kassenhäuschen gab es nicht einmal eine Auskunft, geschweige denn noch Karten zu kaufen. Große Schilder nahmen die letzte Hoffnung.

„Alle Veranstaltungen im Olympiastadion sind ausverkauft!“

Sie sahen sich enttäuscht an.

„Na, sucht ihr noch 'ne Karte für Montag? Jesse Owens, die schwatte Gazelle gegen die arische Lokomotive Erich Borchmeyer und den Rest der Welt.“ Die Stimme eines schick gekleideten, aber aalglatt wirkenden Mannes mit Schiebermütze, der sich von der Seite genähert hatte, verhieß Hoffung.

„Wir würden ja schon gerne. Haben Sie denn noch Karten zu verkaufen?“

„Tja Jungs, dafür müsst ihr aber tief in die Tasche greifen. Also, fünfmal Stehplatzplatz, oberer Rang. Fast Visavis mit'm Führer. Sagen wir... na jut, weil ihret seid. Fuffzig Märker!“

„Für alle Karten?“

„Nee Kleener, soweit jeht die Liebe nun ooch nich. Für eene.“

Dem kurzen Hoffnungsschimmer folgte die schnelle Ernüchterung.

„Also, wat is nu? Wollt ihr oder wollt ihr nich?“

Heinrich und Gerd schüttelten den Kopf, worauf der schicke aalglatte Herr mit einer verächtlichen Miene weiterzog.

„Fünfzig Mark für eine Karte! Soviel hab ich gar nicht mehr. Da könnten wir gleich wieder nach Hause.“

Sie schoben ihr Rad ein Stück weiter, um nach kurzer Zeit erneut von einem Händler angesprochen zu werden. „Sucht ihr noch Karten?“

Diesmal war es Friedhelm, der sogleich anbiss.

„Für Montag, ja, haben Sie noch welche?“ Der Händler schaute sich um.

„Fünf Stück? Habt ihr Interesse? Dann kommt mal mit. Woll'n mal sehen, was sich da machen lässt.“

Die Jungs folgten dem Mann, der sie ein Stück abseits des geschäftigen Treibens führte.

„Also fünf Stück hätt' ich gerade noch. Was wollt ihr denn dafür ausgeben?"
Friedhelm übernahm die Verhandlungen.
„Fünfzig Mark sind auf jeden Fall zu viel. Die kosten ja bloß eine Mark im Originalpreis."
„Ja ja, wenn man früh genug kauft. Aber jetzt sind sie eben etwas teurer."
Der Mann schaute sich wieder und wieder um.
„Wahrscheinlich habt ihr auch noch einen weiten Weg hinter euch. Extra für Olympia. Na gut, fünfundzwanzig pro Karte. Einverstanden?"
Friedhelm überlegte, während die anderen noch recht unschlüssig dreinschauten.
„Fünfundzwanzig sind zuviel. Für zwanzig Mark sind wir dabei. Was Jungs?"
„Was, zwanzig Mark? Nee, nee. Zwanzig Mark sind zu wenig."
„Dann eben nicht." Weltmännisch wendete sich Friedhelm ein wenig ab, um zu symbolisieren, dass er bei diesem Preis kein Interesse hatte.
„Du bist ja ein ganz ausgeschlafener Bursche. Na gut, kommt her. Zwanzig Mark von jedem."
Die Miene auf Friedhelms Gesicht erhellte sich. Er war sich sicher, ein gutes Geschäft gemacht zu haben und zog aus seinem Portemonnaie die zwanzig Reichsmark.
„Was ist Leute? Zwanzig Mark ist uns der große Tag morgen doch wohl wert, oder?"
Auch die anderen kramten ihr Geld hervor und gaben es dem Händler. Dieser sammelte die Geldscheine ein, übergab die Eintrittskarten, indem er sie in Friedhelms Hand zählte. Kaum war das Geschäft abgeschlossen, war der Mann auch schon in der Menge verschwunden.
„Na, wie hab' ich das gemacht, Jungs? Für jeden eine Karte im Stadion und das für Montag mit Jesse Owens. Ihr könnt ruhig

mal etwas glücklicher gucken."
„Dafür sind wir aber auch 'ne Menge Geld los", warf Gerd ein und schaute sorgenvoll auf sein Portemonnaie.
Doch schon bald erfasste sie wieder die allgemeine Begeisterung, bei so einem Ereignis dabei zu sein und sie ließen sich gern vom Olympischen Gedanken anstecken. Nachdem sie sich noch eine Zeitlang vor dem Stadion aufgehalten hatten, um diesen Gedanken auszukosten und Olympialuft zu schnuppern, machten sie sich gegen Abend wieder auf den Weg nach Kreuzberg. Sie wollten ihren Kartenkauf gebührend feiern und an der Hasenheide in irgendeinem der zahlreichen Lokale eine Berliner Weiße mit Schuss trinken. In der Wissmannstraße kam ihnen eine Truppe Jungmädel entgegen. Die Fahne geschultert, im Gleichschritt und mit wehenden Röcken, die Haare zu Zöpfen gebunden, ein Anblick, der bei den Jungs recht unterschiedliche Gefühle wachrief. Günther und Helmut begrüßten die Gruppe denn auch gleich mit einem strammen „Heil Hitler!" Grinsend hielt sich Friedhelm zurück, während Gerd und Heinrich angesichts der adrett aussehenden Mädels ganz verzückt dreinschauten.
Sobald die Truppe singend vorbei marschiert war, geriet Friedhelm ins Schwärmen. „Menschenskind, habt ihr die Blonde in der zweiten Reihe gesehen? Die hatte ganz schön was in der Bluse. Und angelächelt hat die mich auch. Die wäre was für Vaters Sohn."
„Na, die Schwarzhaarige ganz hinten war aber auch nicht von schlechten Eltern!" kommentierte Gerd.
Die meisten der Jungs hatten bislang keine weitergehenden Erfahrungen mit Mädchen. Man ging zusammen zur Schule, kannte sich, hatte aber wenig miteinander zu tun. Die Mädchen waren einfach zu zickig oder auch zu brav. Sie zierten sich. Händchenhalten oder sogar küssen in der Öffentlichkeit war streng verboten. Ein Mädel zu einem lauschigen Plätzchen zu locken schier unmöglich. Also blieb vor allem das Ange-

ben mit falschen Tatsachen, oder hatte es am Ende sogar doch geklappt? Immerhin hätte die Erzählung ja stimmen können und wenn sie schlüpfrig genug vorgetragen wurde, so war sie wenigstens spannend und regte die Fantasie an.
Im Biergarten der „Neuen Welt“ fanden sie noch einen Platz. Eine Weiße mit Schuss zu ergattern fiel ihnen ebenfalls nicht schwer, da sie alle schon älter aussahen und die Kellner auf schnellen Umsatz aus waren. Niemand störte sich an dem Schild, dass hinter ihnen an der Bank befestigt war: *„Für Juden verboten!“* Erst als ein Gast gegenüber, mit dunklem Anzug und Melone, der offensichtlich schon angetrunken war, das Gespräch aufnahm, rückte es in ihr Bewusstsein.
„Det hamse wohl vergessen abzunehmen“, wies der Mann auf das Schild hin. Gerd und Günther drehten sich um.
„Ach so, das Schild. Wieso vergessen?“
„In janz Berlin findeste im Moment keene Schilder mehr davon. Vor zwee Wochen stand det noch überall.“
„Und warum sind die jetzt alle weg?“ wollte Helmut wissen.
„Na wegen Olympia. Kaum hamwer ausländische Gäste, da zeigen wir auch, dass wir ja eigentlich nischt jegen Juden haben.“
Die Jungs schauten sich an. Der Begriff Juden war ein Reizthema. Es gehörte seit Jahren irgendwie zur neuen Zeit, gegen Juden zu sein. Die Juden waren Schuld an der Misere, die man in Deutschland immer noch überwinden musste. Einen Begriff wie *„das internationale Finanzjudentum ist Schuld“* hätten die meisten Menschen gar nicht erklären können. Es reichten die Wörter *„Juden“* und *„Schuld“*. Die jüdischen Menschen waren zu einem Feindbild geworden, ohne dass man wirklich wusste, wer den jüdischen Glauben eigentlich hatte und was das bedeutete. Doch dass man für Juden nicht Partei ergreifen durfte, hatten die Jungs allemal mitbekommen und waren deshalb hellhörig geworden.
„Oder nehmen wir die Bettler und Zigeuner. Die siehste in

Kreuzberg, Neukölln oder im Wedding auch nicht mehr. Man fragt sich doch, wo se denn plötzlich alle hin sind?"
„Und wo sind die?"
„Weggeschafft hamse die. Ins KZ. Auf Nimmerwiedersehen."
„KZ, was ist das denn?" wollte Heinrich jetzt wissen.
„KZ, det is nen Jefängnis. Kon-zen-tra-tions-lager. Nur daste da nicht mehr rauskommst, verstehste? Malochen biste umfällst."
„Na, ist doch gut, wer will die denn in den Straßen noch sehen. Endlich sind wir die Ganoven los und Deutschland ist wieder sicher."
Der Mann mit der Melone stand auf, nahm sein Bier und lallte im Weggehen: „Wenn die Ganoven ma jetzt nicht alle in der Reichskanzlei sitzen!"
Am nächsten Morgen machten sie sich wieder auf den Weg zum Olympiastadion. Stolz wie Oskar reihten sie sich in die endlos lange Schlange vor dem Eingang, um Einlass zum großen Ereignis zu bekommen. Stehplatzkarten für die Sprintentscheidungen mit Jesse Owens, besser hatten sie sich Olympia nicht erträumen können. Endlich war die Reihe an ihnen und Friedhelm zeigte als erster seine Eintrittskarte.
„Wat soll das denn? Willste mir verarschen?"
Der Kartenkontrolleur nahm die Eintrittskarte in die Hand und sah auf den ersten Blick, dass die nicht echt war.
„Billiger hättste dat Ding wohl nicht nachmachen können. Nee, nee mein Lieber. Wenn de die Karte nicht selbst jemacht hast, dann biste aber janz schön reinjefallen."
Fälschung? Friedhelm war erbost.
„Das ist keine Fälschung. Da haben wir jeder zwanzig Mark für bezahlt!"
„Wat, die anderen ooch? Zeigt mal her."
Der Kontrolleur nahm die Karten der Jungs und schüttelte den Kopf.
„Janz schlechte Fälschung. Kiek mal hier. Auf der richtigen

Eintrittskarte steht hier oben noch der Reichsadler und hier unten steht das Datum. Bei euch steht hier jar nischt. Außerdem haben die Karten ne janz schlechte Farbe. Also, der nächste Herr, die Dame, bitte."
„Aber wir haben doch dafür bezahlt."
„Dafür kann ick doch nischt. Tut mir Leid. Jetzt ma weg da."
„Was sollen wir denn jetzt machen?" Gerd klang verzweifelt.
„Na zu Hause vorn Volksempfänger die Übertragung hörn. Wat sonst? Oder am Wannsee Blumen pflücken." Der Kontrolleur riss bereits die nächsten Eintrittskarten ab. Er schien allerdings ein wenig Mitleid zu bekommen.
„Ede, komm ma her. Hier sind wieder welche mit 'ne falsche Karte. Kümmer dir ma", rief er einem Kollegen zu, der etwas abseits am Kassenhäuschen stand und nichts zu tun hatte.
Die Jungs zeigten ihre Karten, während der zweite Kontrolleur schon ahnte, was hier passiert war.
„Oh, da habt ihr wirklich Pech gehabt. Ihr seid nicht die ersten mit gefälschten Karten. Zu solchen Veranstaltungen gibt es reihenweise Fälschungen. Aber diese hier sind wirklich schlecht. Da habt ihr wohl eine Menge Lehrgeld bezahlt."
„Verdammte Scheiße! Zwanzig Mark hat uns der Mistkerl pro Karte abgenommen!"
„Oh, ein schönes Sümmchen, nicht schlecht. Damit kommt ihr jedenfalls nicht rein. Ist sowieso schon lange ausverkauft. Aber wisst ihr was, ich will euch einen Tipp geben. In manchen Postämtern gibt es extra für Olympia Fernsehstuben. Da könnt ihr Olympia sehen und hören. Und das sogar kostenlos."
„Fernsehstuben, was ist das denn?" Gerd wurde hellhörig.
„Na, davon habt ihr wohl noch nichts gehört. Ist auch ganz neu. Television, das ist ein kleiner Kasten, wie Kino, da wird alles mit Bild und Ton direkt übertragen. Nicht erst Tage später wie in der Wochenschau. Kannste direkt sehen, wer gewonnen hat."
„Und wo gibt es diese Fernsehstuben?"

„Zum Beispiel in Charlottenburg im Postamt.“
Die Jungs sahen sich enttäuscht an. Fernsehstuben, Television. Das war nicht gerade das, was sie sich von Olympia erhofft hatten. Was sie aber noch viel schlimmer traf, war der Ärger über den Verlust von zwanzig Mark pro Nase. Einfach weg. Und nichts davon gehabt. Damit ging ihre ohnehin schmale Kasse schon jetzt gefährlich zur Neige. Aber was blieb ihnen übrig. Sie entschieden sich für die Fernsehstube in Charlottenburg. In der Berliner Straße war der eigens dafür hergerichtete Raum im Postamt schon reichlich überfüllt, aber man sagte ihnen, dass es in der Goethestraße noch eine weitere Fernsehstube geben solle. Tatsächlich war es hier noch nicht so voll. Hier hatte man etwa hundert Stühle platziert, die wie in einem Kino auf ein kleines Gerät an der Kopfseite ausgerichtet waren. An der Seite waren noch einige Stühle frei, die Sicht auf dieses kleine Gerät war freilich alles andere als berauschend und mit einem Kino nicht vergleichbar. Der Bildschirm war viel zu klein, immer wieder liefen Leute umher und versperrten zusätzlich den Blick auf die Olympioniken im Gerät. Aus zusätzlichen Lautsprechern tönte ein ähnlicher Kommentar, wie der bei den Radioübertragungen im Volksempfänger. Hin und wieder fielen Bild oder Ton aus, man musste sich dann zusammenreimen, wie es wohl weiter ging. Mit den Nachbarn rechts und links wurde gefachsimpelt, zusammen fieberte man dem Endlauf um 17.00 Uhr entgegen. Endlich war es soweit.
„Borchmeyer wird es den Amis schon zeigen. Heute ist sein Tag.“ Ein Mann zwei Reihen vor ihnen wirkte zuversichtlich. Ein anderer wiegelte ab.
„Borchmeyer ist gut, aber gegen Owens hat er keine Chance.“
Immer noch herrschte in der Fernsehstube Unruhe und der Name des einzigen deutschen Teilnehmers im Endlauf wurde gerufen, bis der Reporter im Fernsehgerät für Aufmerksamkeit sorgte.
„Ruhe herrscht im großen Stadion der 100 000. Der Kampf um

die hundert Meter hat begonnen.“
Fast wie auf Kommando des Reporters wurde es still im Fernsehraum.
„Da tippeln sie, wie Vollblutpferde vor dem Start.“ Der Reporter schien jetzt zu flüstern.
„Da zuckt gar Ralf Metcalfe, die gewaltige schwarze Lokomotive. Jetzt segnet er sich zum letzten Mal... auf der Außenbahn. Der andere Schwarze ist schon nach vorne getreten, Jesse Owens, auf der Innenbahn. Zwei Schwarze gegen drei Weiße. Drei Europäer gegen zwei Amerikaner. USA gegen Europa.“
Hier wurde der Reporter wieder laut.
„Der Kampf beginnt. ... Der Starter ist bereit, die Pistole in der Hand.“ Dramaturgisch geschickt senkte der Reporter erneut die Stimme.
„Kein Laut regt sich im gewaltigen Stadion. Atemlos verfolgt die Menge jetzt den Start.“
Die Stimme des Reporters, die sich nun zu überschlagen drohte, wurde begleitet von Anfeuerungsrufen und Schreien im Stadion genauso wie in der Stube.
„Der Holländer ist vorn, ... jetzt kommt schon Jesse Owens, zurück liegt Metcalfe ... Erster Owens ... Zweiter Metcalfe.“
Pause im Kommentar.
„Dritter der Holländer Osendorp... und vierter... wieder ein Amerikaner...“
Es war unschwer eine Riesenenttäuschung in der Stimme des Reporters zu erkennen. Im Zuschauerraum der Fernsehstube das gleiche Bild. Raunen, Flüche, eindeutige Handbewegungen. Der deutsche Borchmeyer war nicht einmal unter die ersten drei gekommen, geschweige denn in die Nähe der Sieger Owens und Metcalfe. Die arische Rasse hatte auf der Sprintstrecke gegen einen Amerikaner verloren, und ausgerechnet auch noch gegen einen schwarzen Amerikaner. Eine Schmach, ohne Frage.

Die Stimmung und die Euphorie der Jungs bekam einen weiteren Dämpfer, als sie am nächsten Tag in der Zeitung lasen, dass die deutsche Mannschaft im Fußball gegen Norwegen 2:0 verloren hatte und damit die sichergeglaubte Goldmedaille futsch war. Auch das Straßenradrennen, das sie an der Nordschleife der Avus kostenlos verfolgen konnten, sah keinen deutschen Sieger. Im Feldhandball konnten sie dann endlich den Sieg im Viertelfinale einer deutschen Mannschaft bejubeln. Der Glaube an die sportliche Unbesiegbarkeit hatte einen Knacks bekommen, den sie aber nicht wahrhaben wollten. Reichspropagandaminister Goebbels hatte doch immer von der Unbesiegbarkeit der arischen Rasse gesprochen und dann so eine Pleite. „Deutschland, Deutschland über alles, über alles in der Welt!“ Diese Niederlagen waren Ausrutscher, Produkte von Zufälligkeit, vielleicht waren das Wetter oder der Boden Schuld, die falschen Schuhe oder sogar Schiebung im Spiel. In Wirklichkeit konnte und durfte niemand anderes besser sein als ein Deutscher. Die Nationenwertung am Schluss der Spiele erschien ihnen da wie ein Trost. Deutschland hatte so viele Goldmedaillen gewonnen, wie keine andere Nation. Völlig überwältigt von der Großstadt Berlin kehrten die Jungs vorzeitig und ohne einen Pfennig in der Tasche in das heimatliche Westfalen zurück.

Kapitel 5
Bielefeld/Fallersleben, 1938

Der lange Flur war nicht beheizt und die Aprilsonne hatte noch nicht genügend Kraft, um durch die hohen Fenster Wärme zu schicken, damit die ungefähr einhundert jungen Männer in Unterhosen nicht froren. So aber froren sie. Sie saßen auf den bereitgestellten Bänken und Stühlen, standen herum, lehnten sich an die weiß gekalkten Wände oder gingen wie nervöse Tiger auf und ab, immer ein Ohr auf Empfang gestellt, falls ihr Name aufgerufen werden sollte und sie sich in irgendeinem Zimmer zu melden hätten. Auch der Holzfußboden war kalt, und sie hatten nicht einmal Schuhe anbehalten dürfen.

„Ausziehen!“ hatte es geheißen und: „Warten, bis Sie aufgerufen werden!“ Sie entkleideten sich bis auf die Unterhose. Doch schon wenig später erschien ein Feldwebel und brüllte:

„Habt ihr Bohnen in den Ohren? Ausziehen habe ich gesagt. Los, alles, und zwar plötzlich.“

Die jungen Männer schauten sich ratlos an, aber dann hatten sie sich rasch auch ihrer Unterhose entledigt und standen nun also nackt im Gang. Danach hieß es wieder warten. Über eine Stunde waren sie nun schon hier und ließen die Prozedur geduldig über sich ergehen. Die Reihenfolge des Namensaufrufs entbehrte jeder Logik.

Zu seinem 18. Geburtstag hatte Heinrich Post vom Wehramt bekommen, auf die er schon gewartet hatte. Endlich. Er sollte sich an diesem Montagmorgen um 8.00 Uhr in Bielefeld melden. Zusammen mit Gerd, Friedhelm, Günther und Helmut war er mit dem Rad nach Bielefeld gefahren und hatte sich in die Schar der Wartenden eingereiht.

„Die Hälfte seines Lebens wartet der Soldat vergebens! Jetzt weiß ich endlich, was mein alter Herr mit diesem Spruch gemeint hat, wenn ich zu Hause herumgesessen habe“, wetterte Günther.

„Bleib ruhig, du wirst auch noch rasiert. Oder haste Schiss, dass sie dich nicht nehmen?“ Helmut schlug Günther an den Kopf und schickte noch ein übermütiges „Leichte Schläge auf den Hinterkopf sollen die Denkleistung steigern. Vielleicht testen die ja auch, wie schlau du bist!“ hinterher. Erneut wurde eine Tür geöffnet.

„Reckers, Friedhelm. Zimmer achtundvierzig!“

„Na endlich, es geht weiter.“ Friedhelm drängte sich in Zimmer achtundvierzig. Er hatte wie alle Männer eine schwarze Schiefertafel um den Hals gehängt bekommen, auf der einige Daten mit Kreide notiert worden waren. Nach zehn Minuten erschien er wieder auf dem Flur. Wasserlassen. Er hatte jetzt ein E auf der Tafel stehen, E für Eiweiß im Urin.

Kurz darauf wurde Heinrich zum Hör- und Sehtest bestellt und berichtete ebenfalls.

„Buchstaben und Zahlen lesen. He, Gerd, falls du es wissen willst, ganz unten steht sieben – drei – sechs – neun – fünf. Du hast doch deine Brille vergessen!“

„Sehr witzig. Ich kann besser sehen als du.“

„... deshalb triffst du beim Fußball ja auch ein offenes Scheunentor von drei Meter Entfernung nicht.“ Damit hatte Günther die Lacher auf seiner Seite.

Vielleicht gab es den einen oder anderen unter den jungen Rekruten, der hoffte, irgendeine Krankheit, eine Fehlstellung der Füße, Rückenschaden oder einen gravierenden Sehfehler zu haben, um so für den Militärdienst untauglich zu sein. Für die meisten auf dem Flur galt das nicht. Uneingeschränkt wehrdiensttauglich sein hieß kerngesund sein, kräftig, für alle Waffengattungen geeignet, an jeder Front einsetzbar, ohne Wenn und Aber. Und nur das war erstrebenswert. Die Ausgemusterten waren Drückeberger, vielleicht sogar Simulanten, wollten nicht dem Führer und Deutschland dienen. Wer wirklich etwas Ernsthaftes hatte, der war nur zu bedauern, weil er nicht mitmachen durfte, weil er ja nicht konnte. Wer simulierte, der

gehörte bestraft, mit dem wollte man nichts zu tun haben. Den sollte man hundert Kniebeugen machen lassen mit dem Gewehr in der Vorhalte, der sollte dabei hundertmal sagen: „Ich bin Soldat und bin es gern!"
Auf dem Flur saß Heinrich nun schon zum zweitenmal neben demselben schlanken, kräftigen jungen Mann. Die Haarfarbe war es, die einen ersten offensichtlichen Unterschied ausmachte: Heinrich war schwarzhaarig, sein Nachbar blond.
„Wo kommst du weg?" Heinrichs Gesprächspartner verriet mit dieser Ausdrucksweise seine lippische Herkunft. „Aus Werther. Und du?"
„Aus Detmold."
Heinrich drehte dem blonden Nachbarn den Kopf zu, als der ihn fragte:
„Und zu welcher Einheit willst du?"
„Weiß noch nicht. Ich habe mal gedacht, ich würde am liebsten zur Marine. Aber besser nicht. Wenn so ein Kasten erst einmal eine volle Breitseite gekriegt hat, dann sinkt der in Null Komma Nichts, und dann... Ade du schönes Heimatland. Wo willst du denn hin?"
„Ich will zum 42. Artillerie-Regiment. Für einen Panzer bin ich wohl zu groß, die Infanterie ist mir zu anstrengend. Aber die Artillerie, das wäre was für mich. Das 42. ist doch hier in Bielefeld stationiert."
Heinrich wurde hellhörig. „Artillerie? Hört sich gut an. Könnte ich mir auch vorstellen. Ich heiße Heinrich, Heinrich Altmann", sagte er nun, indem er sich noch ein wenig mehr dem anderen zuwandte.
„Fritz Steuben. Dann meld' dich doch auch zur Artillerie." Fritz hatte die ausgestreckte Hand von Heinrich ergriffen.
„Aber zuerst kommt ja noch der Arbeitsdienst. Hast du schon eine Ahnung, wo es da hingehen soll?" Fritz schüttelte den Kopf.
„Vorhin hat jemand gesagt, dass der Reichsarbeitsdienst im

Moment besonders in Fallersleben Kräfte braucht. Das liegt hinter Hannover. Die wollen da das neue Kraft-durch-Freude-Auto bauen und dafür muss erst einmal das ganze Gebiet trocken gelegt werden, damit überhaupt eine Fabrik entstehen kann. Schon möglich, dass wir dahin kommen."

Die Stimme eines Militärarztes unterbrach jäh ihr Gespräch.

„Steuben, Friedrich. Zimmer zweiundfünfzig!"

Zimmer zweiundfünfzig brauchte ein wenig mehr Zeit. Geschlagene zwanzig Minuten wartete Heinrich, ehe Fritz aus Zimmer zweiundfünfzig zurück kam.

„Auf Zimmer zweiundfünfzig dürft ihr euch schon freuen", berichtete er und stellte sich neben Heinrich an die Wand, da der Stuhl mittlerweile besetzt war.

„Wieso, reißen sie dir da den Kopf ab?" Heinrich war noch belustigt, wurde jedoch schlagartig ernst, als Fritz eine genauere Schilderung von sich gab.

„Du musst zwanzig Kniebeugen machen, dann hören sie dir die Brust und den Rücken ab. Anschließend musst du den Kopf zur Seite drehen. Dabei fasst dich der Arzt an den Sack und sagt: Husten Sie mal!"

Heinrich traute seinen Ohren kaum. „Was soll das denn?"

„Ich hab' auch keine Ahnung, wofür das gut sein soll. Aber ich wollte schon fragen, ob sie für diese Untersuchung nicht ein nettes Karbolmäuschen hätten. Dann wär' ich gern noch ein bisschen länger geblieben."

Gerd, Friedhelm, Günther und Helmut hatten das Gespräch mitbekommen und machten ebenfalls ein verdutztes, leicht verängstigtes Gesicht.

„Aber es kommt noch viel besser. Anschließend sagt der Arzt nur noch „bücken" und schaut dir in den Arsch, ob du Hämorrhoiden hast."

„He, Jungs", rief Fritz in den Flur. „Ich hoffe doch sehr, dass ihr untenherum sauber seid!"

Wieder lachte der ganze Flur. Nach einer weiteren Stunde

wurde Heinrich wie alle anderen zu einem Gespräch befohlen. Hier bekam er seine Papiere. Der Beamte schrieb eifrig in einen Aktenordner und fragte ohne aufzublicken:
„Zu welcher Waffengattung wollen Sie denn?“ Für Heinrich stand fest, dass er zum 42. Artillerie-Regiment wollte und gab dies auch sofort an.
„Nun mal langsam, ich habe nach der Waffengattung gefragt. In welches Regiment Sie kommen, bestimmen dann wir.“
„Also am liebsten zum Heer, zur Artillerie. Vorher möchte ich mich noch freiwillig zum Arbeitsdienst melden!“ Der Beamte schaute nun auf und zog dabei seine Augenbrauen hoch.
„Soso. Freiwillig zum Arbeitsdienst. Dazu wären Sie sowieso demnächst eingeladen worden!“ Wieder schrieb er in seine Akten und schwieg eine Zeitlang.
„Am 3. Mai melden Sie sich hier in Bielefeld am Bahnhof. Da wird ein Extraschalter eingerichtet sein. Dann geht es mit dem Zug nach Fallersleben. Das kriegen Sie auch noch schriftlich.“
Als sich alle Jungs wieder auf dem Rückweg nach Werther befanden, passierten sie auf der Schlossstraße das Haus des Künstlers Böckstiegel. Der Maler stand in der Nähe auf dem Feld und war in seine Malerei versunken. Einige Male schon war Böckstiegel in der Kneipe im Bahnhof gewesen, hatte sein Bier getrunken und immer hatte er freundlich und väterlich mit Heinrich gesprochen. Heinrich ließ sich zurück fallen und rief den anderen zu, er würde nachkommen, sie sollten ruhig schon weiterfahren. Er schob sein Rad auf den Hof und stellte sich neben den Maler.
„Guten Tag, Herr Böckstiegel. Malen Sie wieder ein neues Bild?“
„Tag, Heinrich“, erwiderte Böckstiegel, während Heinrich einen Moment schweigend zusah. Bei Böckstiegel kam ihm das „Heil Hitler“ nur schwer über die Lippen. „Was malen Sie gerade?“

„Das Haus, die Wiese und den Wald, aber ich habe erst begonnen. Es ist noch nicht viel zu sehen. Und du, woher kommst du gerade?"
„Wir waren bei der Musterung in Bielefeld. Alle Mann voll wehrdiensttauglich. Am 3. Mai geht es los zum Arbeitsdienst."
Böckstiegel nickte nur und murmelte erneut ein „Aha."
„Haben Sie schon einmal Soldaten gemalt?" fragte Heinrich.
„Nein, Soldaten male ich nicht. Bauern und Menschen hier aus Westfalen."
„Aber Sie waren doch selbst auch einmal Soldat."
„Das ist lange her. Ich hoffe, ich muss es nie wieder sein. Als Maler suche ich die Reinheit der Natur, den Duft einer Blume, den Apfelbaum, das Feld, den Himmel, den trüben oder den sonnigen Tag, das Licht, das die Gegenstände aneinander ballt. Alles soll in satten Farben glitzern und glühen, hell und dunkel soll in meinen Bildern leben. Ich suche nicht die Mächte, die alles zerstören können. Ich habe die Bilder des Krieges gesehen, es war nichts dabei, was ich hätte malen wollen."
„Aber wir haben doch gar keinen Krieg", warf Heinrich ein.
„Nein, aber wie schnell kann ein Krieg wiederkommen! Wenn man hört und liest, wer alles mit dem Säbel rasselt und droht, da kann einem schon angst und bange werden."
„Der Führer sagt, er will den Frieden, und um den Frieden zu sichern, braucht er eben Soldaten."
„Soldaten können aber auch angreifen. Auf jeden Fall ist es nicht schön, was Soldaten nach ihrem Handwerk hinterlassen. Malen will ich das nicht. Ich will nur die kraftvolle Form mit ihrem glühenden Reichtum abbilden. Unsere heimatliche Erde mit ihrer unermesslichen Schönheit."
Heinrich schwieg einem Moment und sah Böckstiegel bei der Arbeit zu. Wenn der Maler über seine künstlerischen Denkweisen sprach, dann interessierte ihn das weniger. Er hatte auch nicht verstanden, was Böckstiegel ihm sagen wollte. Heinrich

kannte diese heimatliche Erde. Er war hier geboren. Aber er war jung, er wollte die Welt sehen. Er wollte mit Böckstiegel viel mehr über die Politik reden und darüber, dass Deutschland wieder auf dem Weg zu einer Großmacht war. Vielleicht wollte er so etwas wie: „Junge, du machst das schon alles ganz richtig“ hören, aber das hörte er von Böckstiegel nicht. So dachte der Maler nicht.

„Haben Sie wieder einmal eine Ausstellung gehabt?“

„Nein, nicht in Bielefeld und auch nicht in Dresden. Meine Bilder scheinen niemandem mehr zu gefallen. Einige Bilder sind sogar schon verschwunden oder abgehängt worden“, gab Böckstiegel zur Antwort.

„Warum?“

„Weil man der Meinung ist, dass meine Bilder nicht in diese Zeit passen. Ich habe mich schon darüber beschwert, aber ich habe keine Antwort bekommen. Vieles scheint nicht in diese Zeit zu passen. Man muss aufpassen, zu wem man was sagt und wem man was glaubt.“

„Wie meinen Sie das?“

„Glaube nicht alles, was man dir sagt, Junge. Glaube das, was du siehst oder noch besser, was du fühlst.“

Heinrich war irritiert. Er schaute noch eine Weile zu, nahm dann sein Fahrrad und verabschiedete sich.

„Pass auf dich auf!“ hörte er den Maler noch hinter sich her rufen.

Am 3. Mai warteten Heinrich, Gerd, Friedhelm, Günther und Helmut mit ihren kleinen, alten Pappkoffern vor dem Bahnhof in Bielefeld. Da draußen mittlerweile eine angenehme Frühlingswärme herrschte, hatte Heinrich seinen dünnen Mantel im Koffer verstaut. Viel war es nicht, was er bei sich hatte. In der Bahnhofshalle hatte man ein paar Tische aufgestellt, hinter denen jeweils ein Beamter saß und die jungen Arbeitsmänner erwartete. In der Halle wimmelte es von neuen Arbeitsmännern und Feldjägern. Heinrich hielt Ausschau nach Fritz Steuben, den er bei der Musterung kennengelernt hatte. Inständig hoffte er, dass Fritz tatsächlich auch nach Fallersleben geschickt würde. Kurz bevor Heinrich an der Reihe war, tippte ihn jemand auf die Schulter und Heinrich erkannte das strahlende Gesicht von Fritz.

„Wo ham'se Ihren Spaten gelassen, Arbeitsmann? Wolln'se etwa so zum Torfstechen?"

„Arbeitsmann Altmann meldet sich zum Dienst. Den Spaten habe ich schon nach Fallersleben vorausgeschickt." Beide lachten über ihre Scherze.

„Tag, Fritz. Sag mal: Bist du in Fallersleben dabei?"

„Na klar! Der Führer braucht jetzt jeden Spaten. Schließlich sollen in kurzer Zeit die ersten KdF-Wagen ausgeliefert werden. Noch nicht gehört? Fünf Mark musst du im Monat sparen, willst du im KdF-Wagen fahren."

„Aber vorher lass uns mal sehen, dass wir in Fallersleben das Autowerk bauen, damit der Führer stolz auf uns ist", mischte sich Friedhelm ein.

„Wir haben ihn schon 1936 in Berlin verpasst. Vielleicht klappt es ja diesmal", warf Helmut ein. Auf der Fahrt erzählten die Jungs von Olympia und davon, dass sie keine Karte für das Stadion bekommen hatten und deshalb den Führer nicht gesehen hatten.

„Der ist mindestens schon zwanzigmal in Detmold und in Lippe gewesen".

„Wirklich? Hast du ihn gesehen?" Gerd war überrascht.

„Von Weitem. Auf einer Bühne hat er gestanden."

„Wann war das denn?"

„Damals 1932, kurz bevor er Reichskanzler geworden ist."

„Was hat denn der Führer in Detmold gemacht?" wollte Helmut wissen.

„Irgend so eine Wahl wollte der Führer damals unbedingt gewinnen, um Deutschland zu zeigen, dass er der starke Mann ist.

In Lippe waren eigentlich immer schon die Sozis an der Macht, aber in dieser Zeit gab es plötzlich Hunderte von SA- und SS-Leuten. Alle, die jetzt ganz wichtig sind, Goebbels, Göring und so weiter, alle haben in Detmold und Lemgo Reden gehalten. In jedem Dorf und in jeder Stadt zogen Marschkapellen durch die Straßen. Der Lippische Kurier brachte täglich Sonderausgaben."

„Das wusste ich gar nicht."

„Nee, du warst ja auch noch zu jung. Mein Vater hat damals zu Hause viel davon erzählt. Der war schon immer in der SPD. Als Hitler und die NSDAP dann ausgerechnet Lippe Detmold für einen Wahlkampf ausgesucht hatten, war mein alter Herr am Kochen. Die SPD hat alles versucht, um seinen Wahlsieg zu verhindern, aber am Ende hatte die NSDAP doch die meisten Stimmen."

„Und du, bist du auch für die Sozis?"

„Wo denkst du hin? Die Sozis sind doch nicht mehr zeitgemäß. Jetzt heißt es doch, Deutschland nach vorne zu bringen. Da will ich dabei sein. Ein Volk, ein Reich, ein Führer! Mein alter Herr hat früher immer versucht, mich zu den Sozis mitzunehmen. Aber ich mochte die nicht. Da war nichts los. Die haben immer nur geredet und geredet. Als dann die ersten HJ-Verbände gegründet wurden, bin ich dahin gegangen. Das war spannender."

„Und dein Vater, was hat der dazu gesagt?"

„Der war natürlich enttäuscht, wollte nicht, dass ich in der HJ mitmache. Sogar verprügelt hat er mich einmal deswegen. Als Hitler dann endlich an der Macht war, hat mein Vater seine Meinung auch geändert und die Sozis sind dann ja auch immer weniger geworden."

„Stimmt, so muss sich der Führer mit dem ewigen Gerede nicht mehr rumärgern und kann alles selbst bestimmen", ergänzte Friedhelm.

In Braunschweig wurden die jungen Männer dann auf Lastkraftwagen verladen und nach Fallersleben weitertransportiert. In der Nähe von Fallersleben sollte Wolfsburg, die neue Stadt des KdF-Wagens, entstehen. Schließlich brauchten die Arbeiter sehr bald Wohnungen, die es bislang noch nicht gab. Dafür musste zunächst der sumpfige Boden rings um die kleinen Dörfer trockengelegt werden. Der Reichsarbeitsdienst hatte Zehntausende von Männern hier in Baracken untergebracht, die in den kommenden Monaten und Jahren mit dem Spaten Entwässerungsgräben ziehen sollten. Eine Arbeit, die militärisch bis ins kleinste Detail geplant und durchgeführt wurde. Als erstes wurde den jungen Männern ein Einheitshaarschnitt verpasst. Der Nacken wurde hoch ausrasiert und auf dem Kopf blieb nur ein karger Rest von Stoppeln. Sie wurden mit Kleidung und Spaten ausgerüstet, bekamen ihren Schlafplatz zugewiesen und dreimal täglich ihr Essen. „Essen fassen“ nannte man das. Meistens gab es Steckrübeneintopf mit Brot, Kartoffelsuppe oder Ähnliches, selten befanden sich Wurststücke darin, noch seltener stand Gemüse auf dem Küchenzettel. Gleich zu Beginn bläute man ihnen ein, dass sie auf ihr Arbeitsmaterial gut achtgeben sollten. Dazu gehörte neben dem Spaten auch die Kleidung. Zwar erwartete man von ihnen größten Einsatz im Gelände, doch das Material dürfe dabei aber nicht leiden. Stiefel und Spaten waren teuer und Deutschland konnte man nur mit eisernem Sparwillen aufbauen. Jeder musste dazu beitragen.

Die Struktur einer Abteilung, einer Gruppe und einem Gau beim Reichsarbeitsdienst entsprach jener bei der HJ und beim Militär. Ebenso der Tagesablauf: Appell, Marschieren, Arbeiten, Essen fassen, Arbeiten, Marschieren, Waschen, Nachtruhe. Von Montag bis Samstag. Am Sonntag wurden nur die nötigsten Arbeiten erledigt. Schon nach zwei Wochen Einsatz und harter Arbeit war klar, dass die Trockenlegung für den Führerauftritt zur Grundsteinlegung nur mit Sonderschichten zu leisten war. Also hieß es zwei Stunden länger schaufeln,

Sand und Erde in Schubkarren abfahren, Steine aus der Erde holen, Bäume fällen, Stützwände bauen und befestigen, Straßen und Wege anlegen oder Bachläufe verlegen. Die Männer murrten des Abends oder in den Pausen, offene Kritik an der Schinderei, die vollständig ohne Maschinen ausgeführt wurde, war jedoch undenkbar.

An einem Mittwoch standen Heinrich, Fritz und Gerd mit etwa fünfzig anderen Männern in einem Graben, den sie in den letzten Wochen ausgehoben hatten. Er diente zur Entwässerung des Geländes. An den Tagen zuvor hatte es geregnet und so sammelte sich das Wasser fast kniehoch im Graben. Der Boden an dieser Stelle war lehmhaltig. Das Wasser wollte einfach nicht versickern oder ablaufen. Die Männer schaufelten mit bloßem Oberkörper, mit kurzer Hose und in Stiefeln den Schlamm aus dem Graben. Der Schweiß lief ihnen den Körper herab und die Mücken waren die reinste Plage. Sie hatten eine Vorgabe bekommen. Der Graben musste jeden Abend ein Stück länger sein. Alle zehn Meter gab es eine abgeflachte Stelle, über die man mit einer Karre heranfahren konnte, um den Schlamm von dort abzutransportieren. Günther und Helmut waren zwei dieser Karrenfahrer. Ihre Arbeit war nicht angenehmer oder leichter. Die nasse Erde machte die Karre derart schwer, dass ihre Arme und der Oberkörper schmerzten. Niemand war an solche Arbeiten gewöhnt, aber darauf nahm keiner Rücksicht. Friedhelm hatte es binnen kurzer Zeit zum Vormann geschafft. Wenn also der Truppführer zur Kontrolle kam, so musste Friedhelm Rapport erstatten, was ihm dann nicht nur einige Minuten zusätzliche Pause einbrachte. Er konnte sich vor seinem Truppführer damit profilieren.
„Was ist los, ihr Flaschen? Habt wohl gedacht, hier wäre Kaffeekränzchen angesagt, was? Wer sein Pensum nicht schafft, darf zur Belohnung heute Abend ein paar Extratouren drehen. Also los, haltet euch ran. Keine Müdigkeit vortäuschen!“ schrie

Friedhelm aus voller Kehle.
Truppführer Buttgereit stand mit den Händen in den Hüften am Graben und begutachtete den Fortgang der Arbeit, nickte und war mit den Anweisungen seines Vormanns zufrieden. Friedhelm hatte sich neben ihn gestellt und brüllte erneut.
„Haltet euch ran, ihr ſaulen Säcke! Zeigt mal, was cin deutscher Arbeitsmann leisten kann!
Keine Müdigkeit vortäuschen!“ Das war reine Schikane. Reine Willkür. Sie waren doch keine Strafgefangenen, dies war auch kein KZ. Hier waren gute Deutsche am Werk, im Dienste der Sache. Warum nur musste man sie so behandeln? In den vergangenen Wochen hatten einige der Arbeitsmänner ihren Elan bereits infrage gestellt. Jetzt meinte auch Friedhelm noch den Vorgesetzten raushängen lassen zu müssen.
„So langsam bekomme ich richtig Wut auf Friedhelm und den Buttgereit.“
Gerd war bereits jetzt am Rande seiner Kraft. Er war immer noch übergewichtig. Ihm hatten bei der Kleiderausgabe die Sachen nicht gepasst und weil man keine größeren Kleider besorgen konnte, musste er sich in viel zu kleine zwängen. Genau dies hatte zu Spott und Hohn bei den Vorgesetzten geführt. Man hatte ihn nur noch „die dicke Wurst“ genannt und Gerd litt sehr unter diesen Drangsalierungen. Helmut stellte seine Karrc zwischen Heinrich und Fritz.
„Los macht schon. Wenn nachher der Feldmeister kommt, gibt’s wieder Ärger. Das Stück hier müssen wir noch schaffen. Oder wollt ihr heute noch zusätzlich marschieren?“
Heinrich bemühte sich, mit seiner Schaufel ein besonders großes Stück aus dem Boden zu heben. Aber er hatte Pech. Seine Stiefel hatten bereits eine Bruchstelle gehabt, als er sie übernommen hatte. Er blieb an der Schaufel hängen und dabei riss das Leder ein.
„Verdammt, jetzt ist mir auch noch der Stiefel eingerissen!“
Zu allem Überfluss sickerte nun Wasser in seinen Knobelbe-

cher. Trotz dieses Missgeschicks blieb ihm keine andere Wahl, als weiterzuarbeiten. Eine Stunde, zwei Stunden. Endlich kam der erlösende Ruf von Friedhelm.
„Mittag! Alle Mann zum Essen fassen!“
Nicht weit vom Arbeitseinsatz hatten sie eine Feldküche aufgebaut. Es gab Kartoffeln mit Bohnen. Der Reihe nach gingen die Arbeitsmänner an der Gulaschkanone vorbei, um sich mit dem Blechgeschirr dann irgendwo ins Gras fallen zu lassen und ihr Essen zu sich zu nehmen.
„Ich kann den Fraß nicht mehr sehen. Das gab's doch schon gestern und vorgestern.“
Gerd war der Verzweiflung nahe. Er war völlig fertig.
„Noch eine Stunde länger und ich muss kotzen.“
„Na, na, na. Wer wird denn gleich den Spaten ins Feld werfen. Wir sind doch erst am Anfang. Spar dir deine Kräfte.“ Von Günther ging nicht gerade Trost und Mitgefühl aus.
„Aber mich hat dieses Arschloch Buttgereit immer auf dem Kieker. Wenn ich es heute wieder nicht schaffe, könnt ihr mich morgen zum Sani bringen. Ich hab' die Schnauze voll.“
„Ich frage mich, warum die uns so schinden müssen?“ fragte Fritz.
„Haltet die Klappe, da kommt Friedhelm.“ Heinrich war sich nicht mehr sicher, ob Friedhelm noch einer der ihren war. Er brüllte nur noch die Befehle des Truppführers und des Feldmeisters nach und fühlte sich ganz wie ein Vorgesetzter.
„Na, ihr Schlappschwänze!“ war denn auch das erste, was sie von Friedhelm zu hören bekamen. Günther und Helmut grinsten nur.
Gerd hatte sein Pensum nicht geschafft. Aber auch Heinrich konnte mit seinem kaputten Stiefel nicht länger mithalten. Dem Truppführer fiel es am Abend sofort auf, dass in diesem Abschnitt weniger geschaufelt worden war als vorgesehen. Der Abend sollte zum Desaster werden. Als erstes mussten alle antreten zum Appell. Diejenigen, die ihre Vorgabe nicht geschafft

hatten, sollten vortreten. Neben Gerd und Heinrich waren etwa fünfzig weitere Arbeitsmänner dabei.
„Zehn Runden um den Lagerplatz. Im Laufschritt Marsch! Und wehe dem, der nicht durchhält!“ brüllte der Feldmeister die Männer an. Allein das war nach dem strapaziösen Arbeitstag schon schlimm genug. Aber es war nicht das Ende. Auf dem Platz stand eine etwa vier Meter hohe Kletterwand, die sogenannte „Eskaladierwand“. Und wieder brüllte der Feldmeister:
„Alle Mann fünf Mal über die Wand. Marsch, marsch! Euch werd' ich helfen. Euch kocht gleich das Wasser im Arsch!“
Dies war der Lieblingsspruch von Feldmeister Berwanger. Die Arme schmerzten, die Beine konnten ihren Dienst nicht mehr erfüllen, die Finger waren voller Blasen und Schwielen, aber sie sollten eine vier Meter hohe Kletterwand erstürmen. Nach dem dritten Klettern blieb Gerd am Boden liegen. Berwanger trat auf ihn zu, stellte den Fuß auf seinen Rücken und drückte ihn auf die Erde.
„Natürlich, Walkenhorst, die dicke Wurst. Keinen Mumm in den Knochen, was? Du kommst am Sonntag noch zur Sonderbehandlung. Dein Ausgang ist gestrichen!“
Die Männer fielen todmüde in ihre Betten, kaum dass der Appell und die Essensausgabe vorüber waren. Doch dies sollte noch nicht das Ende der heutigen Schikane sein. Um drei Uhr in der Nacht pfiffen die jeweiligen Vormänner mit ihren schrillen Trillerpfeifen durch die Baracken.
„Alle Mann raustreten mit Arbeitsuniform und Spaten. Antreten auf dem Appellplatz!“
Friedhelm fand an seiner Rolle als Vormann Gefallen. Es blieb wenig Zeit. Wer zu spät erschien, hatte erneut mit Sonderbehandlungen zu rechnen. Kaum hatten die Männer Aufstellung genommen, ertönte der nächste und der nächste Befehl.
„In Drillichzeug angetreten, marsch, marsch!“
„In Ausgehuniform angetreten, marsch, marsch!“

„In Arbeitsuniform angetreten, marsch, marsch!“
„Maskenball“ nannte man das. Eine überaus spaßige Veranstaltung für alle Vorgesetzten. Kaum waren die Uniformen mehrmals durchprobiert, ertönte der nächste Befehl. Spind- und Stubenkontrolle. Natürlich war nun jede Stube mit den Uniformen durcheinander geraten. Wer nun nicht schnell genug alles wieder in sauberste Ordnung brachte, den traf die Schikane des Feldmeisters erneut. Strafexerzieren bei Nacht. Berwanger stand mit seinem Truppführer Buttgereit in der Stube und schaute auf die Uhr. Es war ganz offensichtlich, dass beide getrunken hatten.
„Nicht mal richtig aufräumen könnt ihr. Das ist ja schlimmer als die Waschweiber. Raustreten! Und wer ist wieder mal dabei? Unsre dicke Wurst. Na, dir werd ich’s zeigen.“
Kaum standen die Männer, die nicht schnell genug hatten Ordnung schaffen können, auf der Lagerstraße, brüllte Berwanger die nächste Anweisung.
„Volle Deckung und robben bis zum Ende der Straße!“
Allen kochte nun tatsächlich das Wasser im Arsch, wie es Berwanger vorher gesagt hatte. Sie waren am Ende.
Als um 4.30 Uhr endlich alle wieder in ihren Betten lagen, hörte Heinrich neben sich ein Schluchzen. Das musste Gerd sein. Er schwang sich von seinem Bett und setzte sich neben ihn. Tatsächlich, Gerd weinte. Die Tränen liefen ihm das Gesicht herunter.
„Ich kann nicht mehr, Heinrich. Ich bin fertig. Ich will auch nicht mehr.“
Heinrich legte den Arm um Gerds Schultern. Auch Fritz hatte sich nun daneben gesetzt.
„Da müssen wir durch. Komm, das schaffst du auch.“
Gerd ließ sich dennoch nicht beruhigen.
„Entweder ich hau’ ab, oder ich bring’ mich um. Lebend komme ich hier sowie nicht heraus.“
„Mensch Gerd, mach keinen Quatsch. In ein paar Monaten

sind wir Soldaten. Dann ist das hier doch vergessen."
Gerd stand auf. Immer noch rannen ihm die Tränen über die Wangen, als Heinrich ihn festhalten wollte.
„Lasst mich, ich hau' ab."
Gerd riss sich los und rannte aus der Baracke. Nur einen kurzen Moment schauten Fritz und Heinrich sich an und liefen dann hinterher. Am Ende des Appellplatzes holten sie ihn ein und zerrten ihn zu Boden. Erst als er sich minutenlang gewehrt hatte, schafften sie es, Gerd zu beruhigen. Hätte man sie hier so erwischt, hätten sie mit noch empfindlicheren Strafen rechnen müssen. Während Fritz die Arme von Gerd festhielt, schüttelte Heinrich ihn an den Schultern und redete auf ihn ein.
„Komm Gerd, wir wollen Soldaten werden. Schon vergessen? Berwanger und seine Leute wollen sich doch nur an uns austoben. Die lassen doch nur ihre Komplexe an uns aus, weil sie selbst nicht so geworden sind, wie wir jetzt sind. Hart wie Krupp Stahl. Wir lassen uns nicht unterkriegen. Das Wasser im Arsch kühlt auch wieder aus. Glaub mir. Und was dann übrig bleibt, das kriegt so schnell keiner kaputt."
Heinrich glaubte selbst nicht so recht an das, was er sagte, aber hier galt es seinen Kumpel erst einmal zu beruhigen, um Schlimmeres zu vermeiden.

Der 26. Mai war ein Feiertag. Himmelfahrt. Ein Feiertag, der nicht mehr gefeiert wurde. Für einen Kirchgang interessierte sich sowieso kaum noch jemand. Der 26. Mai war ein strahlender Frühsommertag. Ideal für das, was die Nationalsozialisten in Fallersleben für diesen Tag geplant hatten. Am 26. Mai sollte Adolf Hitler höchstpersönlich den Grundstein für das neue Automobilwerk hier in Wolfsburg legen. Nicht allzu weit von Berlin, aus dem Ruhrgebiet über die neue Autobahn oder über den Mittellandkanal gut zu erreichen. Die Herman-Göring Stahlwerke in Salzgitter ganz in der Nähe.
Für Heinrich, Fritz und deren Abteilung brachte der 26. Mai

vor allem zusätzliche Arbeit. Über 50 000 Gäste wurden erwartet. Der Festakt war minutiös bis ins letzte Detail geplant. Aus dem ganzen Reich pilgerten die „KdF-Sparer" zur künftigen Produktionsstätte. SA und SS schickten Ehrenformationen, Angehörige des Reichsarbeitsdienstes, der Hitlerjugend und Parteigenossen wurden eigens in das spärlich besiedelte „Wolfsburger Ländchen" befördert. Für all diese Menschen mussten Zelte und zusätzliche Baracken nicht nur auf-, sondern auch wieder abgebaut werden. Die Ehrentribüne nahm einen wichtigen Platz ein. Seitlich davor gab es Podeste für Presse und Film.

Der 26. Mai begann mit sehr zeitigem Wecken und Appell. Hier bekam die gesamte Abteilung einmal mehr die genauen Anweisungen, wie sie sich an diesem Tag zu verhalten hätte. Die Männer hatten nicht gezählt, wie oft sie diese schon gehört hatten. Kleidung und Spaten wurden auf Sauberkeit und Unversehrtheit geprüft. Die Abteilung hatte bereits um acht Uhr auf den Festplatz zu marschieren. Nach und nach erschienen die weiteren Abteilungen, die an der Trockenlegung des Geländes und an der Arbeit des Werkes beteiligt waren. In militärischer Formation ging es nun mehrere Runden über den Platz, einmal nach rechts, ein anderes Mal nach links, bis endlich der angewiesene Standort erreicht war. Begleitet und untermalt wurde die Szenerie von den bekannten Klängen der Militärkapelle, die über Lautsprecher verstärkt wurden.

Es war bereits 12.30 Uhr, als alle Einheiten an ihrem Platz standen. Die Ehrenformationen der Reichswehr, der Hitlerjugend und der Partei waren nun ebenfalls angetreten. Alle hatten ihre Runden gedreht. Heinrich und Fritz befanden sich irgendwo in der Mitte der gewaltigen Menschenmasse. Auf der Bühne befand sich nun eine große Anzahl von wichtigen Menschen, die meisten davon in Uniform. Davor hatte man drei Prototypen des neuen KdF-Volkswagens postiert. Eine geschlossene Variante, eine mit Rolldach und eine als Cabrio. Alles war festlich mit Girlanden und Fahnen geschmückt. Im Hintergrund der Bühne prangte ein riesengroßes Hakenkreuz, um das ein Zahnrad die Kraft der Arbeiter symbolisierte. Um 13.25 war es dann endlich soweit. Der Führer in Uniform betrat die Bühne, auf der sich der Grundstein und Hammer befanden. Während er gemessenen Schrittes die Bühne betrat, brandete ihm das Geschrei der Menschen entgegen. Wie in immer neuen Wellen eines Sturms ertönte ein einziges Wort. „Heil! – Heil!" Heinrich und Fritz standen mitten in diesem Sturm, die linke Hand umklammerte den Spaten, die rechte Hand war zum Gruß erhoben. Und immer nur ein einziges Wort in schier endloser Wiederkehr: „Heil!"

Der Sturm verebbte noch schneller, als er entstanden war, als Hitler zu seiner Rede ansetzte. Wie im Auge eines Hurrikans herrschte abrupt Totenstille. Die Worte, die der Führer zu diesem Anlass wählte, handelten einmal mehr vom deutschen Volk, vom Traum der Mobilisierung, von Kraft durch Freude.

„Ich vollziehe diese Grundsteinlegung im Namen des deutschen Volkes. Das Werk soll entstehen aus der Kraft des ganzen deutschen Volkes, und es soll dienen der Freude des deutschen Volkes."

Keine fünfzehn Minuten dauerte seine Rede. Im tosenden Jubel stieg der Führer von der Bühne, begleitet von Parteigenossen, abgeschirmt von uniformierten SS-Einheiten. Er bestieg das Cabriomodell des Volkswagens, setzte sich auf die Rückbank und ließ sich ein Stück über das Gelände fahren. Heinrich und Fritz konnten seinen Weg erahnen, denn die Massen richteten den Blick in seine Richtung. Sehen konnten sie ihn nicht. Nicht lange und der Führer stieg wieder in seine Großraumlimousine und fuhr mit seiner Kolonne in Richtung Bahnhof. Die Veranstaltung war beendet. In geordneten Reihen verließen die Formationen das Gelände. Für die jungen Männer des Arbeitsdienstes war es das Größte, den Führer keine hundert Meter entfernt wenigstens erahnt zu haben.

Die Lokomotive der Reichsbahn mit ihren fünf Anhängern näherte sich Bielefeld. Soeben hatte sie das Viadukt in Schildesche überquert und brauchte von hieraus nur noch ungefähr fünfzehn Minuten. Heinrich und Fritz saßen mit anderen Arbeitsmännern in einem Abteil der 3. Klasse und waren bester Laune. Ihr Arbeitsdienst war beendet. Die meisten der Kameraden waren schon einige Tage vorher nach Hause gefahren. Heute, am 9. November, durfte nun auch der Rest endlich nach Hause. Sie saßen in ihrem Abteil, ließen die Flaschen kreisen und schmettern Volks- und Soldatenlieder. Besonders bei dem Klassiker „Lippe Detmold eine wunderschöne Stadt, darinnen ein Soldat..." stimmten alle Nachbarn mit ein.
Sechs Monate schwere Arbeit mit Spaten und Schaufel hatte sie zu Kameraden werden lassen. Sie hatten sich geärgert über ihre Vorgesetzten, über Ungerechtigkeiten gemurrt, hatten in Regen und Hagelschauern sowie in Hitze und Sonne geschuftet, hatten Schweißfüße und Schnarcher in ihren Baracken ertragen, hatten Raufereien untereinander und Spaß beim Karten- und Würfelspiel gehabt und sie waren dabei gewesen, als der Führer den Grundstein für das neue Volkswagenwerk gelegt hatte. Sie hatten sich gegenseitig geholfen und sich Mut zugesprochen, wenn jemand erschöpft war nicht mehr konnte. Sie fühlten sich wie Sieger, denen ein Krieg nichts mehr anhaben konnte. Schließlich, so glaubten sie, waren sie doch bereits jetzt durch die Hölle gegangen.
Der Zug erreichte den Bahnhof in Bielefeld. Fritz und Heinrich stiegen aus und verabschiedeten sich lautstark von ihren Kameraden. Es war mittlerweile 23.00 Uhr. Der Zug fuhr noch weiter bis Dortmund. Die anderen Kameraden mussten nach Wiedenbrück, Oelde oder Hamm, doch für Fritz und Heinrich begann nun der schwierigere Teil des Weges. Einen Anschlusszug oder Bus gab es um diese Zeit nämlich nicht mehr.
„Und was machen wir nun?" fragte Heinrich, als die Lokomo-

tive pfeifend den Bielefelder Bahnhof verlassen hatte.
„Tja, Endstation Bielefeld“, entgegnete Fritz. „Der erste Zug nach Detmold geht um 8.15 Uhr. Lass uns mal ein bisschen warm laufen, wenn wir hier nicht gleich festfrieren wollen.“
Da standen sie nun auf dem zugigen Bahnsteig mit ihren Pappkoffern in der Hand, freuten sich auf zu Hause und wussten doch nicht, wie sie dorthin kommen sollten.
„Bis nach Werther sind es nur zehn Kilometer. Die könnte ich notfalls auch noch gehen. Wie weit ist es denn bis Detmold?“
„Na, ich schätze mal so knapp dreißig Kilometer. Wir könnten ja oben im Osning auf dem Hermannsweg entlang laufen. Das wäre ja mal eine ganz neue Idee“, scherzte Fritz.
„Na dann viel Spaß. Willst du mit zu uns kommen?“ fragte Heinrich.
„Vielen Dank für das Angebot, aber dann muss ich morgen erst wieder nach Bielefeld und anschließend noch weiter nach Detmold. Dann bin ich auch erst am Nachmittag zu Hause. Ich werde mir hier in Bielefeld die Nacht um die Ohren schlagen und dann morgen früh gleich weiterfahren. Du kannst ruhig schon nach Hause laufen, wenn du willst.“
„Quatsch, dann bleibe ich eben auch hier. Mitgefangen, mitgehangen!“
Sie schlenderten aus dem Bahnhofsgebäude in Richtung Kesselbrink, einfach um überhaupt einen Weg zu nehmen und sich zu bewegen. Vielleicht würden sie ja irgendwo eine Gastwirtschaft entdecken, die noch geöffnet hatte, um sich aufzuwärmen und etwas zu trinken. Irgendwann wollten sie dann zurück zum Bahnhof, um im Wartesaal auf einer Bank noch ein paar Stunden zu schlafen. Bielefeld war in der Tat noch nicht ausgestorben. Als sie am Kesselbrink, einem Knotenpunkt in der Bielefelder Innenstadt, angelangt waren, hatten beide das Gefühl, dass diese Nacht irgendwie anders war. Sie hätten gar nicht beschreiben können, was dieses „Irgendwie“ war. Die Nacht auf den 10. November war klar, kalt und doch verbreite-

te sich eine merkwürdige Stimmung.
Gegenüber der Einmündung Turnerstraße hielt ein offener Mannschaftswagen. Alle zwanzig Personen, die nun ausstiegen, waren uniformiert. Schwarz uniformiert. Die meisten von ihnen trugen Kanister und Taschen.
„Du Heinrich, das ist die SS. Was wollen die denn noch hier um diese Zeit?"
Fritz meinte deutlich die Symbole der Schutzstaffel, Hitlers Eliteeinheit, erkannt zu haben.
„Keine Ahnung. Lass uns mal sehen, was da los ist", entgegnete Heinrich. So schnell wie die Uniformierten auf der Bildfläche erschienen waren, so schnell waren sie auch wieder verschwunden. Fritz und Heinrich wollten nicht gesehen oder gar angesprochen werden, so hielten sie Abstand und verloren den Trupp prompt aus den Augen. Sie waren noch damit beschäftigt, in den verschiedenen Einfahrten und Straßen Ausschau zu halten, als einer der Uniformierten plötzlich hinter ihnen stand.
„Sucht ihr jemanden, kann ich euch helfen, Kameraden?" Die Stimme des Uniformierten klang überheblich, fast schon hinterhältig.
Fritz und Heinrich klopfte das Herz bis zum Halse. So gut es ging verbargen sie ihre Furcht und Ehrfurcht vor dem uniformierten SS-Mann, der mindestens zehn Jahre älter war als sie.
„Wir müssen auf unseren Zug warten", antwortete Fritz wahrheitsgemäß und Heinrich ergänzte: „Uns war kalt, da haben wir uns hier nur ein wenig die Beine vertreten wollen."
„Da seid ihr hier ja genau richtig. Wartet mal ab, hier könnt ihr was erleben, gleich ist euch nicht mehr kalt." Der Uniformierte schulterte eine Tasche und ging in Richtung Mannschaftswagen davon. Heinrich hatte plötzlich den Geruch von Benzin in der Nase. Mittlerweile waren auch die meisten der anderen SS-Männer zurückgekommen. Seelenruhig schlenderten sie zu ihrem Fahrzeug, wobei sie lachten und feixten. Nicht lange,

und der Mannschaftswagen verließ die Turnerstraße über den Kesselbrink in Richtung Herforder Straße. Anstatt dass es nun wieder ruhiger wurde in der Turnerstraße, tauchten urplötzlich weitere Menschen in kleinen Gruppen auf. Die meisten waren nicht uniformiert, doch auch SA-Angehörige und Jungs aus der HJ standen wie aus dem Nichts auf dem Gehweg und in den Straßen. Sogar mehrere Polizeistreifen waren zu sehen. Überall wurde aufgeregt gesprochen, schon bald konnte man Flüche und Beschimpfungen vernehmen.

„Was ist denn hier los? Was passiert hier?“ Heinrichs Frage an einen der Männer in der Nähe klang geradezu naiv.

„Heute wird dem Judenpack kräftig eingeheizt. Wartet mal ab, gleich wird ihr Stern auf der Synagoge über ganz Bielefeld leuchten!“ Der Mann grinste und rieb sich dabei die Hände.

„Woher wissen Sie das?“ fragte Heinrich.

„Des Volkes Zorn entlädt sich. Habt ihr denn nicht davon gehört? Irgend so ein Judenschwein hat in Paris unseren Botschafter umgelegt. Dafür werden heute Nacht alle Juden im Reich büßen.“

Den deutschen Botschafter umgebracht? Davon hatten Fritz und Heinrich in der Tat nichts gehört. Nur selten hatten sie in Fallersleben die Möglichkeit gehabt, eine Zeitung zu lesen. Einen Volksempfänger gab es dort nicht. Wie elektrisiert standen die beiden nun in der Turnerstraße mitten in einem Schauspiel, dass an Denkwürdigkeit nicht mehr zu übertreffen war. In den nächsten Minuten und Stunden sollten sie Zeugen einer beispiellosen brutalen wie menschenverachtenden Kampagne werden. Aber zum Nachdenken kamen sie nicht. Kaum hatte der Mann sie über die scheinbare Ursache dieser Aktion unterrichtet, da schrien auch schon einige andere in der Nähe:

„Da, es geht los! Kommt, lasst uns dichter heran gehen, um nichts zu verpassen.“

Heinrich und Fritz wandten sich zur nicht weit entfernten Synagoge. Das jüdische Gotteshaus war seit Beginn des 20. Jahrhunderts als ein schmuckes Gebäude mit einer großen Kuppel und reichen Fassadenverzierungen bekannt und hatte sich in das Stadtbild Bielefelds gut eingefügt. Nun schlugen Flammen aus den Fenstern des 1. Stockwerks. Gleich darauf klirrten Scheiben. Einzelne Stimmen wurden laut: „Juden raus!" Männer, die ihrer Uniform nach der SA zuzuordnen waren, traten gegen die Türen und schlugen mit Knüppeln auf die Fenster ein.

Mittlerweile hatten die Polizisten, scheinbar rein zufällig in der Gegend, eine Art Absperrung um das Gebäude errichtet. Das heißt, sie standen gut postiert an allen Seiten, machten aber keine Anstalten, jemanden an den Zerstörungen zu hindern. Sie warnten allenfalls, wenn jemand zu nahe an ein brennendes Fenster kam. Aus dem Gebäude torkelten nun siegestrunken einzelne Personen ins Freie. In den Händen hielten sie wie Trophäen die sakralen Einrichtungsgegenstände und warfen sie auf die Straße. Hier und da wurden Feuer daraus entzündet. Auch daran wurde von der Polizei niemand gehindert. Ein freundliches „Nun gehen Sie doch ein wenig zurück... Vorsicht, hier könnte etwas einstürzen..." war alles, was die Ordnungshüter von sich gaben. In der Tat hatte das Feuer die Kuppel erreicht. Die Menge grölte, als die Flammen nun aus dem obersten Teil der Kirche schlugen. Die Zuschauermenge, die schon mehrere hundert Menschen ausmachte, teilte sich in zwei unterschiedliche Lager. Die einen heizten die Lage mit Schmährufen, Verwünschungen, Beleidigungen und Hasstiraden auf die Juden kräftig ein. Die anderen, deutlich in der Minderzahl, standen umher, beobachteten das Schauspiel und wagten keinen Kommentar abzugeben. Nicht ein einziger Mensch in der Masse, der auch nur den Versuch unternommen hätte, das Schlimmste zu verhindern. Die schweigende Masse war eingeschüchtert, verängstigt. Warum sollte man den Juden helfen und dafür womöglich ins Gefängnis wandern? Gegen die Juden zu sein war in Deutschland zur allgemeinen Einstellung geworden. Selbst

wenn man Kritik äußern wollte, wem hätte man sie anvertrauen sollen? Hier in der Turnerstraße kam sowieso jede Hilfe zu spät. Die Kuppel brach unter den Flammen zusammen, womit das Feuer im Inneren nur weitere Nahrung fand. Erst jetzt erschienen Feuerwehrautos in der Szenerie. Heinrich und Fritz hatten die Glocken der Fahrzeuge gar nicht wahrgenommen. Vielleicht waren sie aber auch gar nicht geläutet worden, wie es bei anderen Bränden üblich war. Am Einsatzort angekommen, widmeten sich die Feuerwehrmänner sogleich ihrer Aufgabe und entrollten ihre Rohre.
„Die löschen ja gar nicht die Kirche!“ Fritz hatte erstaunt bemerkt, wie die Männer die Schläuche lediglich auf die Häuser der unmittelbaren Nachbarschaft richteten, um diese anzufeuchten. „Die wollen nur verhindern, dass das Feuer auf die anderen Häuser überspringt!“
Unterdessen hatte die Polizei dafür gesorgt, dass die Fahrzeuge der Feuerwehr dicht genug an den Ort des Geschehens heran kamen. Heinrich und Fritz wurden in die hinteren Reihen gedrängt. Völlig sprachlos fanden sie sich am Kesselbrink wieder, von wo aus das brennende Gotteshaus immer noch zu sehen war. Aber hier gab es erneut Gruppen von Menschen, die wüste Beschimpfungen auf die Juden in die Nacht schrien.
Nicht weit von ihnen befand sich das Schuhgeschäft Dessauer. Den beiden war Dessauer durchaus ein Begriff, wenngleich sie noch nie dort eingekauft hatten. Nicht weil es ein jüdisches Geschäft war, sondern weil man Schuhe im Heimatort beim Schuhmacher kaufte und die schicken Schuhe in Bielefeld in der Regel zu teuer waren. Hier hatte die wohlhabende Oberschicht eingekauft. Aber das war lange her. Ungefähr zehn Personen standen vor dem Geschäft. Einer von ihnen stand auf einer Leiter und hatte einen Pinsel in der Hand. Aus dem Namenszug „Dessauer“ hatte er die ersten drei Buchstaben „Des“ sowie die letzten beiden Buchstaben „er“ durchkreuzt. Übriggeblieben waren somit nur noch die Buchstaben „sau“.

Auf die Scheibe des großen Schaufensters hatte er „Juden und Ratten sind dieselben. Überall versuchen sie durchzuschlüpfen!“ geschrieben. Nicht lange, und auch hier klirrten Scheiben im Wohnbereich des ersten Stockes, begleitet von den nicht enden wollenden abgehackten Schmährufen vieler Menschen: „Ju-den raus!“

Heinrich und Fritz waren schockiert. Natürlich hatten sie in der Zeit nach 1933 mitbekommen, dass Juden in Deutschland mehr und mehr unerwünscht waren. Mit Juden ließ man sich nicht ein, besser man kannte überhaupt gar keinen Juden. Am Schlimmsten wäre es gewesen, wenn man hätte feststellen müssen, dass sich unter den eigenen Vorfahren nachweislich ein Jude befunden hatte. Womöglich, dass man mit den Juden dann in einen Topf geworfen worden wäre. Aber Heinrich und Fritz kannten keine jüdischen Personen persönlich. In Werther hatte es welche gegeben, ja, aber die waren vor Jahren verzogen, hieß es. Da fragte man besser nicht nach. In den Zeitungen hatte gestanden, dass die Juden Schuld an der Wirtschaftskrise hätten, dass sie den Deutschen die Arbeitsplätze wegnähmen, dass sie gemein, hinterhältig, niederträchtig und rücksichtslos seien. Kurz, die Juden seien eine Rasse, die der arischen nicht annähernd das Wasser reichen könne, weshalb man sie ausweisen und ausmerzen müsse. Für all das hatte es eigentlich keine Beweise gegeben und dennoch hatten auch Fritz und Heinrich diese Behauptungen einfach hingenommen. Zum einen passten sie so gut in das Bild des neuen Deutschland, zum anderen hatte der Führer doch in so vielen Dingen Recht gehabt, warum also nicht auch hiermit. Kritik und Infragestellen war nicht erwünscht, wurde nirgendwo verlangt und mittlerweile war es sogar lebensgefährlich, eine andere Meinung zu äußern. „Führer befiehl, wir folgen!“ Es war so schön einfach, wenn jemand einem das Denken abnahm.

In dieser Nacht jedoch waren die beiden jungen Arbeitsmänner bestürzt. Sie befanden sich in einem Szenarium, das sie nicht

einschätzen konnten. Sollten sie mitmachen? Mitschreien: „Juden raus“? Sie hatten gelernt, dass man Gegenstände nicht beschädigen soll, aber hier einzuschreiten verbot das „gesunde Volksempfinden“. Die Menge war schließlich dafür und seit Jahren hörte man von kleineren ähnlichen Vorfällen. War dies hier Unrecht? Wenn man also nicht mitmachte und sich nicht dagegen aussprach, dann war es wohl besser den Mund zu halten und so zu tun, als hätte man nichts gesehen.
So erreichten sie das Bahnhofsgelände. Mittlerweile war es 2.00 Uhr.
„Was hältst du davon?“ wollte Heinrich wissen.
„Ich weiß nicht. Eins ist klar, die Juden sollen raus. Aber ob man deswegen gleich alles demolieren muss, weiß ich auch nicht.“
„Hast du eine Ahnung, was mit den Juden passiert?“
„Na ja, die werden wohl ins Ausland geschickt. Ganz Schlimme kommen wahrscheinlich ins Gefängnis.“
„Ins Konzentrationslager, so heißt das, habe ich gehört. Man kommt da nie wieder raus.“
„Und wenn schon, wenn sie’s doch verdient haben.“
Heinrich drehte sich zu Fritz. „Wenn du ein Gewehr hättest und du müsstest jemanden zwingen, ins Gefängnis zu gehen. Oder noch schlimmer, wenn du ihn erschießen müsstest, würdest du’s tun?“
„Es bliebe mir wohl nichts anderes übrig. Du nicht?“
„Ich meine, du weißt ja gar nicht, was genau er getan hat. Stell dir mal vor, hinterher stellt sich heraus, er hatte gar keine Schuld. Und du hast ihn trotzdem erschossen.“ Heinrich wurde nachdenklich.
„Aber Befehl ist Befehl. Dann ist eben jemand anders schuld. Der, der den Befehl gegeben hat. Dafür kann ich dann doch nichts. Ich habe ja nur den Befehl ausgeführt“, beharrte Fritz.
„Und trotzdem kann dir dann niemand das schlechte Gewissen nehmen, dass *du* ihn erschossen hast.“

„Jetzt mach aber mal einen Punkt, Heinrich. Was würdest du denn tun? Etwa den Befehl verweigern? Dafür gehst *du* dann ins Gefängnis, vielleicht wirst du sogar erschossen."
„Nein, ich weiß. Du hast ja recht. Ich meine nur... Ich hoffe nur... – ich muss als Soldat nie abdrücken, wenn einer vor mir steht."
Die Uhr zeigte halb fünf. Heinrich und Fritz saßen auf einer Bank im Wartesaal, waren völlig übermüdet und hatten dennoch kein Auge zugetan. Zu sehr waren sie innerlich noch mit den Ereignissen beschäftigt, als sie vor dem Bahnhof plötzlich mehrere Fahrzeuge wahrnahmen. Türen wurden geöffnet und wieder zugeworfen. Stimmen, laut und in barschem Befehlston, waren zu vernehmen. Durch die Fenster des Wartesaals konnten sie sehen, wie eine Schar von ungefähr fünfzig Personen in den hinteren Teil des Bahnhofsgeländes getrieben wurde. Die Gruppe bestand hauptsächlich aus Männern, aber auch Frauen und einige Kinder befanden sich darunter. Die Menschen hatten zwar Koffer, Rucksäcke und Taschen dabei, doch es machte nicht den Anschein, als ob sie freiwillig auf eine Reise gehen wollten, vielmehr spiegelte sich Angst und Schrecken in ihren Gesichtern wieder. Kleine Kinder weinten und wurden von den Müttern auf den Arm genommen. Angetrieben wurde die Gruppe von ungefähr zehn bewaffneten SA-Uniformierten und einigen Männern in Ledermänteln. Als sie einen Lagerschuppen fast erreicht hatten, kam ein älterer Mann ins Straucheln und stürzte. Sofort waren zwei SA-Männer bei ihm und schrien ihn an, er solle aufstehen. Als er das nicht schnell genug schaffte, traten sie auf ihn ein, schlugen ihm ins Gesicht und beschimpften ihn aufs Neue. In diesem Moment gelang es einem der Kinder sich unbemerkt von der Gruppe abzusetzen und davon zu laufen, direkt auf den Wartesaal zu. Heinrich und Fritz blieb der Atem stehen, als das Kind, ein Junge, der vielleicht sechs Jahre alt sein mochte, mit Tränen in den Augen plötzlich vor ihnen stand. Ganz still, ohne ein Wort

zu sagen, stand er da, starr vor Angst, tränenüberströmt, auf dem Rücken trug er seinen Schulranzen, so als ob er zur Schule wollte. Noch bevor irgendjemand etwas sagen konnte, kam ein SA-Mann in den Wartesaal gelaufen, ergriff den Jungen am Kragen und zog ihn mit wilden Beschimpfungen hinter sich her zur Gruppe zurück. Als alle Personen in den Lagerschuppen gedrängt, gestoßen und getreten waren, verschlossen die SA-Männer das Gebäude und verließen bis auf zwei Bewaffnete das Gelände.

Heinrich und Fritz wagten nicht, den Wartesaal zu verlassen. Zu groß war die Angst. Sie wollten gar nichts mitbekommen. Sie wollten nicht sehen, was doch so deutlich war. Und dennoch schlummerte die Gewissheit in ihnen. Sie saßen vielleicht eine halbe Stunde so da, ohne sich zu bewegen. Sie warteten, bis alles wieder ruhig geworden war, ehe sie die Sprache wiederfanden.

„Das waren Juden. Hast du das Gesicht von dem Kleinen gesehen? Der hatte doch Angst!"

„Frag mich nicht! Weiß ich doch nicht. Will ich auch gar nicht wissen." Fritz wandte sich ab. Heinrich schaute auf den Boden.

„Guck mal, der hat was verloren." Tatsächlich lag auf der Erde ein Schulranzen, der nur von dem kleinen Jungen stammen konnte. Keiner von beiden hatte bemerkt, wie er ihn verloren hatte, als der SA-Mann ihn fortgezogen hatte, doch Heinrich war sich sicher, dass der Ranzen nur von dem Jungen stammen konnte. Er nahm ihn an sich und öffnete ihn. Schulhefte, Bücher, ein paar Murmeln, ein Spielzeugpferd, ein kleiner Zinnsoldat. Auf den Heften und im Buch stand sogar ein Name. Daniel Löwenstein.

„Und was machst du jetzt damit? Willst du dem Juden den Ranzen hinterher tragen?" Fritz hatte seine Haltung wiedergefunden, obwohl seine Stimme immer noch zitterte.

„Scheiße. Nein. Bist du verrückt? Die SA wird uns gleich dazu

stecken."
„Dann schmeiß das Zeug doch einfach weg. Das gibt sonst nur Ärger."
Heinrich nahm den Zinnsoldaten an sich und steckte ihn in seine Hosentasche. Den Ranzen legte er wieder auf den Boden.
Gegen 8.00 Uhr hatten sich bereits viele Menschen auf dem Bahnsteig eingefunden. Zwei Züge hatten den Bahnhof bereits wieder verlassen. Der Morgen dämmerte in Bielefeld. Tageslicht. Endlich begann die Normalität. Fritz verabschiedete sich von Heinrich in der Hoffnung, ihn bald zum Wehrdienst wiederzusehen. Heinrichs Kleinbahn nach Werther fuhr vom Güterbahnhof ab, der etwa einen guten Kilometer abseits lag. Sobald Fritz abgefahren war, machte er sich auch auf den Weg.
Als Heinrich in Werther ankam, war seine Stimmung gedrückt, obwohl er sich freute, seine Mutter, seinen Bruder und seine Schwester nach dem langen Arbeitsdienst wiederzusehen. Voller Aufregung erzählte Walter ihm, dass in Werther die jüdische Synagoge in der letzten Nacht demoliert worden wäre.
„Alle Scheiben sind eingeschlagen worden. Die Sachen aus dem Judentempel sind auf der Straße verteilt worden, zerrissen und weggeworfen."
„Hat er gebrannt?" wollte Heinrich wissen.
„Der Judentempel? Nein, gebrannt hat er nicht. Wahrscheinlich wäre sonst ganz Werther abgebrannt."

Kapitel 6
Paris/Belgrad, 1940

„Ich schwöre bei Gott diesen heiligen Eid – dass ich dem Führer des deutschen Reiches und Volkes – Adolf Hitler – dem Oberbefehlshaber der Wehrmacht unbedingten Gehorsam leisten – und als tapferer Soldat bereit sein will – jederzeit für diesen Eid – mein Leben einzusetzen."
Das hatte er gesagt, gebrüllt hatte er es, hinein in die Abenddämmerung auf dem Exerzierplatz vor der Kaserne in Bielefeld, genauso wie all die anderen Soldaten, die neben ihm standen. Nicht für Deutschland, sondern für den Führer würde er sein Leben geben, wenn es notwendig wäre. Aber das machte heute für niemanden einen Unterschied. Ein Volk, ein Reich, ein Führer. Stolz hatten sie dabei auf die Fahne geblickt, die einer von ihnen anfassen dufte, und niemand hätte an diesem Abend gewagt Zweifel anzumelden.

Im Dezember 1938 hatten die Jungs aus Werther ihren Wehrdienst in der Kaserne an der Detmolder Straße beim 42. Artillerie-Regiment in Bielefeld begonnen. Auch Fritz Steuben wurde diesem Regiment zugeteilt, was besonders Heinrich freute, denn die beiden hatten in Fallersleben Freundschaft geschlossen. Die Hoffnung, dass die Schinderei des Arbeitsdienstes ein Ende hätte, wurde schon am ersten Tag zerstört. Hinzu kam jetzt noch die Ausbildung an der Waffe. Am Abend zerlegte man unter den strengen Augen des Oberfeldwebels, den man Spieß nannte, die „Braut des Soldaten", das Gewehr. Es wurde geputzt und wieder zusammen gebaut. Wenn die „Braut" noch irgendwo geringste Spuren von Verunreinigung aufwies, konnte es passieren, dass der Spieß mit dem Finger darüber fuhr, pustete, und laut brüllte: „Können Sie mich noch sehen? Sie wollen mich wohl verarschen. Alles auseinander bauen und noch mal gründlich reinigen." Mit den „Bräuten" nahm es der

Spieß sehr genau. Aber auch die Stuben, die Mannschaftsunterkünfte, mussten größte Sauberkeit aufweisen und wurden von den Soldaten gereinigt. Die Betten wurden vorschriftsmäßig und penibel gebaut, eine echte Braut hatte hier natürlich nichts zu suchen.
Heinrich hatte mittlerweile Erfahrung mit seiner „Braut“, nicht aber mit Mädchen oder Frauen. Mit seinen Mitschülerinnen damals hatte er nichts anfangen können, die waren ihm entweder zu bieder oder zu biestig. Natürlich hatte er hier und da schon einmal geschaut, wenn die Mädchen sich zum Turnunterricht umziehen mussten, oder wenn ein Rock versehentlich zu hoch gerutscht war. Beim Arbeitsdienst hatte jemand Bilder, geheime Fotographien gehabt, die leicht bekleidete Frauen zeigten. Eine Freundin hatte Heinrich aber bislang nicht gehabt. Er war mittlerweile zwanzig Jahre alt und die meiste Zeit davon hatte er mit anderen Männern verbracht. Hitlerjugend, Arbeitsdienst, Militär. Da hätte ein Mädchen gar nicht hinein gepasst. Heinrich träumte wie so viele Jungen in seinem Alter von einer Karriere als Offizier.

Als am 1. September 1939 um 5.45 Uhr „endlich zurück geschossen wurde, und Bombe mit Bombe vergolten wurde“, befand sich das 42. Artillerie-Regiment an der Westfront, die zu diesem Zeitpunkt gar keine war. Zur Sicherung gegen einen möglichen Angriff, hieß es. Heinrich war auf die Schreibstube abkommandiert worden. Listen ausfüllen, Befehle verschriftlichen, Telefonate führen, Briefe schreiben, Material einteilen. Ähnliches hatte er in seiner Ausbildung gelernt und er stellte sich auch bei der Reichswehr mit solchen Aufgaben nicht dumm an. Er konnte sogar ganz passabel Stenographie, konnte das Buchstabieralphabet auswendig und die Schreibmaschine mit zehn Fingern bedienen. Nach der Grundausbildung war ihm klar, dass ein Dienst ein paar Schritte hinter der vordersten Front gar nicht so schlecht war. Bei den anderen wurde diese

Aufgabe ein bisschen belächelt. „Täuschen, tarnen und verpissen“ nannten einige seine Arbeit in der Schreibstube.

Friedhelm war der erste, der zum Gefreiten befördert wurde. Er hatte sich bei der Beschaffung von Nachschubgütern hervorgetan und trug seine Beförderung nun mit großer Überheblichkeit vor sich her. Am Abend seiner Ernennung stolzierte er in die Baracke, setzte sich neben die Kameraden an den kleinen Tisch und fühlte sich wie der General persönlich.

„Na, Jungs, wollt ihr was trinken? Ich geb’ einen aus!“

Die meisten der Kameraden schlugen Friedhelm anerkennend auf die Schulter. Fritz, der neben Heinrich an einem Bettpfosten lehnte, grinste Heinrich jedoch vielsagend an.

„Wer fragt, der gibt nicht gern, hat mein Vater immer gesagt.“

Bis zum Mai 1940 musste das Regiment in einem kleinen Ort an der Grenze zu Belgien noch warten. Das waren neun Monate quälende Zeit gewesen. Niemand von den einfachen Soldaten verstand den Grund der Warterei. Einmal war es die strategische Ausgangslage, ein anderes Mal war es das Wetter, einmal sollten sogar angeblich Angriffspläne verraten worden sein. Aber während im Osten schon die ersten Erfolge gefeiert wurden, tat sich im Westen immer noch nichts. Die Soldaten brannten auf ihren Einsatz. Sie wollten auch zu militärischen Ehren kommen. Erst am 10. Mai 1940 kam der Befehl zur Offensive. Sämtliche Truppenteile wurden in Bewegung gesetzt. Wo immer sich gegnerische Stellungen befanden, eröffnete die Artillerie das Feuer. Belgien war in nur wenigen Tagen überrannt.

Den ersten Toten hatte Heinrich schon kurz hinter der belgischen Grenze gesehen. Es war ein Kamerad aus dem eigenen Regiment, Hans-Jürgen Freckenhorst. Sie hatten oft Karten gespielt in der Schreibstube, wenn es mal gerade nichts weiter zu tun gab. Hans-Jürgen war Fahrer der Fahrbereitschaft, genauso wie Fritz, der mittlerweile eine solch beliebte Aufgabe ergattert hatte. Hans-Jürgen hatte gerade einige Unteroffiziere zu

einem Beobachtungsposten gebracht und befand sich auf der Rückfahrt zur Nachhut, als sein Wagen von einer Granate getroffen wurde. Die Fahrertür war demoliert und hing nur noch an einer Befestigungsschraube im Chassis. Hans-Jürgen war aus dem Sitz geschleudert worden und hing mit dem Kopf nach unten aus der Wagentür. Seine Füße hatten sich unter dem Sitz verklemmt. An seinem Hals gab es einen deutlichen Einschlag von einem Metallteil. Die Schlagader musste getroffen sein, denn das Blut rann ihm die Brust herunter und hatte seine Uniform durchtränkt. Auf seinem blutverschmierten Oberkörper tummelten sich bereits die Fliegen. Heinrich und Gerd saßen mit anderen Kameraden auf einem offenen Lastwagen, als sie den Kübelwagen von Hans-Jürgen passierten.
Zum ersten Mal war ihnen klar, dass hier Krieg nicht mehr gespielt wurde. Hier stand niemand mehr auf, wenn er getroffen war. Doch obwohl es ihnen allen kalt den Rücken herunterlief, erlaubten sie sich keine weiteren Gedanken über das Gesehene. Es war nicht einmal ihre Aufgabe, den toten Kameraden zu bergen und zu beerdigen. Darum kümmerten sich andere. Für einen Moment konnten sie einen Blick auf das Gesicht des Kameraden werfen. Sie hätten gerne etwas getan, hätten gern jemandem mitteilen mögen, dass es ihnen Leid täte, dass Hans-Jürgen heldenhaft gefallen war, aber dazu gab es keinen Befehl. Die Gedanken schweiften schnell ab auf das, was vor ihnen lag. Allenfalls so etwas wie Wut stieg flüchtig in ihnen auf. Der nächste Treffer sollte beim Gegner landen. Das Deutschland Belgien nicht einmal offiziell den Krieg erklärt hatte, wussten sie nicht und es interessierte sie auch nicht.
In den nächsten Tagen bekamen sie viele Tote und Verwundete zu sehen. Belgische, französische, englische und auch deutsche. Krieg und Tod gehörten von nun an untrennbar zusammen. Wenn sie Gefangene machten, wurden diese nach hinten durchgereicht, so dass die Truppenspitze ungehindert immer weiter nach Frankreich eindringen konnte. So langsam beka-

men sie eine Vorstellung davon, wohin der Weg führen sollte. Leutnant Krämer hatte Heinrich und Gerd eines Abends in einem provisorischen Schreibzelt erklärt, dass man die abziehenden englischen Truppen verfolgen wolle, um dann später in Richtung Paris vorzustoßen.
Ende Mai gelangte die Wehrmacht bis kurz vor den kleinen Ort Wormhout in Nordfrankreich. Immer einen Schritt voraus befanden sich Einheiten der Waffen-SS. Ihr Erkennungszeichen war der Totenkopf am Helm. Protzig verkündeten sie jedem, auch wenn er es nicht hören wollte: „Wo wir sind, da ist vorne!" Diese Einheiten besaßen alle nur erdenklichen Sonderrechte. Der raue Ton von Hauptscharführer Mohnke war den Soldaten bereits des Öfteren aufgefallen. Besser man ging diesen streitsüchtigen und kompromisslosen Einheiten aus dem Weg.
Am 28. Mai hatten die Einheiten der SS die abrückende Nachhut eines englischen Regiments eingeholt, zur Aufgabe gezwungen und gefangen gesetzt. Neben den englischen befanden sich auch französische Soldaten unter den fast einhundert Gefangenen. Die Waffen der Männer waren bereits eingesammelt. Teile des 42. Regiment, unter denen auch Heinrich, Friedhelm, Fritz und die anderen waren, machten gerade eine Pause auf ihrem Vormarsch, als etwa zwanzig SS-Soldaten die Gefangenen in eine nahe gelegene Scheune sperrten. Die Scheune befand sich keine hundert Meter vom Rastplatz der Soldaten entfernt und da das Gelände flach war, hatten sie einen guten Blick auf das Geschehen. Hauptscharführer Mohnke schien seinen Leuten Anweisungen zu geben, denn schon nach wenigen Momenten zückten die SS-Leute einige Handgranaten und warfen sie in die Scheune, in die man die ahnungslosen Gefangenen eingesperrt hatte. Als sich der Rauch der Granaten verzogen hatte, drangen die SS-Leute mit ihren Maschinenpistolen in die Scheune ein, um die Überlebenden mit lauten Befehlen herauszutreiben. Heinrich und die anderen sahen, wie die SS-Soldaten jeweils fünf Gefangene zusammen stellten und diese dann

mit ihren Maschinenpistolen niedermähten. Die ganze Aktion dauerte nicht länger als ein paar Minuten. Um die Toten kümmerte sich die SS nicht mehr. Mit ihren Fahrzeugen waren sie schnell verschwunden.
„Was wollt ihr, es ist Krieg!“ Friedhelm fand als erster die Sprache wieder. Die meisten der Soldaten schauten sich fassungslos an. Ihnen stand der Schock ins Gesicht geschrieben.
„Ja, es ist Krieg. Aber das waren doch Gefangene! Die konnten sich nicht mehr wehren, die hatten sich doch schon ergeben“, sagte ein Kamerad, der im Gras saß und seinen Stahlhelm abgenommen hatte.
„Was willst du mit so vielen Gefangenen? Die fressen dir nur die Haare vom Kopf“, sagte ein anderer.
„Gefangene erschießen, ohne einen Grund...“ Ein dritter schüttelte den Kopf.
„Wahrscheinlich haben die den Befehl gehabt, dass keine Gefangenen gemacht werden sollen. Befehl ist Befehl.“ Für Friedhelm und einige andere schien die Erschießung völlig normal zu sein.
„Was passiert jetzt mit den Toten?“
„Das kann uns doch egal sein, sind doch Engländer oder Franzosen. Sollen ihre Landsleute sich darum kümmern.“ Feldwebel Müller, der den Trupp befehligte, wollte dem Nachdenken ein Ende machen und trieb seine Leute zur Weiterfahrt mit den Mannschaftswagen an. In lautem Befehlston rief er: „Das waren Partisanen. Alle Mann aufgesessen. Es geht weiter.“
Als alle im hinteren Teil des Wagens wieder auf der Pritsche saßen, konnte Heinrich das Murmeln des Nachbarn deutlich verstehen: „Die Wahrheit stirbt im Krieg zuerst.“ Und die Hoffnung zum Schluss, dachte sich Heinrich.
Der Tod hatte schon nach wenigen Wochen eine ganz selbstverständliche Rolle im Leben der Soldaten eingenommen. Er war allgegenwärtig. Jeden Tag. Man sorgte dafür, dass es die andere Seite traf und hatte die Hoffnung selbst verschont zu

bleiben, als wäre es die normalste Sache der Welt. Allein der Glaube an den großen Sieg half über die Angst hinweg, dass es eben doch einen selbst erwischen konnte.

Am 14. Juni zogen die deutschen Soldaten in Paris ein. Zum Zeichen des Sieges wurde auf dem Triumphbogen die Hakenkreuzfahne gehisst und eine große Parade sollte den Franzosen zeigen, wer nun Herr im Lande sei. Die Pariser befürchteten einen Aufmarsch mit Panzern, doch an der Parade nahmen erstaunlich viele berittene Soldaten teil. Bewusst wollte man den Geist des ersten Weltkrieges aufleben lassen. Als wenn man ihnen zurufen wollte: „Seht her, 1917 ist noch nicht vergessen. Wir haben den Krieg nur kurz unterbrechen müssen. Jetzt sind wir wieder hier und zeigen euch den wahren Sieger. Der schmachvolle Vertrag von Versailles ist getilgt!"
Als das 42. Regiment zwei Wochen später in einer der verlassenen Kasernen Quartier bezog, war in Paris schon wieder so etwas wie Alltag eingekehrt. Die meisten Geschäfte, Cafés und Restaurants waren bereits wieder geöffnet und machten, wenngleich oft ungern, auch gute Geschäfte mit den Besatzern. Paris entschädigte die deutschen Soldaten für vieles, was sie bis dahin erlebt und entbehrt hatten. Die Großstadt hatte trotz Kriegszustand ein Flair, welches sie noch nicht erlebt hatten. Straßen und Plätze waren großartig angelegt, jetzt im Juni hatte die Vegetation ihren Zenit fast schon erreicht und wenn man auf einem Boulevard die Leute draußen vor einem Cafe sitzen sah und dazu noch Akkordeonmusik zu hören war, dann war einem geradezu nach Urlaub zumute. So oft es ging, versuchten sie beim Ausgang die Großstadtluft zu schnuppern. Es war eine bizarre Situation. Die deutschen Soldaten bewegten sich mit einer Selbstverständlichkeit und Überheblichkeit in den Straßen von Paris, als wären sie in der eigenen Hauptstadt Berlin. Binnen kurzer Zeit waren viele Schilder aufgestellt worden, die in deutscher Sprache den Namen und den Weg

zu verschiedenen Einrichtungen und Orten wiesen. Ein deutsches Frontkino und Theater sollten die Soldaten unterhalten, die Radiosender brachten deutschsprachige Meldungen und Unterhaltungsprogramme.
Die französische Bevölkerung war gespalten. Die meisten Franzosen bezeichneten die Deutschen als „les boches", was soviel wie „deutscher Dickschädel" oder „Holzkopf" bedeutete. Diese Franzosen kamen nur gezwungenermaßen mit den Besatzern in Kontakt, sie hätten am liebsten vor ihnen ausgespuckt und sehnten den Tag herbei, an dem man die verhassten Nachbarn wieder aus dem Land werfen würde. Es gab aber auch Franzosen, die sich mit den neuen Machthabern über das erzwungene Maß hinaus arrangierten, weil sie sich Vorteile erhofften, Gewinne machen wollten und manchmal auch, was gar nicht so selten vorkam, weil sie in einem einzelnen Soldaten ganz plötzlich auch den Menschen sahen. Diese Kontakte wurden auf beiden Seiten nicht gern gesehen und dennoch gab es sie immer wieder, unerwartet und spontan.
„Mit Frauen kenne ich mich aus", sagte Fritz. „Das könnt ihr mir glauben."
„Was weißt *du* denn von Frauen?" Heinrich wollte es genauer wissen.
„Wie viele hast du denn schon gehabt?" fragte Günther.
„Also, da war die rothaarige Rita, Hilde aus Blomberg und Margret und... – also auf jeden Fall mehr als du."
„Hilde aus Blomberg... Wer will denn schon Hilde aus Blomberg, wenn wir jetzt Mathilde aus Paris haben können?" spottete Gerd und rieb sich die Hände.
Fritz verzog das Gesicht zu einer Grimasse.
„Tja, wo ist sie denn, deine Mathilde aus Paris? Besser den Spatz in der Hand, als die Taube auf dem Dach."
„Nun gib mal nicht so an. Mehr als Händchen halten ist bei dir doch auch noch nicht passiert."
„Das stimmt nicht. Woher willst du denn das wissen? Also mit

Margret war schon mehr."
„Und was? Erzähl mal."
Sie hatten die unteren Stufen zum Montmartre erreicht und schickten sich an, die lange Treppe bis hinauf zur Kirche Sacré-Cœur hochzusteigen, um die berühmte Kirche aus der Nähe zu betrachten.
„Also mit Rita habe ich zum erstenmal geknutscht. Hilde war immer ein wenig biestig, die wohnte aber auch zu weit weg, in Blomberg, so weit wollte ich mit dem Rad nicht immer fahren. Aber Margret... Ich kann dir sagen... Die war 'ne Wucht."
„Ich dachte immer, die Lipper wären so sparsam. Was hat sie dir denn geschenkt? Sag bloß, ihr Herz! Oder doch ihr Höschen?" Alle fielen in ein Lachen ein.
„Wir sind ganz oft an die Donoper Teiche gefahren. Und zum Schluss lagen wir im Gras und ich durfte ihr sogar an die Bluse fassen." Fritz kam aus dem Schwärmen gar nicht mehr heraus.
„Und dann hast du eine geknallt gekriegt."
Die anderen lachten erneut und bezweifelten die vorgetäuschte Erfahrung von Fritz in Sachen Frauenkenner und Liebhaber.
„Quatsch. Ich war sogar kurz vor ihrem Heiligtum. Aber ein Gentleman genießt und schweigt lieber..." Ungläubiges Staunen und anerkennendes Pfeifen war nun die Reaktion.
„Und seid ihr noch zusammen?"
„Na ja, ihr Vater hat den Braten irgendwie gerochen und ihr dann verboten, sich mit mir weiterhin zu treffen. Dann musste ich ja sowieso zum Arbeitsdienst. Wer weiß, vielleicht wäre ja etwas Festes daraus geworden."
„Schreib ihr doch mal 'ne Karte aus Paris. Dann freut sie sich bestimmt."
Sie hatten die letzten Stufen der langen Treppe erreicht. Heinrich hielt den Stadtplan, der von der Stadtkommandantur verteilt worden war, zur Orientierung in der Hand. Alle Sehenswürdigkeiten waren eingezeichnet. Auf der letzten Seite des

kleinen Heftchens stockte ihm der Atem.
„Schaut mal her. Das glaubt ihr nicht, was hier steht. Eine Liste mit allen Etablissements in Paris, in denen Angehörige der Mannschaften der deutschen Wehrmacht Zutritt haben. Und hier eine Liste mit... – das müssen wohl Bordelle sein... – für Offiziere der deutschen Wehrmacht."
„Nicht schlecht. Der Führer denkt an alles!"
„Wenn das deine Mutter wüsste, Gerd. Der gute Junge im Puff von Paris!" spottete Friedhelm über Gerd, der immer noch übergewichtig war.
„Stellt euch doch mal hier auf. Ich will ein Foto machen. Mit dem Sacré-Cœur im Hintergrund."
Günther hatte seine Kamera gezückt und postierte die Jungs zur Gruppenaufnahme. Kaum hatte er die erste Aufnahme im Kasten, wollte natürlich auch er mit auf ein Bild.
„So, und wer macht nun ein Bild von uns allen?"
„Frag doch mal eine der netten Damen hinter dir."
Günther hatte gar nicht mitbekommen, dass nur wenige Stufen unter ihnen drei junge Französinnen auf dem Weg nach oben waren. Völlig überrascht drehte er sich um. Im ersten Moment wusste er nicht, ob er mehr von dem grandiosen Ausblick auf Paris oder von den jungen Frauen begeistert sein sollte.
„Oh Verzeihung, äh, pardon... Könnten Sie... vielleicht... Foto machen? Ich meine... hiermit... Foto?"
Mit Günthers Französischkenntnissen war es nicht besonders weit her, aber seine Gestik verhalf ihm dennoch zum Erfolg. Eine der jungen Damen erledigte seinen Wunsch problemlos und mit einem Lächeln.
„He, Heinrich, du kannst doch Französisch. Frag doch mal, ob die Damen einen Kaffee mit uns trinken wollen?" Friedhelm wurde mutiger.
„Keine schlechte Idee", stimmte Gerd ein.
Heinrich nahm seinen Mut zusammen und begann zu stammeln: „Madame, Mademoiselle, ähm... Voulez-vous... boire un

café avec nous?“
Die jungen Damen kicherten verschämt. Endlich übernahm eine von ihnen das Wort und antwortete in verständlichem Deutsch, aber mit hörbar französischem Akzent:
„Mademoiselle ist rischtig. Vielen Dank.“
„Oh, Sie sprechen Deutsch?“
„Isch arbeite für ein Firma, die mit deutsche Firma Geschäfte macht. Isch habe Deutsch in die Schule gelernt, isch komme aus dem Elsass.“
„Heißt das nun vielen Dank ja, oder vielen Dank nein, das mit dem Kaffee?“ wollte Heinrich wissen.
Die junge Frau versicherte sich bei ihren Freundinnen, bevor sie nickte und antwortete: „Das heißt Merci, oui.“
„Dann kennen Sie doch sicherlich ein schönes Café hier in der Nähe?“
„La bas, am Place du Tertre, La mere Catherine, es gibt ein sehr schön Café.“
Sie schlenderten die wenigen hundert Meter von der prachtvollen Kathedrale hinüber in das alte Künstlerviertel. Eine Gruppe von jungen Menschen, die sich eigentlich hassen müssten, mitten im Krieg, doch man genoss das Kennenlernen. Man scherzte, man lachte, man trank neben Kaffee auch das eine oder andere Glas Rotwein, wobei Pauline, die einzige, die sowohl Deutsch als auch Französisch sprach, als Dolmetscherin vermitteln musste. Sie erzählten, wie sie hießen, woher sie kamen, sprachen über Ess- und Trinkgewohnheiten, sie beschrieben ihre Heimat und sie erfuhren etwas über Paris und den Montmartre, über Moulin Rouge und Pigalle. Man redete und erzählte, erst noch zögerlich, dann immer heiterer und ausgelassener. Nur über den Krieg, das alles beherrschende Thema dieser Zeit, wurde nicht gesprochen. Dass sie Granaten abgefeuert hatten auf französische Einheiten, unter denen vielleicht ein Bruder, ein Vater oder ein Nachbar war, darüber verlor niemand von ihnen auch nur ein Wort. Seltsam. Es war,

als wenn hier bereits ein ganz persönlicher Frieden geschlossen worden wäre. Hier saßen keine Feinde am Tisch, sondern junge Menschen, die ihren Spaß am Leben in dieser Zeit haben wollten. Und doch war allen klar, von einer Minute auf die andere konnte wieder alles anders werden. Ein Befehl genügte, man rückte aus und ging zum Kriegsgeschäft über. Sie verabredeten sich für den nächsten Tag zu einem Bummel unter dem Eiffelturm. Den müsse man gesehen und bestiegen haben, erklärte Pauline. Für heute gab es keine neuen Befehle.
Wieder in der Kaserne angelangt schwärmten alle vom Nachmittag.
„Siehst du Fritz, da hast du deine Mathilde."
„Wieso Mathilde? Ich dachte, die hieße Pauline und die andere Isabelle."
„Ist doch völlig egal. Ob die wohl gut küssen können?"
Gerd wurde ungehalten. „Na, du willst es aber wohl sofort wissen, was!"
Für Friedhelm stellte sich jedoch ganz plötzlich ein anderes Problem ein.
„Sagt mal, wer geht morgen eigentlich mit? Ich meine, es hat doch wohl wenig Sinn, wenn wir wieder alle sechs Mann losziehen. Drei junge Damen und sechs Männer! Da stimmt was nicht!"
„Wieso? Jede von ihnen kriegt zwei. Einfache Rechnung. Doppelt gemoppelt hält besser", grinste Helmut, doch Günther konterte erregt: „Du spinnst wohl, meinst du ich lasse dich zusehen, wie ich die Dame beglücke? Das schaffe ich schon allein."
„Tja, da haben wir aber ein Problem. Also wer geht?" schaltete sich Fritz ein.
Friedhelm baute sich auf und stemmte die Hände in die Hüften.
„Also ein Platz ist schon vergeben, soviel ist klar. Schließlich bin ich als Obergefreiter der Ranghöchste!"

„Na und, du Oberschnäpser, ich habe sie als Erster angesprochen, also bin ich auf jeden Fall dabei.“ Heinrich wollte seinen Platz nicht kampflos räumen und stand ebenfalls auf.
„Nun mal langsam. Wir werden losen. Jeder schreibt seinen Namen auf einen Zettel und dann ziehen wir. Wer gelost wird, darf gehen.“
Fritz befürchtete, dass die beiden aneinander geraten würden. So schrieben sie also ihre Namen auf und warfen die Zettel in einen Stahlhelm. Ein Stubenkamerad als Unparteiischer musste die drei Zettel ziehen, die dann unter großer Anteilnahme der anderen Kameraden auseinander gefaltet und verlesen wurden: Gerd, Friedhelm und Helmut waren die Glücklichen, die das Los bestimmt hatte. Die anderen mussten sich wohl oder übel mit anderen Sehenswürdigkeiten beschäftigen. Die Abmachung war, auf keinen Fall in die Nähe des Eiffelturms zu gehen, damit für die anderen die Bahn frei war.
Heinrich verspürte an diesem Tag keine Lust mehr in die Stadt zu gehen. Das Glück hatte es nicht gut mit ihm gemeint. Freiwillig machte er in der Schreibstube ein paar Überstunden, um auf andere Gedanken zu kommen. Fritz war eben von der Feldpoststelle zurückgekommen und hatte den Kübelwagen voller Postsäcke. Er war in der Kompanie dazu bestimmt worden, sich um die Feldpost zu kümmern. Alle zwei bis drei Tage fuhr er zu einer Sammelstelle, egal wo die Kompanie gerade stationiert war, um für alle die Post abzuholen oder die Briefe der Kameraden auf die Reise zu schicken. Die kostenlose Feldpost von Briefen, Karten und kleinen Päckchen war eingerichtet worden, damit die Soldaten an der Front mit Freunden und Verwandten in der Heimat Kontakt halten konnten. Verantwortlich für die Feldpost der Kompanie war Oberfeldwebel Wilhelm Bollbrinker, der Spieß. Ihm unterstellt war Unteroffizier Gustav Greiner. Auf der Schreibstube sortierten dann normalerweise Greiner als Chef der Schreibstube, Heinrich als Hilfsschreiber sowie Fritz als Fahrer die Post und lieferten sie

anschließend in den Unterkünften der Kameraden aus, wo sie bereits sehnsüchtig erwartet wurden. Heute waren sie für diese Aufgabe zum ersten Mal nur zu zweit, denn Unteroffizier Greiner war mit dem Spieß zu einer Lagebesprechung unterwegs.
Fritz hatte die Säcke mit der Post in die Schreibstube getragen und mit dem Sortieren bereits begonnen. Die meisten Kameraden kannte er mittlerweile mit Namen und wusste, auf welchen Zimmern sie untergebracht waren. Heinrich hatte dafür eine Liste mit allen Kompanieangehörigen, um die Zuteilung zu erleichtern. Das Sortieren der Post war für die beiden immer eine abwechslungsreiche Arbeit. Heinrich und Fritz wussten als erste, wer sich unter den Adressaten befand. Natürlich durfte man nicht zuviel wissen, denn das Öffnen eines Briefes oder gar die Unterschlagung konnte hart bestraft werden. Jeder ahnte, dass es an höherer Stelle durchaus denkbar wäre, einen Briefinhalt zu kontrollieren. Deshalb war es besser, sowohl zu Hause als auch an der Front in den Briefen nicht allzu kritisch oder allzu persönlich zu schreiben.
Die meisten Briefe verrieten schon äußerlich wenig Spannung. Hatten Adressat und Absender den gleichen Nachnamen, so handelte es sich in der Regel um Vater, Mutter oder Schwester, die an ihren Sohn oder Bruder schrieben. Interessanter waren da schon Briefe, bei denen Absender und Adressat einen unterschiedlichen Namen aufwiesen. Hier schrieb vielleicht die Liebste, die ihren Schatz erst kurz vor Kriegsbeginn oder auf Heimaturlaub kennengelernt hatte. Damit konnte man einen Kameraden foppen. Was hier womöglich an Liebesschwüren stand, musste der Betreffende dann natürlich preisgeben. Unter der Feldpost gab es bisweilen aber auch ganz besondere Briefe. Es waren dies die Briefe an den „Unbekannten Soldaten“. Da die meisten deutschen Männer im wehrfähigen Alter von achtzehn bis dreißig mittlerweile zum Militärdienst eingezogen worden waren, herrschte in der Heimat akuter Mangel an Männern. Die Mädchen in Stadt und Land mussten sich deshalb da-

heim beim Kinobesuch, beim Tanzabend oder beim Spazierengehen allein miteinander vergnügen. Sicher, viele junge Frauen hatten bereits einen festen Freund, einen Verlobten oder einen Ehemann an der Front, doch wer bislang leer ausgegangen war, der versuchte nicht selten über einen Brief an den „Unbekannten Soldaten“ Kontakt mit einem Landser aufzunehmen in der Hoffnung, dass sich ein schmuckes Exemplar über diese Art von Kontaktbörse melden würde. Diese Briefe hatten also keinen genauen Adressaten, wohl aber einen viel verheißenden Absender und waren deshalb sehr beliebt.

Über die Zuteilung dieser Briefe entschied einzig und allein und vor allem nach Sympathie und subjektivem Verdienst der Spieß, Oberfeldwebel Bollbrinker. Hatte man sein Wohlwollen, so konnte man vielleicht solch einen Brief ergattern. War Oberfeldwebel Bollbrinker, der verheiratet war und von diesem Lotteriespiel also nicht selbst profitieren konnte, in schlechter Stimmung, dann konnte es sogar passieren, dass er die Briefe ungelesen an die Sammelstelle zurückgab. Sozusagen zur weiteren Verwendung. Das große Los wurde in die Trommel zurückgeworfen, geradezu mit Füßen getreten. In die Verteilung der Briefe an den „Unbekannten Soldaten“ konnte ihm nicht einmal Unteroffizier Greiner reinreden, obwohl dieser peinlichst darauf achten musste, dass die besondere Post auf den Schreibtisch des Spießes gelangte, damit er sie nach Gutdünken weitergeben konnte. Fritz und Heinrich waren bislang leer ausgegangen, heute waren sie beim Sortieren zum ersten Mal allein.

„Wilhelm Berger bekommt schon wieder drei Briefe, alle aus Wattenscheid. Hier, sieh mal. Sind aber alle von seiner Mutter.“ Fritz hatte bereits den ersten Sack durchsortiert.

„Und hier, die Alte von Willi Schröder schreibt ihm schon wieder nur ‘ne Karte. Der wartet doch schon so lange auf einen richtigen langen Brief. Liebe Grüße, mir geht es gut, den Kindern auch. Lass bald von dir hören... Deine Lore! Wie langwei-

lig. Hast du bei dir was Besseres?“
Heinrich war voll und ganz mit dem Auffinden von Namen in der Liste und mit dem Sortieren beschäftigt.
„Nö, nichts Besonderes.“ Heinrich machte sich an den letzten Postsack und beförderte den Inhalt auf den Tisch.
„Brinkkötter, Neuhaus zweimal, Schönberg, Vahle und zweimal Haferkorn auf Stube 15.“ Die Arbeit war fast erledigt, als Heinrich noch einen Brief in der Hand hielt.
„Aber der hier, der ist für mich!“
„Wer schreibt dir denn? Deine Schwester oder deine Mutter?“ fragte Fritz ganz beiläufig.
„Weder noch. An den unbekannten Soldaten. Der ist von einer... Johanna Feller aus Berlin.“
„Mensch Heinrich, bist du verrückt? Wenn der Spieß das merkt oder rauskriegt, bist du geliefert. Du wärst nicht der erste, der dafür in den Bau geht.“ Fritz war nicht nur hellhörig geworden, sondern lehnte sich jetzt zu Heinrich über den Tisch und starrte auf den Brief.
„Muss er ja nicht. Außer mir und dir weiß es ja niemand und wie sollte er es dann rauskriegen?“
Aber Fritz blieb skeptisch. „Letzte Woche habe ich gehört, dass jemand verurteilt worden ist, weil er Zigaretten aus der Feldpost geklaut hat. Der Angeklagte hat sich nicht gescheut, die persönliche Verbindung von Heimat und Front in selbstsüchtiger Weise zu stören, hat es geheißen. Er wurde als Volksschädling verschärft zu zwei Jahren Gefängnis verurteilt.“
„Dass ich den Brief habe, wird doch keiner vermuten.“
„Und ich bin meine Arbeit als Fahrer los. Also los, mach schon auf, was steht drin?“
Die Neugier auf ein unzweideutiges Angebot und wenn es auch nur über geschriebene Zeilen ging, war bei beiden einfach zu groß. „Was macht der Spieß eigentlich mit diesen Briefen, die er dann zurückgibt? Ich glaube, der schnüffelt nur daran, ob man vielleicht noch die Duftnote der schönen Unbekannten

erkennt. Der ist doch schon verheiratet. Oder er ist ein Heiratsschwindler und will es gleich mit jeder treiben."
Heinrich nahm den Brief an sich und roch nun genau so daran, wie es Fritz dem Spieß unterstellte. Langsam und genüsslich öffnete er den Briefumschlag und entfaltete das Briefpapier. Nach einem flüchtigen Blick über den Inhalt begann er mit feierlicher Stimme laut vorzulesen.

Lieber unbekannter Soldat!
Sie werden erstaunt sein, heute aus unbekannter Hand Post zu empfangen! Sie werden mit meinem Namen nichts anfangen können, da Sie meine Wenigkeit noch nie gesehen haben. Möchte nur kurz bemerken, daß ich Ihre Adresse und die Feldpostnummer von einer Kameradin erhalten habe. Die wiederum hat von einer Freundin gehört, daß Sie in Ihrer Kompanie noch so viele Kameraden haben, die so sehr auf Post aus der Heimat warten und doch nicht bekommen können, da sie allein sind und niemanden haben, der ihnen einen lieben Brief schreibt oder gerne eine Brieffreundschaft beginnen würde. Hoffentlich sind Sie mir deshalb nicht böse. Oder doch?
Sie werden von meiner Person hoffentlich nicht enttäuscht sein? Ich lege Ihnen deshalb ein kleines Photo bei. Bei Nichtgefallen Geld zurück. Ich würde mich sehr freuen, von Ihnen Antwort zu erhalten. Vielleicht schreiben Sie mir ja, wie Sie heißen, woher Sie kommen u.s.w.
Zu meiner Person: Ich bin 18 Jahre alt, von Beruf Putzmacherin und wohne in Berlin. Meinen Arbeitsdienst habe ich gerade beendet und arbeite jetzt in einem Hutgeschäft.
Sie müssen entschuldigen, daß ich schon Schluß mache.
Für heute die besten Grüße, ganz
Ihre Johanna Feller

„Nicht schlecht!" Fritzens Augen leuchteten und er stieß einen

anerkennenden Pfiff aus. „Sie tauchte auf im süßen Alter von 18 Jahr, just als sie zu gebrauchen war. Johanna Feller aus Berlin. Donnerwetter. Zeig' mal das Bild von ihr!"
Heinrich zog das kleine Foto aus dem Umschlag und legte es auf den Tisch. Johanna war tatsächlich eine Schönheit. Auf dem Foto trug sie einen dunklen Hut mit einer großen hellen Schleife. Ihre schwarzen langen Haare waren unter dem Hut zu einer modischen Frisur zusammengesteckt. Sie war leicht geschminkt, zumindest konnte man erahnen, dass sie ihre Lippen mit einem Lippenstift dezent betont hatte. Ihr Lächeln wirkte ansteckend und bezaubernd, genauso wie ihre großen dunklen Augen.
„Sag mal, Putzmacherinnen machen Hüte, stimmt das?" Heinrich war sich nicht ganz sicher.
„Glaub' schon. Zumindest trägt sie ja selbst einen. Und jetzt, was machst du jetzt mit dem Brief?"
„Was ich jetzt mache? Ich werde ihr antworten. Aber Fritz, kann ich mich auf dich verlassen? Kein Wort zu irgendjemand. Versprochen?"
„Klar, geht in Ordnung. Aber nur, wenn du mich auf dem Laufenden hältst, was sie dir so schreibt!"
Der Nachmittag ging schleppend vorüber. Heinrich hatte seine Arbeit bereits erledigt und dachte nur noch an Johanna. Plötzlich erinnerte er sich wieder an den kleinen Zinnsoldaten, den er damals in Bielefeld im Wartesaal am Bahnhof aus dem Tornister des kleinen jüdischen Jungen genommen hatte. Er trug den Zinnsoldaten seitdem eingewickelt in sein Taschentuch in seiner Hosentasche, als Talisman sozusagen. Er nahm den Soldaten aus seiner Tasche und betrachtete ihn. Es war ein preußischer Soldat, wahrscheinlich aus der Zeit Friedrich des Großen. Er hatte sein Gewehr geschultert und stand stramm wie bei einer Wache. Ein unbekannter Soldat, wie er einer war. Dieser unbekannte Soldat hatte nun Post von einer unbekannten jungen Frau bekommen

Sehr geehrtes Fräulein Feller!

Oder sollte er besser „Liebes Fräulein Feller“ oder „Liebe Johanna“ oder doch „Verehrte Johanna Feller“ schreiben? Heinrich saß allein in der Schreibstube und kaute an seinem Federhalter. Noch am selben Tag wollte er den Brief beantworten. Er hatte es nicht abwarten können, bis er wieder allein in der Schreibstube war. Nein, mit „Sehr geehrtes Fräulein Feller“ würde man sich alles offen halten.

Ich habe die große Ehre erhalten, auf Ihren Brief an den unbekannten Soldaten antworten zu dürfen. Und damit ich Ihnen nicht unbekannt bleibe, möchte ich mich Ihnen vorstellen. Mein Name ist Heinrich Altmann und ich bin 20 Jahre alt. Ich komme aus der Nähe von Bielefeld in Westfalen, aber zurzeit befindet sich unser Regiment in Paris, Frankreich. Paris ist eine ganz wundervolle Stadt, vielleicht ein bißchen wie Ihre Heimat Berlin.

Sollte er mehr über sich schreiben? Vielleicht fand sie das langweilig, vielleicht war er langweilig? Er dachte nach. Wir warten darauf, dass wir an die Ostfront verlegt werden. Nein, das war Blödsinn. Er wartete nicht darauf. Er würde gern noch etwas in Paris bleiben.

Bevor ich Soldat wurde, habe ich auf einem Kontor in einer Lederfabrik gearbeitet, bin also von Berufs wegen als Kaufmannsgehilfe tätig gewesen.
Auf der Photographie sehen Sie übrigens ganz bezaubernd aus, es gibt also überhaupt keinen Grund, mein Geld zurückzufordern. Besonders der Hut steht Ihnen ausgezeichnet. Sicher haben Sie diesen selbst angefertigt. Leider habe ich hier in Paris kein Photo von mir, aber ich werde versuchen, umgehend eines von mir anfertigen zu lassen oder mir aus der Heimat

eines zu besorgen. Sie dürfen also weiterhin auf Post genauso gespannt sein wie ich. Ich würde mich sehr freuen, wenn wir in brieflicher Verbindung bleiben würden.
Für heute ganz der Ihre mit besten Grüßen
Ihr Heinrich Altmann

Wo sollte er so schnell ein Foto von sich herbekommen, hier in Paris? Heinrich beschloss, den ersten Brief so neutral wie möglich zu verfassen. Wenn sie noch einmal antworten würde, könnte man immer noch weitersehen. Er nahm ihr Foto aus dem Umschlag und betrachtete es von allen Seiten. Auf die Rückseite hatte sie ihren Namen geschrieben. Ihre Schrift wirkte etwas kindlich, jeder Buchstabe war mit viel Liebe zum Detail geschrieben, fast schon wie gemalt. Je länger er auf das Foto blickte, umso mehr bekam er das Gefühl, dass sie nur ihn anlächelte und nicht etwa den Fotografen. Für einen kleinen Moment hätte er dieses Foto küssen mögen, so sehr war er von dem Lächeln bezaubert. Als kurz vor dem Zapfenstreich die drei Kameraden vom Ausgang zurück kamen, interessierten Heinrich die amourösen Abenteuer und Trophäen nicht mehr. Ihre großspurigen Angebereien schienen ihm überzogen und unwahr. Wahrhaftig war sein Brief aus Berlin und seine Hoffnung bald wieder Antwort zu bekommen.

Schon nach ein paar Wochen wurde sein Regiment wieder verlegt. Paris war zu einer sicheren Angelegenheit für den Führer geworden, die Besatzungstruppen konnten reduziert werden. Im Raum Paderborn löste man das 42. Artillerie-Regiment auf, das heißt, man ließ es in der 116. motorisierten Infanteriedivision mit Artillerieabteilungen aufgehen. Heinrich und Friedhelm wurden zum Unteroffizierslehrgang nach Hamm geschickt und im September in eben diesen Rang befördert. Damit konnten sie bereits den Spieß vertreten, sollte dieser einmal unabkömmlich sein. Auf diese Auszeichnung hatte Heinrich also nicht allzu lange warten müssen. Auf den nächsten Brief von Johanna indes musste er vergleichsweise lange warten. Zumindest kam ihm die Zeit bis zum zweiten Brief endlos lange vor. Erst Ende September hielt er einen Brief mit der Feldpostnummer 02861, der nun an ihn höchstpersönlich und nicht mehr an den unbekannten Soldaten adressiert war, in den Händen.

Lieber Herr Altmann!
Bitte, Sie müssen entschuldigen, dass ich so lange nichts von mir habe hören lassen. Sicher dachten Sie schon, ich wolle nichts mehr von Ihnen wissen. Das ist aber ganz bestimmt nicht der Fall. Gerne möchte ich auch weiterhin eine Brieffreundschaft mit Ihnen pflegen. Hier im Geschäft, in dem ich arbeite, war in den letzten Wochen sehr viel zu tun, sodaß ich sogar Überstunden habe machen müssen. Alles ist ja nur noch auf Bezugsschein zu haben und man muß mitunter schon zusehen, wo man bleibt. Sie haben übrigens recht, den Hut, den ich auf dem Photo trage, habe ich selbst angefertigt. Es freut mich, daß er Ihnen gefällt. Ich habe das große Glück, daß ich mein Hobby zu meinem Beruf machen konnte. Handarbeiten sind meine große Leidenschaft.
Waren Sie übrigens schon einmal in Berlin? Wenn nicht, würde ich Ihnen gerne einmal meine schöne Stadt zeigen. Wir haben hier nämlich auch eine Menge zu bieten. Sie schreiben ja, daß Paris eine wundervolle Stadt ist. Die Stadt der Liebe, sagt man nicht so von Paris? Da werden Sie mit Ihren Kameraden ja eine Menge erlebt haben, nicht wahr?
Nun wird es aber Zeit, daß Sie mir ein Photo von sich schicken. Ich bin schon ganz gespannt, wie Sie aussehen.
Für heute verbleibe ich mit freundlichen Grüßen
Ihre Johanna

Erlebt in Paris, der Stadt der Liebe? Was meinte sie? Dass er vielleicht eine andere kennengelernt hätte? Nein, Gott bewahre! So etwas würde er nie tun. Er war ihr treu geblieben. Sein Gesicht verzog sich zu einem freudigen Lächeln. Er nahm das Bild von Johanna aus dem Umschlag des ersten Briefes und besah es sich von Neuem. Sie lächelte. Immer noch. Und sie lächelte ihn immer noch an, nur ihn. Noch am gleichen Tag ließ er sich beim Fotografen ablichten.

Liebes Fräulein Feller!

Diese Anrede gefiel ihm besser. Er hatte das Gefühl, er dürfe nun etwas persönlicher werden.

Vielen Dank für Ihre lieben Zeilen, die mich mittlerweile in Paderborn erreichten. Unsere Einheit ist vor Wochen hierhin verlegt worden und wir warten auf neue Befehle. Endlich hatte ich die Möglichkeit, ein Photo von mir anfertigen zu lassen, ich hoffe, ich bin darauf gut getroffen und es gefällt Ihnen.

Er nahm das Foto hervor, das ihn in seiner Uniform zeigte. Er fand, dass er ein bisschen zu ernst schauen würde. So ernst war er doch gar nicht. Aber der Fotograf hatte eben nicht „Bitte recht freundlich" gesagt, sondern ihn wie für ein Passbild zurechtgestellt. So langsam fand Heinrich Gefallen am Krieg. Er hatte einen angenehmen Posten ergattert, hatte viel Freizeit und obendrein eine Brieffreundin in Berlin. Das Kriegsgeschehen war weit weg. Was wollte man mehr?

Hier in Paderborn beginnt schon der Herbst Einzug zu halten. Die Ausgänge in den Ort sind natürlich nicht so spannend, wie sie noch in Paris waren. Dafür konnte ich schon einmal einen kurzen Heimaturlaub antreten. Paderborn ist ja nicht so weit von Bielefeld, genauer Werther, entfernt, von wo ich stamme. Meine Mutter und meine Schwester haben sich riesig gefreut, als ich plötzlich in der Tür stand. Haben Sie auch jemanden in der Familie, der in diesen Zeiten als Soldat seinen Dienst versieht? Wenn ja, so wünsche ich Ihnen, daß Sie eines Tages alle wieder gesund in die Arme schließen können.

Heinrich mochte den Brief so noch nicht beenden. Irgendetwas von sich würde er Johanna gerne noch mitteilen wollen, aber er wusste nicht recht was. Vielleicht, dass er so etwas wie Zuneigung für sie empfand, dass er sie gerne einmal besuchen würde, oder dass er verliebt war. Blödsinn. Er kannte sie doch kaum. Zwei Briefe hatte er erhalten. Aber in diesen Zeiten waren diese Briefe doppelt wichtig. Der Krieg machte für seine Kompanie eine Pause. Es ging die Parole, dass es bald gen Osten, gegen Russland gehen könnte, obwohl es doch einen Vertrag mit Russland gab. Die Zukunft war ungewiss. Er nahm seinen Mut zusammen.

Vielleicht gelingt es uns ja einmal, daß wir uns ganz persönlich kennen lernen. Ich würde mich jedenfalls sehr darüber freuen.
Für heute mit den besten Grüßen
Ihr Heinrich Altmann

Die Waffenpause für die 116. Division dauerte nicht sehr lange an. Im Februar 1941 kam der Befehl, alle Männer samt Material auf Züge zu verladen und Richtung Österreich auszurücken. In Salzburg wurde zunächst alles ausgeladen und einkaserniert. Aber auch Salzburg blieb nur eine kurze Zwischenstation. Im März erreichte der neue Marschbefehl die Division. Verlegung an die Grenze zu Ungarn. Kaum waren Mensch und Material ausgeladen, ging die deutsche Wehrmacht zum Angriff auf Jugoslawien über. Der Einmarsch und die Besetzung des Landes gestaltete sich zu einem Triumphzug. In nur wenigen Wochen war nicht nur Jugoslawien, sondern der gesamte Balkan von den Deutschen erobert. Heinrichs Kompanie brauchte nur an wenigen Gefechten direkt teilzunehmen. Die Überlegenheit

der deutschen Armee führte zu Arroganz und Überheblichkeit. In der Nähe von Belgrad wurden die Soldaten erneut in einer Kaserne untergebracht. Oberleutnant Krämer hatte seine Truppe antreten lassen und inspizierte die Unterkünfte.
„Gut gemacht, Männer. Ich bin stolz auf Euch“, sagte er, als er mit verschränkten Händen auf dem Rücken langsam durch die Reihen in der ziemlich heruntergekommen Kaserne schlenderte. „Ihr habt dem Führer wieder einmal bewiesen, dass er sich auf Euch verlassen kann. Wir haben dem Feind den Garaus gemacht und anderen Truppenteilen den Rücken freigehalten. Wie lange wir uns hier aufhalten, ist auch mir noch nicht bekannt. Mit Sicherheit warten noch andere Aufgaben auf Euch. So lange müssen wir uns in dieser Bruchbude so gut es geht einrichten. Ich habe folgende Kameraden für besondere Verdienste und Tapferkeit vor dem Feind für die Verleihung des Eisernen Kreuzes 2. Klasse vorgeschlagen.“
Damit nahm er eine Liste aus seiner Tasche und begann zu lesen:
„Berger, Wilhelm - Bergfeld, Helmut – Hanstein, Dieter – Meyer, Robert – Meyer, Siegfried – Wehmhöhner, Günther und Reckers, Friedhelm. Die Verleihung findet morgen früh beim Appell statt. Weggetreten!“
Damit entließ er die Männer für heute aus dem Dienst. Sofort wurden seine Entscheidungen kommentiert und diskutiert.
„Na endlich, wurde auch Zeit für die Medaille.“
„Sauerei, da reißt man sich den Arsch auf und ist wieder nicht dabei!“
„Ach komm, du bist doch nur neidisch, weil er dir das Lametta nicht gibt.“
Auch Heinrich war nicht unter den Ausgezeichneten. Er versuchte es mit Fassung zu tragen, war jedoch innerlich enttäuscht. Friedhelm versuchte ihn mit seiner Schreibstubentätigkeit aufzuziehen und verlachte ihn.
„Siehst du, Heinrich, als Pappkamerad kann man eben doch

keine Lorbeeren ernten. Mit dem Bleistift sind keine Gefangenen zu machen. Du hättest sehen sollen, wie uns die Volksdeutschen hier in Belgrad, diese „Beutegermanen“, zugejubelt haben, nachdem wir die Serben platt gemacht haben. Aber du erledigst ja lieber Papierkram. Tröste dich, Heinrich, immerhin bist du ja schon Leithammel, so wie ich.“

Die meisten Männer befanden sich in Hochstimmung. So konnte der Krieg weitergehen. Halb Europa hatten sie erobert und die meiste Zeit war für sie eine Art Abenteuerreise gewesen. Von Paris über Köln und Wien nach Belgrad. Kriegstourismus. Fehlte nur noch, dass sie sich zur Erholung an einen Strand legen konnten. In diesem Moment waren die toten Kameraden vergessen. Heinrich saß in der Schreibstube und hatte noch ein paar Papiere auszufüllen. Fritz stand am Türpfosten und schaute ihm zu.

„Pech gehabt, was? Aber irgendwann sind wir auch noch dran, das kannst du glauben“, murmelte Fritz. In diesem Moment wurde die Tür aufgerissen und Oberleutnant Krämer betrat den Raum. Die beiden Soldaten nahmen augenblicklich Haltung an, so dass die Hacken ihrer Stiefel aneinander schlugen.

„Stehen Sie bequem, meine Herren. Gut dass Sie auch gerade da sind, Steuben. Altmann und Sie sind beim EK heute nicht dabei gewesen. Aber lassen Sie mal gut sein. Ich kann Ihnen dafür eine andere freudige Nachricht geben. Für Sie ist ab Montag drei Wochen Heimaturlaub bewilligt. Altmann, ich habe hier die Liste mit den Leuten, die Montag fahren dürfen. Stellen Sie denen die Urlaubsscheine und Fahrausweise aus und dann wünsche schönen Urlaub, die Herren.“

Mit diesen Worten verließ Oberleutnant Krämer die Schreibstube. Fritz und Heinrich schauten sich an. Heinrich hielt immer noch verdutzt die Liste in der Hand und wollte sein Glück nicht fassen. Erst als die Schritte des Oberleutnants auf dem Flur verhallt waren, reckten die beiden die Hände in die Höhe, stießen Freudenschreie aus und umarmten sich.

„Vorsichtig! Mach die Liste nicht kaputt. Warte mal, wer steht denn noch alles drauf?“ Heinrich fand langsam seine Fassung wieder. Gemeinsam studierten sie, wer aus der Kompanie noch zu den Glücklichen zählte.
„Los, fang mal gleich an, die Scheine auszustellen, sonst überlegt es sich der Alte vielleicht noch.“
Heinrich nahm aus einer Mappe die Formulare und begann zu schreiben.
„Und jetzt noch die Fahrausweise.“
In einem anderen Ordner waren die Heimatadressen der Kameraden aufgelistet, die er in die Fahrausweise eintragen musste. Heinrich schrieb und schrieb. Zuletzt blieb noch sein eigener Schein übrig. Werther über Bielefeld hatte er hier als Adresse einzuschreiben, als ihm plötzlich eine Idee kam.
„Weißt du was, Fritz? In der Mappe sind noch jede Menge Fahrscheine“, sagte er und blätterte die Scheine durch.
„Was willst du denn damit? Du brauchst doch nur einmal Werther und zurück.“
„Mit so einem blanko Schein ließe sich doch prima noch ein Abstecher nach Berlin einbauen...“

Kapitel 7
Berlin,1941

Der Frühling hatte in Wien bereits Einzug gehalten. Jetzt im Mai blühte der Flieder, die Parks und Gärten der Stadt waren endlich wieder grün. Heinrich und Fritz waren direkt nach der Ankunft aus Belgrad mit der Elektrischen in die Innenstadt gefahren, um den Bahnhof zu wechseln und so schnell es ging nach Hause zu gelangen. Sie hatten ihre schweren Mäntel über ihre Rucksäcke gebunden und saßen mit aufgekrempelten Ärmeln, offenem Waffenrock und ihrer Feldmütze auf einer Bank des Wiener Westbahnhofs. Auch ihre schweren Stiefel passten so gar nicht in das Frühlingsbild. Heinrich studierte seinen Urlaubsschein, den er noch am Samstag Oberleutnant Krämer zur Unterschrift vorgelegt hatte.

„Heimaturlaub vom 12. Mai bis zum 1. Juni, 22.00 Uhr. So ein Schein ist Gold wert. Einen Tag haben wir jetzt schon verbraucht und zwei weitere werden es bis Bielefeld noch werden, wenn das so weitergeht. Fliegen müsste man können", sagte Heinrich.

Die Züge in Jugoslawien und Ungarn waren alles andere als pünktlich gewesen. Immer wieder waren sie auf offener Strekke stehen geblieben und niemand hatte einen blassen Schimmer gehabt, warum. Nun, hier ab Wien konnte man hoffen, dass die Anschlüsse reibungsloser klappen würden und sie ihr Ziel schneller erreichen könnten.

„Sag mal, was hast du denn mit den Fahrscheinen genau vor?" Fritz zündete sich eine Zigarette an und hielt auch Heinrich die Packung hin.

„Na, ich fahr mit dir erst einmal nach Bielefeld, besuche meine Mutter in Werther und fahr auf dem Rückweg ein bisschen eher nach Berlin."

„Mensch Heinrich, du machst Sachen! Weißt du, was passiert, wenn die Feldjäger dich mit den gefälschten Papieren erwi-

schen? Du wanderst in den Bau!“
„Wie sollen die denn rauskriegen, dass die gefälscht sind? So blöd bin ich nun auch wieder nicht. Ich habe natürlich auf alle Fahrscheine schon einen Stempel gesetzt“, entgegnete Heinrich.
„Und wer hat sie unterschrieben?“
„Noch niemand. Das werde ich dann machen. Aber mit einem anderen Namen natürlich.“
Fritz schüttelte den Kopf. „Und alles wegen Johanna aus Berlin. Dich hat's aber richtig erwischt. Dabei kennst du sie doch noch gar nicht. Vielleicht ist sie überhaupt nicht dein Typ. Oder sie will dir was ans Bein binden... Du weißt schon. Pass bloß auf!“
„Ach Quatsch, was du immer gleich denkst. Sie sieht doch so süß aus auf dem Bild. Und schreiben kann sie auch sehr nette Briefe. Sie hat noch keinen festen Freund mit dem sie geht, sonst hätte sie ja wohl kaum an den unbekannten Soldaten geschrieben, und das sollte reichen fürs Erste.“
„Hast du ihr noch geschrieben vorher?“ wollte Fritz wissen und zog tief an seiner Zigarette.
„Dafür war die Zeit zu kurz. Ich hätte ja auch gar nicht sagen können, wann ich genau nach Berlin komme. Ich schreibe ihr dann von Werther aus.“
Heinrich holte die Briefe von Johanna aus seiner Rocktasche hervor und zog ihr Foto aus dem Umschlag. Dann lehnte er sich zurück und betrachte das lächelnde Antlitz seiner Brieffreundin. Nach wie vor war sie für ihn der Inbegriff von Schönheit und Anmut. Noch immer schien sie nur für ihn zu lächeln.
„Sag mal, wie würde man eigentlich von Wien nach Berlin fahren? Hast du eine Ahnung?“
„Ich glaube, die Züge Richtung Prag und Berlin gehen vom Nordbahnhof, weiß ich aber nicht genau. Warum?“
Fritz drehte den Kopf. „Das glaube ich nicht! Das hast du doch nicht vor? Du willst von hier aus...?“

Doch Heinrich war schon aufgestanden, hatte seine Zigarette auf dem Bahnsteig ausgedrückt und die Briefe wieder eingesteckt. Er schulterte seinen Rucksack und stand nun vor Fritz.
„Weißt du was, Fritz? Warum eigentlich nicht? Warum soll ich noch drei Wochen warten. Die Gelegenheit ist einmalig. Ich nehme den nächsten Zug nach Berlin, klingele einfach an ihrer Tür und sag: Hier bin ich, dein unbekannter Soldat. Und wenn sie mich dann zum Teufel jagt, kann ich ja anschließend noch nach Werther fahren."
Fritz schlug sich vor die Stirn und lachte.
„Du bist verrückt, Heinrich! Aber verstehen kann ich's schon."
Er stand auf und umarmte seinen Freund.
„Mach's gut, Heinrich. Lass dich nicht erwischen und komm gesund zurück. Vielleicht höre ich zu Hause in Detmold etwas von dir, dann können wir zusammen zurück fahren. Meine Adresse hast du ja. Ansonsten sehen wir uns in Belgrad wieder."
Heinrich erwiderte die Umarmung, lächelte Fritz zu und eilte aus dem Westbahnhof, um möglichst schnell die Elektrische zum Nordbahnhof und dann einen Anschluss nach Berlin zu bekommen.

„He, Kamerad, wir sind gleich in Berlin!"
Heinrich wurde unsanft aus seinem Schlaf gerissen, als ein älterer Herr ihn am Ärmel zog und auf ihn einredete. Schlaftrunken rieb er sich die Augen und wurde langsam wach. Tatsächlich dampfte der Direktzug aus Dresden ziemlich fahrplanmäßig im Anhalter Bahnhof ein. Von Wien aus war es kein Problem gewesen, nach Prag zu kommen und auch der Anschluss nach Dresden hatte reibungslos geklappt. Er hatte nun bereits vier Tage seines Heimaturlaubes verbraucht und die ganze Zeit damit zugebracht, in Bahnhöfen und Zügen zu sitzen. Vor ihm lag jetzt allerdings eine weitaus heiklere Angelegenheit: Johanna. Heinrich nahm seinen Mantel und seinen Rucksack aus der

Gepäckablage und setzte sich wieder hin. Dieses Mal starrte er nicht ehrfurchtsvoll aus dem Fenster, um die Großstadt zu bewundern, wie er es noch 1936 getan hatte. Dieses Mal war er ganz in Gedanken versunken.
„Sindse von hier oder wollnse wohin?“ Der Mann, der ihn geweckt hatte, bemerkte Heinrichs Unschlüssigkeit.
„Nee nee, schon gut. Ich kenn' mich aus hier. Ich will nur ein paar Verwandte besuchen. Vielen Dank.“
Heinrich hatte keine Lust auf ein Gespräch. Irgendwie würde er Johannas Adresse schon finden. Allein. Auf gut gemeinte Ratschläge war er im Moment nicht scharf. Endlich blieb der Zug stehen und das Bahnhofsgebäude füllte sich mit Dampf und Rauch. Aus dem Lautsprecher drangen die Hinweise für mögliche Anschlusszüge. Für einen Moment verlor Heinrich die Orientierung. Kaum hatte sich der Qualm am Bahnsteig ein wenig gelichtet, fiel sein Blick auf eine Gruppe von vier uniformierten Soldaten. Zwei von ihnen schienen Reisende zu kontrollieren, während die anderen ihre Maschinenpistolen über die Schulter gehängt hatten und daneben standen. Heinrich sondierte die Lage. Nicht auszuschließen, dass die Feldjäger auch ihn kontrollieren würden. Sollte er jetzt seinen Urlaubs- und seinen Fahrschein vorzeigen müssen, wäre natürlich aufgefallen, dass er aus Belgrad kommend nicht den kürzesten Weg nach Westfalen genommen hatte. Er hatte sich für diesen Fall die Ausrede mit den Verwandten zurechtgelegt. Was aber, wenn die Feldjäger dies überprüfen würden? Verwandtschaft hatte er in Berlin nicht und er hätte ja schlecht sagen können, dass er seine Verlobte in Neukölln besuchen wollte, die leider von ihrem Glück der Verlobung noch gar nichts wusste. Diese Situation wollte er so gut es eben ging umgehen, erst gar nicht hinein geraten. Er machte sich also deshalb genau in entgegengesetzter Richtung unauffällig auf den Weg aus dem Bahnhof. Glück gehabt. Die Feldjäger waren mit anderen Personen beschäftigt.

Den Bahnhofsvorplatz schlenderte er in Richtung Möckernbrücke hinunter. Dort gab es eine U-Bahn-Station, wie er einem Hinweis entnommen hatte. Johanna Feller, Reichenberger Straße fünfundsiebzig, Berlin Neukölln. So hatte es auf dem Brief gestanden und er hatte es bestimmt fünfzig Mal gelesen, so dass er die Adresse auswendig kannte. Man hatte ihm gesagt, dass er Neukölln am Besten mit der U-Bahn erreichen könne. Bis zum Kottbusser Tor seien es nur drei Stationen. Zu Fuß zu weit. Niemand schien sich vorstellen zu können, wie weit er als Soldat schon zu Fuß gegangen war. Da hätten ihm die paar Kilometer auch nichts mehr ausgemacht. So aber saß er nun also im U-Bahn-Waggon und spürte sein Herz bis zum Hals klopfen.

„Hallesches Tor“, hörte er die Stimme der Ansagerin am Bahnsteig. Wie sollte er sie begrüßen? Hallo, da bin ich? Was, wenn sie so überrascht war, dass sie sein Kommen als Aufdringlich keit empfinden würde? Ihn gar nicht sehen wollte?

„Prinzenstraße – Zurückbleiben bitte!“ rief am nächsten Bahnsteig der Stationsaufseher. Wo sollte er eigentlich schlafen, wenn er über Nacht bleiben dürfte? Sicher nicht bei ihr. Im Portemonnaie hatte er noch vierzig Mark. Sein Sold aus der letzten Zeit. Für eine billige Pension würde es schon reichen.

„Kottbusser Tor“. Jetzt gab es kein Zurück mehr. Wenn sie ihm die Tür vor der Nase zuwarf, dann würde er sich eben in den nächsten Zug setzen und nach Werther fahren. Was sollte ihm das ausmachen? Ein Versuch war es allemal wert. Der U-Bahn-Ausgang führte direkt auf die Reichenberger Straße. Seine Gedanken waren genauso wirr und meldeten sich genauso lautstark wie sein Herz. Hausnummer fünfundsiebzig. Da war es. Ein großes Mietshaus mit vier Stockwerken und Hinterhaus. Unter der Nummer fünfundsiebzig war ein Pfeil und zeigte nach rechts. War der Eingang noch ein Stück weiter rechts? Er ging zum nächsten Hauseingang. Dort stand die Nummer siebenundsiebzig ausgewiesen. Wieder ein Pfeil nach rechts. Nein, das bedeutete wohl, dass die Nummern aufsteigend weiter nach rechts verliefen. Also zurück. Nummer fünfundsiebzig. Die Eingangstür zum Hof stand offen. Wie ein Dieb drückte sich Heinrich in das Portal. Eine Wand voll mit Namen und Briefkästen. Feller 2. Stock. Die Adresse stimmte. Er hatte sie tatsächlich gefunden. Er schaute sich um. Es war Mittwoch, 10.30 Uhr. Sicher musste sie arbeiten und war gar nicht zu Hause. Er schaute sich erneut um. Nein, vielleicht sollte er es doch besser bleiben lassen. Heinrich wich ein paar Schritte zurück.

„Zu wem wollense denn, junger Mann?“ Aus dem Hinterhof erklang eine Frauenstimme, die ihm signalisierte, dass man ihn doch ertappt hatte.

Heinrich musste jetzt antworten und nahm seinen ganzen Mut zusammen. „Zu Feller.“

„Zu der Alten oder zu der Jungen?“ Immerhin bewies die nächste Frage erneut, dass er hier richtig war.

„Ich will zu Johanna Feller.“

„Die junge Feller is nicht da. Die is auf Arbeit. Kommt meist erst um dreiviertel fünf nach Hause. Die alte Feller, die is bestimmt zu Hause. Müssense mal hochgehen und schellen.“

„Ja danke, ich komm’ dann noch mal wieder.“

Heinrich schaute um die Ecke. Zu der Stimme aus dem Seitenbereich schien niemand zu gehören. Das war ja zu erwarten gewesen. Um diese Uhrzeit war sie arbeiten. Die alte Feller, das musste ihre Mutter sein. Aber es war besser, Johanna direkt zu sprechen und die Mutter erst einmal nicht unnötig zu beunruhigen. Heinrich schlenderte die Manteuffelstraße in Richtung Kottbusser Ufer. Am Kanal fand er eine Gaststätte, die zu dieser Zeit schon geöffnet hatte. Ein Bier und eine Zigarette beruhigten fürs erste seine Nerven. Nach dem zweiten Bier beschloss er, nicht mehr zu trinken. Schließlich wollte er auf keinen Fall mit einer Alkoholfahne vor ihrer Tür stehen. Also erkundete er ein wenig die Umgebung. An der Hasenheide erkannte er die

Plätze und Straßen wieder, an denen er schon 1936 gewesen war. Das gab ihm Sicherheit. Er setzte sich auf eine Parkbank und schaute dem Treiben in den Straßen zu. Berlin war eine hektische Großstadt. Zwar fuhren weniger Autos als noch vor fünf Jahren, wahrscheinlich eine Folge der Benzinknappheit, aber die Menschen hatten es nach wie vor eilig ihren Geschäften nachzugehen, was immer dies auch sein mochte. Er fragte sich, ob er hier leben könnte. Er war die Hektik nicht gewohnt, aber er konnte sich diese Frage nicht beantworten.

Um dreiviertel fünf, hatte die Frau gesagt, sei Johanna meist wieder zu Hause. Dreiviertel fünf. Wie spät war das eigentlich? In Westfalen sagte man viertel vor fünf oder viertel nach fünf, aber dreiviertel fünf? Es könnte ja auch sein, dass sie damit viertel vor sechs meinte. Um halb fünf beschloss er, zur Reichenberger Straße zurückzugehen. Um fünf Uhr stand er erneut vor der Haustür. Es erschien ihm irgendwie logisch, dass die Frau mit dreiviertel fünf viertel vor fünf gemeint hatte. Er stieg die Treppen hoch in den 2. Stock. Das Treppenhaus war schlicht, aber ordentlich und sauber. Feller. Er klingelte. Endloses Warten. Die Tür öffnete sich nur einen Spalt.

„Ja bitte?"

Heinrich konnte die Person nicht erkennen, zu der die Stimme gehörte.

„Guten Tag, mein Name ist Heinrich Altmann. Ich, ich... – ich möchte zu Fräulein Johanna Feller?"

Nun wurde die Tür weiter geöffnet und er erkannte Johanna, deren Foto er so oft angeschaut hatte. „Heinrich Altmann? *Der* Heinrich Altmann, dem ich geschrieben habe?"

Heinrich nickte. „Ja, *der* Heinrich Altmann, der unbekannte Soldat."

Johanna schaute sich um, als im selben Augenblick die Stimme einer älteren Frau von hinten ertönte. „Wer isses denn, Johanna?"

„Ach, nichts weiter!"

Hatte er richtig gehört? Nichts weiter? Aber noch bevor sich Enttäuschung bei ihm breit machen konnte, bemerkte er ihr Lächeln und vernahm erneut ihre Stimme.
„Würden Sie bitte unten auf mich warten? Ich komme gleich herunter. Einen Block weiter auf der Reichenberger Straße gibt es ein Kohlengeschäft. Warten Sie doch bitte dort."
„Natürlich, gerne."
Heinrich nickte, drehte sich um und stieg die Treppe hinab. Ein gutes Zeichen oder ein schlechtes? In diesem Moment war er alles andere als gelassen.
Keine fünfzehn Minuten später erschien Johanna an der Kohlenhandlung. Sie hatte ihm die Hand ausgestreckt und lächelte erneut.
„Sie müssen entschuldigen, dass ich Sie nicht hereingebeten habe, Herr Altmann. Meine Mutter ist krank und ich will ihr im Moment die Aufregung ersparen. Wo kommen Sie so plötzlich her, wie aus dem Nichts? Sie hatten ja gar nicht geschrieben, dass Sie kommen wollten."
Heinrich blickte Johanna in die Augen, wollte ihre Hand nicht loslassen.
„Tut mir Leid, dass ich bei Ihnen einfach so hereinschneie. Ich habe ganz überraschend Heimaturlaub bekommen und da dachte ich ... – ich... Aber vielleicht war das ja doch keine so gute Idee."
„Doch, doch, natürlich. Es kommt nur so plötzlich. Wer kann denn damit rechnen! Wollen wir ein Stückchen gehen?"
Sie schlenderten die Manteuffelstraße in Richtung Kanal.
„Na, Sie sind mir vielleicht einer. Heimaturlaub und denn gleich ab nach Berlin."
Johanna hatte ihren Humor wiedergefunden.
„Seit wann sind Sie denn hier?"
„Seit heute Morgen. Direkt aus Dresden. Ich dachte, in diesen Zeiten hat man doch einfach so wenig Zeit. Ich meine, wir sind im Krieg... Sind Sie mir böse?"

„Nein, ich bin Ihnen nicht böse. Ich freu mich sogar. Mein unbekannter Soldat steht einfach bei mir vor der Haustür. Wenn ich das meiner Freundin erzähle... Und wie lange können Sie in Berlin bleiben? Waren Sie denn schon bei Ihrer Familie? Was haben Sie gleich geschrieben, aus Westfalen kommen Sie, nicht wahr?"
„Nein, ich bin direkt von der Front hierher. Und wie lange ich bleiben kann, hängt ganz davon ab, wie lange Sie mich hier dulden werden. Ich meine, spätestens in drei Wochen muss ich wieder an der Front sein."
„Drei Wochen wollen Sie in Berlin bleiben?"
„Nein, natürlich nicht. Ich meine, ich habe insgesamt drei Wochen Urlaub."
„Aber Ihre Eltern warten doch sicher auch auf Sie."
„Meine Mutter würde sich freuen, wenn sie mich sehen würde. Mein Vater ist leider schon tot."
„Da haben wir ja schon etwas gemeinsam, wenn auch etwas sehr Trauriges. Mein Vater ist auch verstorben. Ich lebe mit meiner Mutter seit drei Jahren allein."
Sie hatten den Kanal mittlerweile erreicht und spazierten weiter in Richtung Osthafen. Johanna war gut einen Kopf kleiner als Heinrich. Sie trug ein helles Kleid und darüber eine dunkle Strickjacke. Ihre dunklen Haare waren heute offen und wurden vom Wind immer wieder durcheinander geweht.
„Wo sind Sie denn im Moment stationiert?"
„Mittlerweile sind wir in Jugoslawien. Aber ich glaube, der Balkanfeldzug ist auch schon so gut wie beendet. Der Führer ist auf ganzer Linie erfolgreich. Wir eilen von Sieg zu Sieg."
Johanna wurde nachdenklich.
„Das Oberkommando der Wehrmacht gibt bekannt...", imitierte Johanna die Stimme aus dem Volksempfänger.
„Solange wir gewinnen, soll's mir recht sein. Wir haben schon halb Europa gesehen. Paris, Wien, Belgrad. Man hört, jetzt soll es noch weiter gen Russland gehen."

Heinrich zuckte mit den Schultern. Er wollte dieses Thema eigentlich gar nicht besprechen. Nicht hier, nicht mit Johanna.
„Heute haben Sie ja gar nicht Ihren schönen Hut dabei. Der ist wirklich sehr hübsch."
Johanna lachte.
„Übrigens, ich war schon einmal in Berlin.1936. Zur Olympiade. Wir waren damals auch an der Hasenheide in einem Biergarten. Schön war's."
„Tatsächlich? Was kennen Sie denn noch?"
„Also, wir waren am Olympiastadion, auf dem Kudamm, am Brandenburger Tor, an der Reichskanzlei, am Potsdamer Platz, Unter den Linden... ‚Neue Welt' hieß der Biergarten an der Hasenheide."
„Wollen wir heute Abend ausgehen? Haben Sie Lust?"
Nicht Heinrich war es, der dies fragte. Johanna hatte die Initiative ergriffen. Heinrich war perplex. So viel Selbstbewusstsein hatte er bei einem Mädchen noch nie erlebt.
„Ja, gerne. Ich brauche dann nur noch eine Unterkunft. Ich meine, irgendwo muss ich ja schlafen heute Nacht."
„Am Hermannplatz kenne ich eine kleine Pension. Ich zeige Ihnen, wo. Ich glaube, die ist gar nicht teuer. Wäre Ihnen das recht?"
Heinrich war es recht. An der Glogauer Straße überquerten sie den Kanal und schlenderten nun über die Weser Straße in Richtung Hermannplatz. Heinrich erzählte von seiner Familie in Werther und auch Johanna gewährte Heinrich einen Einblick in ihr Privates. Sie hatte keine Geschwister. Der Vater hatte bei Borsig gearbeitet, einen schweren Betriebsunfall gehabt und sei später an den Folgen gestorben. Die Mutter lebte von einer kleinen Rente und dem, was Johanna als Putzmacherin beisteuern konnte. Es gab noch eine Tante Elli, eine Schwester des Vaters, die Johanna nahe stand und die sie zu mögen schien. Tante Elli war auch alleinstehend, sie war Krankenschwester im städtischen Krankenhaus an der Hasenheide. Johanna er-

zählte jedenfalls viel von ihr. Und von Freundinnen erzählte Johanna. Von Ruth, die Schneiderin war, von Gertrud, die nach dem Arbeitsdienst bei Siemens in der Produktion von kriegswichtigem Material arbeitete und von Lydia, die schon verheiratet und den Freundinnen damit ein wenig verloren gegangen war. Marianne war es gewesen, die Johanna den Hinweis auf eine Brieffreundschaft mit dem unbekannten Soldaten gegeben hatte. Marianne selbst hatte es auch versucht. Ihr Briefpartner hatte aber nach dem ersten Brief nicht mehr geantwortet. Er war beim Polenfeldzug dabei gewesen. Sie wusste nicht, ob er kein Interesse mehr hatte, oder ob er vielleicht sogar gefallen war. Johanna hatte sich über die Antwort und noch mehr über das Foto von Heinrich sehr gefreut. Zum einen, weil sie sich vorstellen konnte, dass die deutschen Soldaten fern von der Heimat sicher gern etwas Abwechslung hätten. Zum anderen aber gab sie auch zu, dass sie ganz persönlich nichts dagegen hätte, einen netten jungen Soldaten kennen zu lernen. Ganz unverbindlich natürlich, wie sie sehr betonte.
Sie erreichten den Hermannplatz, mittlerweile war es halb sieben. Johanna zeigte Heinrich die Pension und sie verabredeten sich auf acht Uhr direkt an der Kreuzung Berliner Straße Ecke Hermann Straße. Johanna wollte noch zu ihrer Mutter. Sie *musste* zu ihrer Mutter, wie sie sagte. Sehen, dass sie gut versorgt war, da sie bettlägerig und lungenkrank war. Vielleicht wollte sie der Mutter sogar vom Besuch erzählen. Vielleicht aber auch nicht, je nachdem, ob sie Aufregung im Moment vertragen konnte.
Die Pension konnte er sich gerade noch leisten, jetzt zu dieser Zeit war Berlin alles andere als überlaufen. Für neun Reichsmark bekam er sogar noch ein kleines Frühstück. Zufrieden und glücklich legte sich Heinrich auf das schmale Bett in seinem Zimmer und starrte an die Decke. Er hatte sie tatsächlich gefunden. Und sie hatten sich verabredet. Er konnte das alles noch gar nicht fassen. Um viertel vor acht stand Heinrich an

der Kreuzung. Um acht Uhr zündete er sich bereits die dritte Zigarette an und wartete. Stand er richtig? Genau hier hatten sie sich doch verabredet. Es wurde viertel nach acht, halb neun. Johanna erschien nicht. Um viertel nach neun gab er die Hoffnung auf, dass Johanna noch kommen würde. Was sollte er tun? Nachsehen, was passiert war? Um diese Zeit konnte er unmöglich bei ihr klingeln. Er schlenderte den Kottbusser Damm hoch, bis er die Reichenberger Straße erreichte und vor ihrem Haus stand. Mittlerweile war es zehn Uhr. Es war bereits dunkel und auch in der zweiten Etage, dort wo er Johannas Wohnung vermutete, brannte kein Licht mehr. Sie hatte ihn versetzt. Aber was war geschehen? Warum? Wollte sie ihn vielleicht doch nicht mehr sehen? Er wartete eine weitere halbe Stunde vor ihrem Haus, aber nichts rührte sich. Heinrich ging zurück zu seiner Pension. Er verspürte keine Lust sich allein in einen Biergarten zu setzen und ein Bier zu trinken. Er war enttäuscht und in die Enttäuschung mischte sich Ärger. Er lag auf seinem Bett in der Pension und rauchte eine Zigarette. Morgen früh würde er nach Werther reisen. Er hatte genug von Berlin. Das war ihm zu dumm. Er wollte nicht versetzt werden und würde Johanna auch keine Briefe mehr schreiben.

Schon um sieben stand er auf und bekam in der Küche der Pension sein Frühstück. Er bezahlte, nahm seinen Mantel und seinen Rucksack und trat um halb acht vor die Tür des kleinen Beherbergungsbetriebs. Eine Zigarette sollte seine schlechte Laune an diesem schönen Maitag wenigstens ein wenig lindern. Nein, er würde nicht zur Reichenberger Straße gehen. Das hatte er schon gestern Abend entschieden. Langsam schlenderte er in Richtung U-Bahn-Station, die sich gottlob genau in entgegengesetzter Richtung befand. Er hatte die Treppe zum U-Bahnschacht erreicht.

„Heinrich! Warte!“

Es war ihre Stimme. Es konnte nur ihre Stimme sein. Er drehte sich um und sah sie heranlaufen. Im Stillen hatte er gebetet,

dass sie noch kommen möge und da war sie.
„Es tut mir so Leid, aber ich konnte gestern nicht kommen."
Sie hatte die Arme ausgebreitet und auch er war bereit sie in die Arme zu nehmen.
„Meiner Mutter ging es nicht gut. Ich konnte nicht weg. Und heute Morgen muss ich doch zur Arbcit. Ich darf meine Arbeit nicht verlieren. Es tut mir so Leid!"
Da standen sie, kurz vor der Treppe zur U-Bahn und versperrten den Weg für andere Fahrgäste.
„Sei mir nicht böse, hörst du? Ich möchte dich doch so gerne wiedersehen. Komm' doch wieder, wenn du in Bielefeld gewesen bist, dann nehme ich mir auch ein paar Tage Urlaub und zeige dir Berlin, ja?"
Erstaunt über die spontane Umarmung standen sie sich beide nun gelöst gegenüber und hielten sich an den Armen.
„Jetzt hast du mich geduzt, Johanna."
Sie lächelte.
„Man hat doch so wenig Zeit in diesen Zeiten... Und nun kennen wir uns doch schon ein wenig. Wirst du wiederkommen?"
Heinrich nickte.
„Ich schreibe dir aus Werther. Übernächste Woche komme ich zurück. Und dann will ich mit dir Berlin sehen! Versprochen?"

Ein paar Stunden später saß er im Zug Richtung Hannover. Dieses Mal bekam er auch einen der letzten Anschlüsse nach Werther. Als die Kleinbahn in Isingdorf die Brücke über den Schwarzbach querte, musste er an seine Wettfahrten als kleiner Junge denken. Mit einer Hand fingerte er einmal mehr den kleinen Zinnsoldaten aus seiner Hosentasche und betrachtete ihn. „Soldat auf Heimaturlaub." Was wohl aus dem jüdischen Jungen geworden war, der damals von der Polizei verhaftet worden war? Die Kleinstadt am Fuße des Osnings lag verschlafen vor ihm. Es schien, als hätte sie von all dem, was in der Welt in diesen Jahren vor sich ging, nichts mitbekommen. Heinrich trat aus dem Waggon und stand vor dem Eingang zur Gaststätte. Den Rucksack in der Hand betrat er den Schankraum, in dem vielleicht vier oder fünf ältere Männer ihr Bier tranken und den Raum mit Zigarrenqualm vernebelt hatten. Seine Mutter stand hinter dem Tresen und bemerkte ihn sofort, als die Tür aufging.

Schon am zweiten Tag war Heinrich voll eingespannt. Es hatte sich herum gesprochen, dass er auf Heimaturlaub war und natürlich wollten die Eltern der Kameraden aus Werther, die mit Heinrich in einer Kompanie waren, wissen, wie es ihren Söhnen ging. Heinrich dachte in den Tagen zu Hause viel an Johanna. Die Zeit in Werther kam ihm so lang vor. Er hatte das Gefühl, seine Zeit zu verschwenden. Natürlich war es schön, die Mutter und Elisabeth wiederzusehen, doch die meisten Freunde aus seiner Jugendzeit waren ja nicht da. Er machte sich nützlich, wo immer er konnte. An Fritz schrieb er sehr bald einen Brief, in dem er mitteilte, dass er in der letzten Woche noch einmal nach Berlin wolle und dass man sich deshalb erst in Belgrad wiedersehen würde. Er bekam zur Antwort aus Detmold eine Postkarte mit dem Hermannsdenkmal und dem Gruß, dass der Germanenfürst sie sicher durch die nächste Schlacht begleiten würde. An Johanna schrieb er ebenfalls eine Karte mit seiner voraussichtlichen Ankunft.
Heinrich konnte die letzte Urlaubswoche kaum abwarten. Seiner Mutter hatte er gar nicht genau erzählt, wann er wieder zurück müsse. Auch von Johanna und Berlin hatte er nichts erzählt. Genau wie Johanna dachte er, es wäre besser, die Mutter zu schonen, nicht zu beunruhigen. Wenn es etwas Festes zwischen ihnen beiden werden würde, würde er sie noch früh genug informieren. Am Mittwoch vor dem 1. Juni stand er bereits wieder am Bahnsteig und verabschiedete sich von Mutter und Schwester. Natürlich hatte er den Rucksack voll mit Lek-

kereien als Reiseproviant gepackt bekommen, sodass Elisabeth schon ganz neidisch geworden war.
„Pass auf dich auf, hörst du Junge! Und mach keine Dummheiten.“
Seine Mutter hatte diese Sätze schon so oft gesagt. Schon damals, als er zum Spielen oder zu seinen Treffen bei der HJ gegangen war. Es waren Redensarten, wie man sie eben so daher sagt. Mach keine Dummheiten! Aber in diesen Zeiten bekamen sie eine bedrückende Bedeutung. Er hatte auch an Johanna geschrieben. Am Mittwoch würde er in Berlin sein. Wenn alles klappen würde, käme sein Fernzug um 18.30 am Lehrter Bahnhof an. Die Fahrt dauerte eine Ewigkeit. Kam es ihm nur so vor, oder waren die Züge tatsächlich immer voller? Wo wollten die Menschen nur alle hin? Es war kein einziger Sitzplatz mehr frei. In jeder Station stiegen auch Soldaten zu, die von Berlin aus wahrscheinlich wie er zur Front zurück mussten. Mit dem einen oder anderen kam er ins Gespräch. Nach Polen mussten die meisten. Immer wieder machte das Gerücht vom Angriff auf den Iwan die Runde. Gottlob verminderte die große Anzahl von Soldaten das Risiko, von Feldjägern kontrolliert zu werden, denn noch befand sich eine schwer zu erklärende Anzahl von gestempelten Fahrausweisen in Heinrichs Manteltasche. War man auf dem Weg zur Front, waren die Feldjäger sicher großzügiger, denn an der Front wurde ja jeder Soldat gebraucht.

Der Zug lief einigermaßen pünktlich in Berlin ein, auf die Reichsbahn war Verlass. Als erstes wollte er zur Pension nach Neukölln fahren, um dann bei Johanna in der Reichenberger Straße zu klingeln. Vielleicht sollte er noch einen Blumenstrauß besorgen. Das würde er dann in Neukölln entscheiden. Er stand gerade an der Treppe zum Übergang in den U-Bahnhof, als er von hinten am Arm gezogen wurde.
„Kann ich Ihnen behilflich sein?“

Er drehte sich um und schaute in ihr Gesicht. Sie war gekommen um ihn abzuholen. Er hatte es so gehofft und hätte es doch nie von ihr verlangt. Sie hatte ihren Hut aufgesetzt, der ihm so gut gefiel. Sie trug ein dunkles Kostüm und war geschminkt, wie er sie auf dem Foto in Erinnerung hatte.

„Johanna!“

Er nahm sie in die Arme und drückte sie an sich.

„Schön, dass du mich abholen kommst.“

„Versprochen ist versprochen“, erwiderte Johanna kess und strahlte ihn an.

„Wie lange kannst du bleiben? Wann musst du wieder an die Front?“

„Am Montagabend muss ich in Belgrad sein. Bis Freitag kann ich bleiben, sonst wird es zu knapp. Ich freue mich so dich zu sehen!“

„Ich mich auch. Also los. Machen wir das Beste draus. Und jetzt kommt das Schönste: Ich habe mir bis Samstag freigenommen. Wollen wir heute Abend ins Kino? Im Mercedes-Palast spielen sie ‚Die goldene Stadt‘ mit Kristina Söderbaum. Hast du Lust?“

Heinrich war lange nicht im Kino gewesen. Meistens waren ihm die Filme zu schnulzig und zu lang, aber mit Johanna war das etwas anderes. Außerdem gab es eine Garantie, dass mit Beginn der Vorstellung das Licht ausgemacht wurde. Konnte er sich etwas Romantischeres vorstellen...?

„Hat denn die ‚Reichswasserleiche‘ tatsächlich einen neuen Film gedreht?“

„Reichswasserleiche? Aber Heinrich!“

Johanna schüttelte den Kopf.

„Na ja, die Söderbaum stirbt doch immer im Wasser. Alle nennen sie doch so.“

„Nur weil Kristina Söderbaum schon zweimal am Ende eines Films so dramatisch gestorben ist, ist sie doch keine Reichswasserleiche. Paul Klinger und Rudolf Prack spielen auch mit.

Du, der Film ist ganz neu und soll richtig traurig sein. Wenn ich anfange zu weinen, darfst du mich auch trösten."
Johanna hatte sich bei Heinrich untergehakt und so gingen sie zur U-Bahn Richtung Neukölln. Nachdem Heinrich in der Pension, die er ja schon kannte, eine Unterkunft für zwei Nächte bekommen hatte, steuerten sie einmal mehr die Hasenheide an, an der sich das derzeit wohl größte Kino Europas befand. Heinrich war überwältigt, aber auch für Johanna war der Besuch im Mercedes-Palast keine Alltäglichkeit. Schon im Eingangsbereich unterschied sich das Kino von anderen. Rechts und links befanden sich ein paar Ladenlokale, die auch jetzt noch geöffnet waren. Das Foyer war mit Gold, Silber, Blau und Rot ausgeschlagen. Wie ein echter Kavalier bezahlte Heinrich für Johanna und sich den Eintritt. Als endlich der Hauptfilm begann und das Licht ausging, konnte man unter der Deckenwölbung auf dunklem Grund durch indirekte Beleuchtung einen Sternenhimmel erahnen.
„Die goldene Stadt" war tatsächlich ein Film zum Heulen, Kristina Söderbaums Rolle geradezu tragisch. Erst verliert sie ihre Mutter, um später von einem Toni geschwängert zu werden. Am Ende wird sie enterbt und beschließt freiwillig aus dem Leben zu scheiden. Und, wie konnte es anders sein, ihre Leiche wird im Moor gefunden. Also doch „Reichswasserleiche". Heinrich hatte es ja geahnt. An den entscheidenden Stellen reichte er Johanna wie versprochen sein Taschentuch und hätte sie gerne in den Arm genommen. Aber das traute er sich nicht. Nicht hier vor allen Leuten. Als der Film zu Ende war, schlenderten sie die Hasenheide herunter in Richtung Biergarten der „Neuen Welt".
„So sind die Männer", sagte Johanna. „Bist du auch so einer? Erst Feuer und Flamme und dann lassen sie einen sitzen, sodass uns Mädels nur so ein trauriges Ende bleibt."
Heinrich wusste nicht, was er antworten sollte. War er auch so einer? Nein, so einer war er nicht. So einer wollte er nicht sein.

Was für einer war er dann? Einer, der es ehrlich meinte? Er wollte schon gern ein bisschen mehr. Und anschließend musste ja auch *er* wieder gehen. Aber er wollte ehrlich bleiben, das hatte er sich vorgenommen. Johanna hatte sich wieder bei ihm untergehakt.
„Und die Wochenschau vorher. Ist das wirklich so, wie man es sieht? Diese Gesichter von den Jugoslawen oder Polen, die können einem ja richtig Angst einjagen. Wenn man dagegen unsere Jungs sieht..."
„In Jugoslawien hat uns die Bevölkerung freudig begrüßt. Für die waren wir die Befreier. Man sieht in der Wochenschau gar nicht, dass es auch uns nicht immer so gut geht. Auch auf unserer Seite gibt es Gefallene."
Heinrich mochte gar nicht über den Krieg sprechen und wechselte das Thema.
„Wie geht es eigentlich deiner Mutter?"
„Es geht ihr besser. Meine Tante Elli schaut im Moment nach ihr. Ich habe ihr von dir erzählt."
„Deiner Mutter?"
„Nein, Tante Elli. Sie findet, es wäre durchaus an der Zeit, dass ich einen netten jungen Mann kennenlernen durfte."
Mittlerweile hatten sie den Biergarten der „Neuen Welt" erreicht. Es gab ein Tanzvergnügen an diesem Abend. Eine Kapelle spielte Walzer, Schieber und Fox und eine ganze Reihe von Paaren drehte sich auf der Tanzfläche. Auch Frauen tanzten miteinander.
„Kannst du tanzen, Heinrich? In Rixdorf ist Musike!"
Wieder war es Johanna, die die Initiative ergriffen hatte. Dies war eine Aufforderung, der man nicht widerstehen konnte. Heinrich hatte auf verschiedenen Volksfesten einige Grundschritte von seiner Schwester gelernt. Hier im Biergarten schien man es mit der korrekten Abfolge ohnehin nicht so genau zu nehmen und so drehten sich auch die beiden sehr bald nach beliebten Melodien. Heinrich und Johanna waren glücklich. Sie

hatten sich Bier bestellt, doch sobald die Musik erneut anfing zu spielen, zog Johanna Heinrich auf die Tanzfläche, um auch nicht einen einzigen Tanz zu verpassen.
Es war spät geworden. Als der letzte Tanz angesagt worden war, befanden sich nur noch zwei andere Paare auf der Fläche. An den Tischen saßen noch ein paar Gäste, die dem Alkohol so stark zugesprochen hatten, dass sie das Ende der Veranstaltung gar nicht mitbekommen hatten. In den Straßen war es ruhiger geworden. Der Autolärm war verebbt und die letzten Nachtschwärmer eilten nach Hause. Heinrich und Johanna erreichten den Hermannplatz und standen nun vor Heinrichs Pension.
„Ich hoffe, dass die mich überhaupt noch reinlassen." Er hielt sie in den Armen, schaute ihr ins Gesicht und setzte an, ihr einen Kuss zu geben. Johanna löste ihre Arme und wollte sich einen Schritt weiter bewegen, doch Heinrich hielt ihre Hand fest. Kokett grinste sie ihn an und entzog ihm ihre Hand.
„Ach gehen Sie doch weiter, Sie sind doch nur Gefreiter! Wir lassen uns verführen, nur von den Offizieren!"
Heinrich ergriff erneut ihre Hand. Er hatte diese Anspielung nicht verstanden.
„Das stimmt nicht. Ich bin bereits Unteroffizier. Ich darf sogar schon den Spieß vertreten."
Sie trat einen Schritt auf ihn zu, lächelte und strich ihm über die Wange.
„Meinst du es ernst, Heinrich, oder bin ich nur ein Spielzeug für dich? Ein netter Zeitvertreib während des Heimaturlaubs?"
„Ich meine es ernst, Johanna. Du bist kein Spielzeug."
„Dann komme ich morgen um halb neun und hole dich ab. Ich habe nämlich schon eine Idee, was wir machen und vielleicht habe ich sogar noch eine Überraschung. Bis morgen, schlaf gut und träum' was Schönes von deinem Berliner Mädel."
Damit ließ sie ihn endgültig stehen, winkte noch einmal und war bald darauf hinter dem nächsten Häuserblock verschwunden. Heinrich lag noch lange wach und grübelte. Sollte sie ihn

morgen wieder versetzen? Ganz gewiss nicht!

Pünktlich um halb neun stand sie vor der Haustür.
„Guten Morgen, du Langschläfer. Hast du gut geschlafen?“ In den Händen hielt sie nicht nur den Lenker ihres eigenen Fahrrades, sondern auch den eines zweiten, eines Herrenrades.
„Hier habe ich meine erste Überraschung. Wir machen heute eine Radtour an die Krumme Lanke. Ich hoffe du kannst schwimmen.“
„Wenn ich gewusst hätte, dass du schon da bist, wäre ich auch früher heraus gekommen. Wo hast du denn das Rad her?“
„Meine Nachbarin hat es mir geliehen. Ihr Mann ist auch an der Front. War gar nicht so einfach ihr weis zu machen, dass ich das Rad für einen Arbeitskollegen brauche. Na ja, sie glaubt es mir sowieso nicht. Noch viel schwerer war es, beide Räder hier herzubekommen.“
Auf dem Rücken trug sie einen Rucksack und auf den Gepäckträger hatte sie eine Decke geschnallt.
Das Wetter war Anfang Juni einfach herrlich. Die Fahrt ging über Steglitz und Dahlem nach Zehlendorf an die Krumme Lanke, einem Badesee, der bei den Berlinern zwar beliebt, aber nicht so überlaufen war wie zum Beispiel der Wannsee. Über eine Stunde waren sie unterwegs, doch die Fahrt war alles andere als langweilig, weil Johanna Heinrich immer wieder auf etwas Besonderes aufmerksam machte, was es am Rande zu sehen gab. Hin und wieder nahmen sie sich sogar an die Hände und achteten nicht weiter auf den Autoverkehr. An der Krummen Lanke suchten sie sich ein ruhiges Plätzchen. Johanna breitete ihre Decke aus und entledigte sich ihrer Schuhe und ihres Kleides, da sie darunter bereits ihren Badeanzug angezogen hatte.
„Mit so etwas kann ich nicht dienen. An der Front braucht man so selten eine Badehose, weißt du.“
Heinrich zog seine Stiefel, seine Jacke und sein Hemd aus, so

dass er wenigstens mit freiem Oberkörper in der Sonne liegen konnte. Johanna lag neben ihm auf der Decke und Heinrich mochte den Blick gar nicht von ihr wenden. Sie hatte ihre Sonnenbrille aufgesetzt und genoss die Blicke von Heinrich, auch wenn der nicht ahnte, dass sie ihn ebenfalls beobachtete.

„Warum kann es nicht immer so schön sein? Warum müssen wir nur diesen blöden Krieg haben?“ Johanna richtete sich auf und zeigte Wut und Ärger.

„Der Führer weiß schon was richtig ist. Wir werden den Krieg gewinnen und dann kann das Leben beginnen“, versuchte Heinrich zuversichtlich in die Zukunft zu blicken.

„Und was, wenn nicht? Ich will nicht, dass dich eine Kugel trifft. Ich will überhaupt nicht, dass jemand erschossen wird.“

„Wer will das schon? Aber was sein muss, muss eben sein.“

„In Berlin sind auch schon Bomben gefallen. Immer wieder hört man, dass ganze Häuserblocks getroffen wurden. Neukölln hat bislang noch nichts abbekommen, Gott sei Dank. Wie ist das im Krieg, Heinrich? Hast du schlimme Dinge gesehen?“

„Weißt du, man verdrängt das alles so schnell. Bei uns in Werther habe ich mal mit einem Künstler gesprochen. Der war im Weltkrieg 1917 und sagte, Krieg ist nicht schön. Er hat Recht gehabt. Man bekommt einen Befehl und den führt man aus.“

„Musstest du mit ansehen, wie Menschen starben?“

„Ach, Johanna, lass uns über etwas anderes sprechen.“

„Europa ist so groß. Ich glaube, dass wir Deutschen niemals ganz Europa erobern können.“

„Na, das lass aber mal nicht den Führer hören.“

„Das ist es ja, was mir so viel Angst macht. Man darf heutzutage nichts mehr laut sagen. Überall könnte jemand zuhören.“ Johanna setzte sich nun ganz auf.

„Glaubst du, dass man unsere Briefe abfangen und lesen könnte?“

„Möglich ist das schon“, erwiderte Heinrich.

„Dann sollten wir besser vorsichtig sein, was wir uns schreiben. Pass auf: Wenn es uns gut geht, dann schreiben wir „Es geht mir gut“. Wenn es uns schlecht geht, dann schreiben wir „Es geht mir *sehr* gut“. So kann der andere wenigstens einschätzen, wie die Lage ist.“
Heinrich schmunzelte über ihren Einfallsreichtum. Aber vielleicht war das gar nicht so schlecht.
Sie hatten eine Zeitlang in der Sonne gelegen und Johanna wollte baden gehen. Heinrich zierte sich, denn zu schwimmen ganz ohne Bekleidung am helllichten Tag kam für ihn unter keinen Umständen infrage. Vom nahen Strandbad aus hätte man herüber schauen können. So musste Johanna sich allein abkühlen. Heinrich krempelte sich seine Hosenbeine hoch und stapfte ein wenig im seichten Uferwasser herum, während Johanna wie ein Fisch umherschwamm und ihn mit Füßen und Händen nass spritzte.
„Komm doch auch ins Wasser. Deine Hose wird auch so wieder trocken!“
Natürlich dauerte es nicht lange und Heinrichs Hose war ebenfalls völlig nass. Nun war es ihm egal. Mit einem Hechtsprung stürzte er sich ins Wasser, um mit Johanna unterzutauchen. Er packte sie, hielt sie umschlungen und blickte ihr in die Augen. Wie gerne hätte er sie geküsst, doch sie tauchte mit ihm zusammen ein weiteres Mal unter, schüttelte ihre nassen Haare sobald sie wieder an der Oberfläche waren und prustete ihm Wassertropfen ins Gesicht.
„Komm, wir schwimmen um die Wette. Wer zuerst am anderen Ufer ist.“
An dieser Stelle war die krumme Lanke für ein Wettschwimmen gerade breit genug. Heinrich war schon einige Meter vor Johanna, als diese von hinten rief:
„Natürlich mit Rückweg!“
Nun war es Johanna, die ihren Vorsprung nutzte und als erstes am Ufer zurück war. Lachend schüttelte sie ihre Haare aus und

legte sich rücklings auf die Decke.
„Du Schummlerin."
Triefend und prustend kletterte auch Heinrich aus dem Wasser. Seine nasse Hose klebte an seinen Beinen.
„Du hast gewonnen, mein Held. Komm, leg dich neben mich. Aber zieh doch deine Hose aus. Hier sieht es niemand und sie wird schneller trocken."
Heinrich schaute zu dem kleinen Strandbad hinüber. Vorsichtig entledigte er sich seiner Hose und hängte sie über einen Ast. Die Unterhose ließ er besser an. Ganz wohl war ihm nicht dabei. Das Wasser war noch recht kalt gewesen und Johanna konnte nun deutlich die geschrumpften Konturen seines Unterbaus erkennen. Genau dies schien sie zu amüsieren, denn sie verzog ihr Gesicht zu einem Lächeln, das Bände sprach. Schnell legte sich Heinrich bäuchlings neben sie. Johanna erzählte von ihren Freundinnen, von ihrer Arbeit als Putzmacherin und von ihrer Zeit als Arbeitsmaid. Heinrich erzählte von seiner Heimat am Osning. Sie fühlten beide etwas, das sie nur mit Glück hätten umschreiben können und vergaßen die Zeit.
Am Nachmittag beschlossen sie, einen Spaziergang um die Krumme Lanke zu machen. Auf der Hälfte der Strecke setzen sie sich auf eine Bank und genossen schweigend die Aussicht und das warme Sommerwetter. Mit geschlossenen Augen fing Johanna plötzlich an, ein Lied zu singen, das sich anhörte, wie das Lied eines Leierkastenmannes:

„Nachher saß ich mit der Emma uff der Banke,
über uns da sang so schmelzend ein Pirol.
Unter uns da lag so still die Krumme Lanke,
neben uns aß eener Wurscht mit Sauerkohl.
Gerade über zog sich eener an vom Baden,
und wir sah'n ihn noch im Badeanzug jehn.
Da sprach Emma zu mir traut:
„Bis Du ooch so schön jebaut?"

Und dann gab se mir 'nen Kuß, ach, war det scheen."

Heinrich schaute sie verdutzt an.
„Was ist das?"
„Kennst du nicht das Lied von der Krummen Lanke?"
„Nee, nie gehört. Aber sing weiter."
„Bis hierher ist es ja noch schön, aber leider endet das Lied genauso traurig wie der Film gestern. Richtig dramatisch."
„Trotzdem, sing weiter."

„Ach, der erste Kuß war scheen,
darum blieb's nich bei dem een',
denn een Kuß alleene hat ja nich viel Zweck.
Emma küßte mit Jefühl,
und die Nacht, die war so schwül,
und der letzte Zug war sowieso schon weg.
Aber um de Weihnachtszeit
klagt' sie leise mir ihr Leid;
weinend sprach sie: „Det Malheur, es is von dir."
Darauf dacht ick: „Au verdammt!"
Und jing hin zum Standesamt
Und dann macht ick schleunigst Hochzeit ooch mit ihr.

Nachher saß ick in der Küche uff der Banke,
und die Windeln hingen rum so wunderschön,
und 'ne Filiale von der Krummen Lanke
macht' der Kleene mir uffs linke Hosenbeen.
Nachts, da konnte keener von uns ruhig schlafen,
denn der Bengel brüllte bis zum Morgen fast;
und da riß uns die Jeduld,
eener jab dem andern Schuld:
„Hättste damals lieber nich den Zug verpaßt."

Und nu saß ick wieder mit ihr uff 'ner Banke,

und der Richter hat uns beede dann verhört.
Wütend dacht' ick: „Die verfluchte Krumme Lanke!"
Und dann wurde ick als schuld'jer Teil erklärt.
Nu muß ick für Emma und det Jör bezahlen,
und ick komm mein Leben lang nich mehr zur Ruh.
Det soll mir 'ne Warnung sein,
ick fall nich noch eenmal rein,
ick koof mir Sand und schipp die Krumme Lanke zu."

Heinrich hörte ihr aufmerksam zu. Sie sang mit Berliner Akzent, den man sonst bei ihr kaum wahrnehmen konnte. Diesmal hatte Heinrich ihre Botschaft verstanden. Er nahm ihre Hände und schaute ihr ins Gesicht.
„Ich bin nicht so einer, Johanna. Ich werde nie etwas tun, was du nicht willst."
Johanna lächelte, zog Heinrich an sich und gab ihm einen flüchtigen Kuss auf den Mund.
„Komm, mein unbekannter Soldat. Es ist spät geworden. Lass uns gehen."
Die Rückfahrt war nicht mehr ganz so unbeschwert, wie noch die Herfahrt gewesen war. Unterwegs machten sie in Schöneberg Rast und fanden ein Aschinger Restaurant, wo sie ein billiges und reichhaltiges Abendessen zu sich nehmen konnten. Es war bereits acht Uhr durch, als sie die Reichenberger Straße wieder erreichten. Johanna wies Heinrich an, einen Block vor ihrem Haus auf sie zu warten. Sie wollte die Räder allein zurückbringen und noch kurz nach der Mutter sehen. Sie hatte keine Lust auf das Getuschel der Nachbarn und auf die Nachfragen an ihre Mutter, wenn man sie mit einem Soldaten vor der Tür sehen würde. Heinrich hatte dafür Verständnis. Nach einer halben Stunde war sie wieder bei ihm hakte sich unter.
„Komm, lass uns noch ein Stück gehen."
Sie schlenderten die Mariannenstraße herunter bis zum Kottbusser Ufer. Zum Hermannplatz ging es links, doch Johanna

überquerte mit ihm den Kottbusser Damm und schlug den Weg Richtung Prinzenstraße ein. Heinrich merkte schnell, dass sie diesen Weg noch nie gegangen waren.

„Wo willst du hin? Wollen wir nicht noch zur Hasenheide? In Rixdorf ist Musike. Hast du das nicht gestern gesagt?"

„Mir ist heut nicht nach tanzen. Ich will dir meine zweite Überraschung noch zeigen."

Sie kamen an den Urban-Hafen und bogen rechts in die Admiralstraße ein. Am zweiten Häuserblock blieben sie stehen und Johanna schaute Heinrich in die Augen.

„Hier oben wohnt meine Tante. Sie hat heute Nacht Dienst im Krankenhaus. Sie hat mir ihren Schlüssel gegeben. Wollen wir hoch gehen?"

Heinrich glaubte seinen Ohren nicht zu trauen. Sein Herz klopfte wie wild. Hatte sie hoch gehen gesagt? Er hielt ihre Hände und nickte.

Obwohl nur eine Treppe im Hinterhof, kam ihm der Weg endlos vor. Leise schlichen sie sich in die Wohnung, was mit seinen Stiefeln auf den Holzdielen gar nicht so einfach war, um nur nicht den Nachbarn Anlass zur Nachfrage zu geben. Draußen hatte es schon angefangen zu dämmern. Johanna kannte sich in der Wohnung aus. Sie nahm ein paar Kerzen aus dem Küchenschrank und stellte sie in eine Halterung. Sie hatte absichtlich kein elektrisches Licht gemacht, so blieb alles in romantischem Kerzenschein. Die Wohnung der Tante war schlicht aber sehr gemütlich eingerichtet. Ein Wohnzimmertisch auf einem Teppich, drei Sessel, Blumen am Fenster, eine tickende Uhr auf einer Anrichte und an der Wand das Bild eines röhrenden Hirsches im Wald. In der einen Hand trug Johanna den Leuchter, mit der anderen nahm sie Heinrich bei der Hand und zog ihn in das Schlafzimmer der Tante. Sie stellte den Leuchter auf den Nachttisch und ging zurück zu ihm. Auch das Schlafzimmer hatte etwas Einladendes. Das Bett der Tante war ein Doppelbett, breit genug für zwei Personen. Sie standen sich gegenüber. Jo-

hanna hatte ihre Schuhe ausgezogen und stand nun barfuß auf den Zehenspitzen vor Heinrich, der in seinen klobigen Stiefeln unbeholfen wirkte. Sie hielten sich eng umschlungen. Beide atmeten tief durch, sodass sich ihre Gesichtszüge allmählich zu einem Lächeln entspannen konnten. Johanna zog Heinrich den Waffenrock aus und streifte seine Hosenträger ab.
„Jetzt dürfense Ihre Hosen aber ruhig janz runterlassen, Herr Jeneral. Hier sind wir janz unter uns, hier schaut sonst keener zu."
Johanna betonte den Berliner Akzent ganz bewusst. Sanft zog sie ihn an sich heran und küsste ihn inniglich. Er war überwältigt. Noch nie hatte er so einen Kuss bekommen oder jemanden gegeben. Er zog ihr vorsichtig das Kleid über den Kopf und küsste sie wieder. Nach kurzer Zeit, die den beiden wie eine Ewigkeit vorkam, fanden sie sich völlig unbekleidet im Bett der Tante wieder. Heinrich hatte sich neben Johanna gelegt und streichelte ihr zärtlich eine Haarlocke aus dem Gesicht. Für einen Moment schien es ihm, als wenn ihr Lächeln im Schein der Kerze plötzlich etwas Ängstliches, etwas Unsicheres bekommen hätte. Doch dann flüsterte sie:
„Ich möchte, dass wir uns so lieben, als wäre es das letzte Mal!"

Johanna war früh auf den Beinen. Die Sonne war bereits aufgegangen, als sie mitten im Raum stand und sich ihr Kleid wieder überstreifte. Heinrich öffnete die Augen und erhaschte gerade noch einen Blick auf ihren schmalen Rücken.
„Wie spät ist es?" wollte er, noch ganz verschlafen, wissen.
„Halb sechs. Es wird Zeit. Um halb sieben kommt meine Tante zurück. Eigentlich möchte ich schon gerne, dass du sie kennenlernst, aber vielleicht ist das alles noch ein bisschen zu früh."
„Um viertel nach acht geht mein Zug nach Dresden."
Heinrich reckte sich und fand damit in den rauen Teil der Wirklichkeit zurück.

„Denkst du, wir können noch etwas frühstücken?“
„Am U-Bahnhof Kottbusser Tor gibt es Kaffee und Schrippen zu bekommen.“
Johanna wartete, bis auch Heinrich sich angekleidet hatte, nahm ihn in die Arme und gab ihm einen Kuss.
„Ich wünsche mir so sehr, dass du wiederkommst. Versprichst du das? Versprich es mir, Heinrich!“
„Ich würde es dir so gern versprechen, Johanna. Ich weiß nicht, was die Zukunft für uns bereit hält. Aber ich verspreche dir, dass ich alles daran setzen werden, damit ich zurückkomme.“
Johanna standen die Tränen in den Augen. Endlich holte die Zeit sie ein und gemeinsam machten sie sich daran, das Schlafzimmer wieder in den ursprünglichen Zustand zu versetzen. Genauso leise, wie sie gekommen waren, versuchten sie auch wieder aus dem Haus zu schleichen. Am Kottbusser Tor konnten sie ein kleines Frühstück erstehen. Alle fünfzehn Minuten donnerte eine U-Bahn über sie hinweg. Um halb acht saßen sie in einer Bahn, die sie zum Anhalter Bahnhof bringen sollte. Johanna hatte an diesem Freitag noch frei und darauf bestanden, ihn zum Zug zu begleiten. Auf dem letzten Stück des Weges zum Bahnsteig sprachen sie kein Wort. Johanna wischte sich immer wieder Tränen aus dem Gesicht und auch Heinrich war nicht weit davon entfernt, seinen Tränen freien Lauf zu lassen. Er überspielte allerdings seinen Abschiedsschmerz, indem er sie anlächelte und anwies, doch nicht so dumm zu sein und loszuheulen. Nun standen sie vor der Sperre zum Bahnsteig und umarmten sich.
„Ich komme nicht mehr mit auf den Bahnsteig. Sonst breche ich vor Tränen noch vollständig zusammen.“
Heinrich nickte und biss sich auf die Lippe.
„Ich weiß gar nicht, was ich dir zum Abschied sagen möchte. ‚Lebe wohl‘ hört sich so endgültig an. Bei ‚Tschüss‘ denke ich, ich bin ja gleich wieder da.“
„Wie wär’s mit: Auf Wiedersehen und ich liebe dich?“

„Ja. Wir werden uns wiedersehen. *Ich liebe dich* habe ich noch nie zu jemandem gesagt, aber es stimmt. Ich liebe dich!"

„Ich liebe dich auch, Heinrich."

Heinrich wollte aus seiner Hosentasche seine Fahrscheine kramen und fühlte den kleinen Zinnsoldaten. Er holte ihn hervor und gab ihn Johanna.

„Hier, ich glaube, der reist nicht gern. Der hat schon einmal eine Reise verweigert. Pass auf ihn auf. Solange ihm nichts geschieht, geschieht auch mir nichts."

Johanna nahm den Zinnsoldaten an sich und betrachtete ihn.

„Meine beiden unbekannten Soldaten. So hab ich wenigstens einen bei mir."

Kapitel 8
Russland/Berlin, 1941 – 1943

Meine liebe Johanna! *Im Felde 15. Juli 1941*

Endlich komme ich dazu, Dir einen Brief zu schreiben. So schön waren die Tage in Berlin und ich erinnere mich so gern zurück. Kaum war ich zurück bei meiner Einheit, da hatte mich die rauhe Wirklichkeit wieder und wir bekamen alsbald schon den Befehl, mit Mann und Maus Richtung Osten weiterzuziehen.

Am 22. Juni begann dann der große Schlag gegen Rußland. Ich weiß gar nicht, wie viele Divisionen mittlerweile hier einmarschiert sind, aber ich kann Dich beruhigen, wir siegen auf der ganzen Linie. Immer wieder marschieren wir durch Dörfer und kleine Städte und werden als Befreier bejubelt und empfangen. Jeden Tag machen wir eine ordentliche Strecke im Feindesland, nichts kann uns aufhalten. Der Führer hatte wieder einmal Recht und hat sich gegen die Bedenken seiner Generäle durchgesetzt.

Unser General von Rundstedt ist ein feiner Mensch. Einmal ist er mit seinem Stab an uns vorbeigefahren, hat in Höhe unserer Einheit mit seinem Fahrzeug anhalten lassen und den Kameraden zugerufen, daß er mächtig stolz auf uns sei. Man kann jetzt schon sagen, daß der Krieg im Osten sicher bald beendet sein wird. Möge der Tag nicht so ferne sein, an dem wir uns froh und gesund wiedersehen.

Manchmal müssen wir auf unseren Nachschub warten. Das beschert uns dann eine willkommene Feuer- und Marschpause. Heute konnten wir uns sogar in einem Dorf einen Tisch und ein paar Stühle organisieren und eine zünftige Runde Skat spielen. Da hatten wir sogar die Zeit unsere Klamotten durchzuwaschen und sie auf einer Leine wieder trocken zu bekommen. Aber das Schönste war, daß mein Kamerad Herbert Stoppenbrink für uns im Dorf tatsächlich noch ein kleines Schweinchen aufgetrieben hat. Uns allen läuft schon das Wasser im Munde zusammen, wenn wir nur an den saftigen Braten heute Abend denken. Du wirst wissen wollen, wie man denn an so ein Schwein kommt.

Nun, die Russen hatten es in einer Scheune versteckt. Wenn der Führer weiter siegreich sein will, dann braucht er kräftige Soldaten und da kommt uns der Braten gerade recht.
Du hast mich einmal gefragt, wie wir Soldaten es denn mit der Sauberkeit im Kriege halten würden. Das müsstest du sehen. Da sitzen vier Männer gleichzeitig auf einem eilig gezimmerten Holzgestell, die Zeitung von vor zwei Wochen in der Hand, berichten sich gegenseitig, was sowieso schon alle wissen und verrichten ihre Geschäfte. Donnerbalken nennt man das und in der Tat hat dies etwas von einem Gewitter mitten im Sommer.
Liebste Johanna, Du siehst, es geht mir gut. Heute ist der 15. Juli und ich hoffe, auch Dir geht es gut. Die Feldpost soll heute noch abgehen und deswegen will ich den Brief nun beenden, damit er noch rechtzeitig an der Sammelstelle ist.
Ich vermisse Dich und freue mich, Dich bald wiederzusehen.
Es grüßt Dich ganz herzlich
Dein Heinrich

Liebster Heinrich! *Berlin 3. August 1941*
Heute am 3. August habe ich endlich den ersehnten Brief von Dir erhalten. Endlich! Ich hatte solche Angst, gar nichts mehr von Dir zu hören und doch weiß ich natürlich, daß Du mit ganz anderen Dingen beschäftigt bist. Die Pflicht, dem Vaterland zu dienen, nimmt Dir alle Zeit, um mir, Deiner dummen kleinen Freundin in Berlin, einen Brief zu schreiben. Umso mehr freue ich mich, daß es Dir gut geht.
Als ich Ende Juni im Radio den Führer hörte, daß er sich entschlossen habe, das Schicksal des deutschen Reiches wieder in die Hände unserer Soldaten zu legen, habe ich geweint. Ich wußte ja, daß Du und Deine Kameraden damit gemeint waren und daß es damit für Dich gen Osten gehen würde. Ich hoffe so sehr, daß Du diese schwere Zeit überstehen mögest und daß Gott seine schützende Hand über Euch alle hält.

Auch hier in Berlin hat sich einiges verändert. Die Zeiten werden schwieriger. Viele Dinge gibt es nicht mehr zu kaufen oder nur unter großem Aufwand zu besorgen. Die Kunden in unserem Geschäft bleiben zurzeit ein wenig aus. Wer braucht in diesen Zeiten schon einen neuen Hut? Gottlob haben wir eine gewisse Stammkundschaft, die uns den Arbeitsplatz sichert.
Meiner Mutter geht es zunehmend besser. Sie scheint sich erholt zu haben und auch das warme Wetter, das wir zurzeit haben, bekommt ihr prima. Ich habe ihr angedeutet, daß ich da jemanden kennengelernt hab... Mehr habe ich aber nicht verraten. Sie war natürlich ganz neugierig.
Was uns alle hier belastet, sind die Bombenangriffe. Es tut mir so leid für die Ärmsten, die dann plötzlich so ganz ohne eine Wohnung dastehen und nicht wissen, wohin sie sollen. Aber unser Führer und auch der Göring haben ja versprochen, daß sie es dem Gegner heimzahlen und dafür sorgen werden, daß mit den Angriffen bald Schluß sein wird. Ich wünschte nur, sie hätten Recht.
Liebster Heiner, paß gut auf Dich auf. So oft denke ich an die schönen Tage hier in Berlin. Gar nichts, nicht eine Sekunde davon habe ich vergessen. Du, ich habe damals bis in die tiefsten Wurzeln meines Herzens gespürt, gefühlt, was Du mir bist und daß ich zu Dir gehöre und wiederum Du zu mir. Und ich muß sagen, es ist schön einen Menschen zu haben, um den man bangt und sich sorgt, denn hier heraus spricht doch nichts anderes als die tiefe Glückseligkeit, einen Menschen ganz zu besitzen. Schreibe mir doch, sobald Du wieder kannst und Zeit findest, ja?
Sei tausendmal gegrüßt und geküßt von
Deiner Johanna

Meine liebe Johanna! *Im Felde 24. August 1941*
Der Vormarsch in Rußland ist sehr beschwerlich. Zurzeit im

August haben wir unerträgliche Temperaturen, mehr als bei uns. Kaum auszuhalten ist das. Tagsüber läuft uns der Schweiß, daß man ihn fast mit Eimern auffangen könnte. Gegen Abend kommen dann die vielen Mücken. Du glaubst gar nicht, wie beliebt die deutschen Landser bei denen sind.
Unser Tagesablauf besteht aus Strecke machen und nochmals Strecke machen. Wenn wir an eine russische Stellung geraten, wird diese sofort von unserer Luftwaffe angegriffen. Anschließend nimmt die Artillerie sie unter Beschuß und unsere Panzer rücken vor. Leider geht alles nicht so schnell wie in Frankreich, die Straßen sind in sehr schlechtem Zustand und oft genug geht es über Felder, Wiesen und sogar Flüsse, die so groß sind, daß die Pioniere erst Brücken bauen müssen.
Wenn ich Dir nicht schreibe, wo genau wir uns gerade befinden, so hat das seinen Grund. Gestern erst hat unser Spieß ganz überraschend eine Karte von einem Kameraden aus seiner Jacke gezogen und sie vor versammelter Mannschaft vorgelesen. Schon in der ersten Zeile stand der Ort, vor dem wir gerade lagen. Der Spieß schrie nur: Wie oft habe ich Euch schon gesagt, daß es streng verboten ist, eine Ortsangabe in einem Brief zu schreiben! Das Ende vom Lied war, daß es dem Kameraden drei Tage Bau eingebracht hat. Es ist sowieso nicht wichtig, wo wir gerade sind, morgen schon sind wir kilometerweit von hier entfernt und niemand erinnert sich noch an den Namen des Dorfes von heute.
Die Annehmlichkeiten eines Privatquartiers oder einer Kaserne haben nun endgültig aufgehört. Wir kampieren oft in einem Wald oder auf Wiesen – weit und breit kein Dorf und keine Stadt, nur vereinzelt stehen kleine Bauernhütten. Manchmal marschieren wir während der Nacht und ruhen am Tage, manchmal auch umgekehrt. Aber immer geht es über staubige und endlose Landstraßen.
An uns vorbei fahren fast ununterbrochen hin und her die anderen Fahrzeuge des Heeres, Autos, Lastwagen, Panzerwagen

u.s.w. An vielen zerstörten Dörfern sind wir längst vorbei, es sind trostlose Bilder, die sich uns da bieten. Rechts und links der Straßen liegen unübersehbare Trümmer von Kriegsgerät aller Art, das die Russen bereits verloren haben. Auch viele Gräber, einzelne und Massengräber von Freund und Feind, sind die stummen Zeugen eines harten Kampfes.

Natürlich denke ich oft an Dich und an die schönen Tage in Berlin. Ich muß allerdings gestehen, daß in Anbetracht der vielen Ereignisse in den letzten Monaten die Erinnerung leider ein wenig verblaßt. Wie gerne würde ich sie da wieder einmal auffrischen! Leider bin ich in nächster Zeit nicht mit Urlaub an der Reihe.

Ich grüße und herze Dich viele tausendmal
Dein Heinrich

Der Lärm war ohrenbetäubend. Immer wieder hielten sich die Männer an den Feldhaubitzen, Mörsern und Kanonen die Ohren zu, wenn sie mit nur wenigen Sekunden Abstand abwechselnd ihre todbringende Fracht in Richtung gegnerische Stellungen abfeuerten. Der Schweiß lief ihnen bei der sengenden Hitze aus dem Stahlhelm über Gesicht und Nacken und sorgte auch sonst für unerträgliche Bedingungen. Die Mannschaft an einem Granatenwerfer war eingespielt. Jeder wusste genau, was er zu tun hatte: Granatenhülse einlegen, Feuer auslösen, Granatenhülse auswerfen, nachjustieren und erneut einlegen. Andere sorgten dafür, dass genügend Granaten bereit gestellt wurden und dass die leeren Hülsen nicht im Weg lagen. Es blieb kaum Zeit zum Durchatmen, zumal die Luft voll Pulverdampf hing und damit so dick war, dass man bisweilen kaum etwas sehen konnte. Über ihnen waren immer wieder Flugzeugverbände von Jägern und Bombern auszumachen, die nicht besonders hoch über der Erde flogen und ebenfalls nur ein Ziel für ihre Fracht kannten. Die Offensive in der Kesselschlacht von Uman, einer Stadt in der Ukraine, dauerte schon drei Tage. Hunderte von Soldaten

bewegten sich in chaotisch erscheinendem Durcheinander zwischen der vordersten Frontlinie und den weiter zurückliegenden Munitionsdepots, um den Nachschub an Granaten heranzubringen, oder um andere Kameraden abzulösen. Befehle wurden geschrien und konnten trotzdem nur durch begleitende Gesten verstanden werden.
Auch der Gegner feuerte aus allen Rohren. Die Granaten schlugen in unmittelbarer Umgebung ein, verursachten einen Höllenlärm und zwangen zur Deckungsnahme. Die Einschläge hinterließen dort, wo sie den Boden trafen, eine Fontäne von Stein- und Erdklumpen und anschließend einen Krater. Dort, wo sie Menschen trafen, wurden Schreie laut. Schreie von Kameraden, die eben noch ihrem Befehl folgend nach vorn oder hinten gerannt waren. Schreie, die man eigentlich gar nicht hätte hören können, da sie von dem Abfeuern und den Einschlägen der Granaten übertönt wurden. Doch alle, die in der unmittelbaren Umgebung standen oder lagen, nahmen diese Schreie wahr. Sie spürten sie, zumal das anschließende Bild des toten oder verwundeten Kameraden nicht zu übersehen war. Es blieb kaum Zeit und war oft auch zu gefährlich, die Toten zu bergen. Selbst die Verwundeten mussten oft Stunden warten, bis sich Sanitäter herangearbeitet hatten und die Verletzten aus der Schusslinie nach hinten abtransportieren konnten. Wer in der Lage dazu war, versuchte erste Hilfe zu leisten, wo immer es ging. Konnte man nicht schnell genug herankommen, kam oft jede Rettung zu spät.
Heinrich war in diesen ersten Augusttagen für die Offensive bei der Nachrichtenstaffel eingeteilt worden. In einem ausgehobenen Unterstand geschützt hinter einem Erdhügel wartete er auf die Informationen, die er von einem Funker oder Nachrichtenmann bekam, um sie an Leutnant Bollbrinker oder Oberfeldwebel Müller weiterzugeben. Während die Geschütze abgefeuert wurden, konnte man sein eigenes Wort kaum verstehen. Heinrich hatte in dieser Zeit keinen von seinen Freun-

den gesehen. Alle waren an irgendeinem Abschnitt im Kessel von Uman eingesetzt. Es war der deutschen Wehrmacht gelungen, große Truppenverbände der russischen Armee einzukreisen und sie vom Nachschub abzuschneiden. Doch zum ersten Mal im Russlandfeldzug stießen die deutschen Verbände auf erbitterten Widerstand. Zum ersten Mal erlebten die deutschen Soldaten auf dem Vormarsch in Russlands Süden was es hieß, eine Stellung auf Tage unter hohen Verlusten zu halten und den Gegner in die Knie zu zwingen. Das Gefecht dauerte schon Tage und hatte nur wenige längere Feuerpausen erlebt. Der Ring um die russischen Verbände zog sich immer enger zusammen.
Bis zum 8. August tobte die Schlacht. Dann endlich, im Laufe des Tages, verstummten zunehmend die Granatenwerfer. Die Panzer waren vorgerückt, aber auch deren Geschützdonner war nur noch vereinzelnd in der Ferne zu hören. Die meisten Infanteristen waren in die Stadt einmarschiert, um die restlichen russischen Gegner in Gefangenschaft zu nehmen. Es kursierten Gerüchte, dass dies insgesamt mehr als einhunderttausend Mann sein sollten. Einige hundert davon lagerten nun unbewaffnet auf einer Wiese unweit von Heinrichs Kompanie. Teile der 116. Panzerdivision, wozu auch Heinrich gehörte, hatten den Befehl erhalten, sich außerhalb von Uman zu sammeln und die Gefangenen bis zum Abtransport zu bewachen. Heinrich war gerade dabei den Funkern zu helfen, als sich Friedhelm und Helmut von ihrem Einsatz mit einigen anderen Kameraden den Zelten der Kompanie näherten.
„Tag, du Papiersoldat. Hast du's auch überlebt?" grölte Friedhelm schon von Weitem.
Heinrich unterbrach seine Arbeit an den Funkgeräten und drehte sich um.
„Von wegen Papiersoldat. Halt bloß die Klappe!"
Jetzt sah er, dass Friedhelm einen Kopfverband trug, der am unteren Rand von Blut durchtränkt war.

„Granatsplitter. Halb so schlimm. Wäre vielleicht nicht passiert, wenn der Leupold aus der 53. eher Alarm gegeben hätte. Aber dem Iwan haben wir's richtig gezeigt, was Helmut?"
„Das kannste wohl laut sagen. Hätteste mal sehen sollen, Heini, wie schnell wir die Dinger rausgehauen haben. Die von der 53. Infanterie haben sich doch nur durch Rumgammeln ausgezeichnet. Mit ein bisschen Glück war das ja dein Heimatschuss, Friedhelm."
„Ich will ja gar nicht weg, grad jetzt, wo's anfängt schön zu werden. Wo warst du eigentlich, Heinrich?"
Friedhelm hatte seinen Karabiner über die Schultern gelegt und seine Arme darüber gehängt.
„Ich war bei den Funkern, aber meistens ganz vorne. Verdammt oft sind die Dinger knapp neben uns eingeschlagen. Hast du die anderen gesehen?"
„Also Günther war bei den Feldhaubitzen gar nicht weit von uns. Hab' ihn in 'ner Feuerpause ein paarmal gesehen. Gestern Abend noch. Von Gerd weiß ich nichts. Fritz hab ich nicht mehr gesehen. Was haben wir heute eigentlich?"
Die Antwort kam von einem der Funker. „Heute ist der 8. August, Dienstag."
„Sind die Kameraden denn wieder vollzählig zusammen?" fragte Helmut.
„Vollzählig..." Heinrich verzog das Gesicht. „Vollzählig ist hier gar nichts mehr."
Friedhelm drehte sich zum Verpflegungszelt und stellte seinen Karabiner zur Seite.
„Was gibt's denn in der Gulaschkanone? Ich hab langsam Hunger wie so'n sibirischer Tiger. Immer nur kalten Dosenfraß die letzten Tage..."
Gegen Abend war auch Fritz von seinem Kampfabschnitt zurück. Er war mit anderen Kameraden weiter südlich eingesetzt gewesen und hatte als Fahrer nicht in vorderster Frontlinie kämpfen müssen. Von Günther und Gerd fehlte allerdings wei-

ter jedes Lebenszeichen. Am nächsten Morgen trudelten weitere Einheiten an den Versorgungszelten ein. Immer noch konnte keiner der Kameraden etwas über den Verbleib von Gerd und Günther sagen. Erst am späten Nachmittag trafen einige Mannschaftswagen mit Verletzten ein, unter denen sich Günther befand.

Die Verletzten wurden auf das Gras hinunter gelassen, Karabiner und Feldausrüstung auf den Boden geworfen. Heinrich reichte seinem Freund eine Feldflasche. „Was ist, Günther? Weißt du, wo Gerd ist?“

Günther nahm seinen Helm ab und setzte sich auf. Dann wischte er sich den Schweiß von der Stirn und schaute in die tiefstehende Sonne, die sein Gesicht in ein dunkles Orange tauchte. Die Männer hatten die Landschaft in ein blutrotes Schlachtfeld verwandelt. Keiner merkte, dass Tränen über Günthers Wangen liefen. Erst als er zu reden begann, hörten die anderen, dass er kaum noch die Kraft dazu hatte.

„Eine Granate schlug etwa dreißig Meter von uns entfernt ein. Die Splitter trafen die Jungs vom 4. Zug. Rudi Katthöfer, Siegfried Lohmüller und Wolfgang Depenbrock. Rudi und Wolfgang waren sicher noch am Leben, aber wir kamen nicht an sie heran. Die lagen genau in der Schusslinie. Gerd und Paul haben das natürlich auch gesehen. Ich hab' noch geschrien: Bleibt hier, das ist zu gefährlich! Die kriegt ihr da nicht raus. – Sie haben nicht gehört. Die nächste Granate hat sie voll erwischt. Arme und Beine sind durch die Luft geflogen. So etwas habe ich noch nicht gesehen. Da ist nicht viel übrig geblieben. Stundenlang konnten wir nichts tun als abwarten.“

Günther schluckte und senkte seinen Kopf. Ein anderer Kamerad schlug ihm freundschaftlich ein paar Mal auf die Schulter und schlenderte dann zum Versorgungszelt. Heinrich setzte sich neben Günther, legte seinen Arm um ihn und nickte ihm zu. In der Runde herrschte betretenes Schweigen.

Liebste Johanna. Im Felde 11. August 1941

Wir haben gesiegt, aber frag nicht mit welchen Verlusten. Über eine Woche lang haben wir den Russen in einem Kessel im Würgegriff gehabt und endlich haben wir den Sieg errungen. Mein lieber Kamerad Gerd, von dem ich Dir doch erzählt hatte, ist gefallen! Genau wie so viele andere von uns. Für die wenigsten von ihnen gab es ein richtiges Begräbnis. Wir haben Kreuze für alle Kameraden in die Erde gepflanzt und soweit wir ihre Stahlhelme noch finden konnten, haben wir diese an die Kreuze gehängt. Bei der kurzen Trauerfeier hieß es dann nur, Helm ab zum Gebet. Irgendjemand spielte auf seiner Mundharmonika „Ich hatt' einen Kameraden..." Der Soldatenpfarrer sprach ein paar Worte und schon hatte uns der Alltag wieder. Unser Spieß hat nun die schwere Aufgabe, an alle Familien zu Hause einen bitteren Brief zu schreiben: Gefallen für Führer, Volk und Vaterland.

Als wir den Ort, den wir so heiß umkämpft hatten, inspizierten, konnten wir das ganze Ausmaß der Verwüstung sehen. Die Panzer, die uns so schwer zu schaffen machten und die wir dann abgeschossen hatten, standen verbrannt in den Straßen. Mindestens fünfhundert russische Soldaten haben sie noch aus den Häusern geholt. Die restlichen waren getürmt. Zwanzig Feldküchen standen hier, ein Zeichen, wie stark der Ort besetzt war. Überall liegen noch gefallene Russen herum und wir müssen daneben schlafen, denn die meisten Häuser sind zerstört. Aufgetriebene oder schon geplatzte Pferdekadaver und tote Kühe... –

Wir sind so abgestumpft gegen all das Entsetzliche, daß uns der Gestank gar nicht mehr stört. Unsere Gefangenen müssen den Ort aufräumen; aber es wird wohl ein paar Tage dauern, bis so weit wieder Ordnung ist, daß man nicht mehr über Leichen stolpert.

Der Krieg hat uns sein häßliches Gesicht gezeigt. Aber so lange wir siegreich sind, verläßt uns wenigstens nicht der Mut, an

das große Ziel zu glauben.
Mein liebes Hannchen, ich hoffe, auch Du daheim läßt den Mut nicht sinken. Meinen Bart müßtest du sehen, für einen Kuß würde ich Dir bestimmt zu kratzbürstig sein.
Liebe Grüße von Deinem
Heinrich

Liebe Johanna! *Unterwegs 5. September 1941*
Nur kurz möchte ich Dir wieder schreiben. Unsere Division ist weiter auf dem Vormarsch. Wir machen wieder Strecke. Immer weiter Richtung Osten. Aber es ist gar nicht so einfach, hier durchzukommen. Petrus ist ein ausgesprochener Bolschewik. Er läßt es seit Tagen regnen. Da es keine festen Wege und Straßen gibt, ist im Nu alles in eine Lehm- und Schlammbrühe verwandelt. Eine entsetzliche Quälerei beginnt.
Wir sehen meistens aus wie die Schlammteufel, die Wagen sind zur Unkenntlichkeit verkrustet. Aus Rußland wird nie etwas werden, wenn die Wegverhältnisse sich nicht bessern. Sie sind ein Hindernis für jeden Fortschritt und jede Kultur. Gottlob gibt es in diesen Tagen fast keine Angriffe des Gegners. Auch die haben wohl große Mühe, mit den unmenschlichen Wetterbedingungen zurechtzukommen. Viele von ihnen sind sogar schon zu uns übergelaufen. Deren Verpflegung ist noch schlechter als die Unsrige. Manche betteln um ein Stück Brot, sobald sie ihre Waffe weggeworfen haben. Unsere Marschpause ist beendet und die Pflicht ruft. Es geht mir gut.
Es grüßt Dich ganz lieb Dein
Heinrich

Mein liebster Heiner. *Berlin 10. Oktober 1941*
Lange mußte ich wieder auf einen Brief von Dir warten, aber Rußland ist ja auch so fern von hier. Immer bete ich, daß Dir hoffentlich nichts passiert sein möge.

Sie nähern sich dem kleinen Dorf Oboyan, so ähnlich muss es wohl heißen, denn die Aussprache der russischen Namen bereitet den Soldaten große Schwierigkeiten. Niemand von ihnen hat je ein Wort Russisch gelernt und es fällt ihnen schwer, diese unbekannten Wörter zu behalten. Die vorauseilenden Panzer haben das Dorf schon unter Beschuss genommen, da kurz zuvor aus genau dieser Richtung Granaten abgeschossen worden waren und den Vormarsch zum Stoppen gebracht hatten. Ganz genau kann der vorgeschobene Beobachtungsposten den Abschuss nicht orten, denn das Gelände hier ist ein wenig hügelig und unübersichtlich.

In Berlin fallen immer mehr Bomben, sodaß auch immer mehr Menschen obdachlos werden. Man weiß bald gar nicht mehr, wohin mit ihnen. Schon seit Längerem müssen wir nachts alle Fenster verdunkeln, damit die feindlichen Bomber ihr Ziel nicht erkennen können.

Das Dorf brennt mittlerweile lichterloh. Die russischen Soldaten, die eben noch gekämpft hatten, verlassen fluchtartig ihre Stellungen und versuchen irgendwo Unterschlupf zu finden, doch Heinrichs Kompanie sowie einige andere Einheiten haben das Dorf bereits erreicht. Gerade noch sehen sie die flüchtenden Gegner und eröffnen mit ihren Maschinenpistolen das Feuer, als aus einer noch intakten Scheune plötzlich ebenfalls Salven von Geschossen auf sie abgegeben werden.

Und Du, mein Liebster? Wie geht es Dir, was Du wohl gerade so machst? Ich hoffe nur, Du mußt nicht gar so grausame Dinge mit ansehen, die der Krieg mit sich bringt.

Fünf deutsche Soldaten, unter ihnen Oberfeldwebel Müller, gehen unter Aufschrei zu Boden. Die restlichen deutschen Angreifer suchen sich augenblicklich Deckung. Leutnant Bollbrinker gibt den Befehl, die Scheune mit Flammenwerfern in Brand zu stecken. Die russischen Verteidiger verbrennen bei lebendigem Leibe. Bollbrinker ordnet weiter an, das Dorf dem Erdboden gleichzumachen, ohne Rücksicht auf Frauen und Kinder. Friedhelm Reckers nimmt sich einen Trupp von etwa zehn Mann und durchkämmt einige Dorfstraßen. Hinter der ersten Biegung hören er und seine Leute ein Schreien und Wimmern, können aber im Qualm des Feuers niemanden sehen. Wahllos schießen sie in Richtung der Stimmen.

Die Wochenschau zeigt uns immer Bilder, auf denen es nur vorwärts geht bei Euch. Die Gesichter der deutschen Soldaten strahlen, während die russischen Gefangenen wie wilde Tiere aussehen. Ganz bestialisch sollen sie sein, die Menschen in Rußland.

Erst jetzt erkennen sie, dass zwanzig Meter weiter eine Frau mit ihrem Kind tot auf der Straße liegt. Das Kind hat um seine schon tote Mutter verzweifelt geschrien und lebt nun ebenfalls nicht mehr. Ein Stück weiter kauert ein junges Mädchen an einer Hauswand.Einer der Soldaten will schon seinen Karabiner erheben, als Friedhelm ihm ein Zeichen gibt, nicht zu schießen. Einigen gibt er Anweisungen, weiter nach Überlebenden zu suchen. Andere winkt er mit sich. Langsam geht er auf das Mädchen zu, vergewissert sich, dass die nächsten Straßenekken frei von weiteren russischen Soldaten sind und bleibt vor ihr stehen.

Heute spielten sie so schöne Melodien im Wunschkonzert und ein Wunsch war tatsächlich von einer Hanna an ihren Mann, der allerdings irgendwo in Frankreich seinen Dienst verrichtet. Der Wunsch hätte aber auch ebenso gut von mir sein können: „Liebling, mein Herz läßt Dich grüßen... nur mit Dir allein kann ich glücklich sein."

Er lächelt sie an und spricht beruhigende Worte zu ihr. Das Mädchen ist tränenüberströmt. Er öffnet seinen Waffenrock und beginnt an seiner Hose zu nesteln. Dann schleift er das Mädchen hinter die Hauswand und vergewaltigt sie. Heinrich ist bei den Männern, die weiter das Dorf durchkämmen. Als er mit seinen Leuten auf die Szene zukommt, bleibt er stehen und blickt schockiert auf die Männer, die nun als nächstes das Mädchen vergewaltigen. Wie angewurzelt, wie zu Stein erstarrt bleibt er stehen und kann sich nicht bewegen. Dann endlich beginnt seine Atmung schneller und hektischer zu werden. Er fühlt eine aufkommende Übelkeit in sich. Er dreht sich zur Seite und muss sich übergeben. Wie aus der Ferne hört er die lachenden Stimmen seiner Kameraden und spürt den Schlag eines neben ihm Stehenden auf seiner Schulter. Den Gnadenschuss hört er schon nicht mehr.

Zu Weihnachten kannst Du Dich auf ein schönes Päckchen von mir freuen. Ich habe auch schon eine Idee, womit ich Dir eine Freude machen will. Auch mir geht es gut. Du, sag, sind wir eigentlich verlobt? Meine Freundin Lydia hat mich neulich danach gefragt und ich konnte ihr nicht antworten. Aber Du wirst im Moment sicher andere Sorgen haben.
Tausend Grüße und Küsse von Deinem
Hannchen

Liebste Johanna. *Irgendwo in Rußland 6.11.1941*
Der Winter hat Einzug gehalten hier in Rußland. Ich weiß schon gar nicht mehr, wo genau wir uns eigentlich befinden. Seit zwei Tagen friert es bei uns heftig, minus 20 Grad. Schön ist es natürlich nicht, auf freiem Feld zu überwintern (d.h. in unseren Bunkern), aber wir sind recht gut versorgt mit Wintersachen.
Jeder von uns hat drei Wolldecken, zwei Pullover, eine Bauch-

binde, Fausthandschuhe und Kopfschützer. Und wir haben selber gut vorgesorgt. Auf unserem Bunker liegt ein Meter Erde, die ganz schön warm hält. In den meisten Unterständen ist auch schon ein kleines Öfchen drin, damit der Posten sich aufwärmen kann, wenn er völlig durchfroren in den Unterstand kommt. Und damit sich die Bunkerbesatzung ihr Essen und ihren Kaffee warm machen kann. Knapp sind nur bisweilen das Brennholz und die Kartoffeln.

Vor einigen Tagen haben zwei Kameraden einen völlig ausgehungerten Windhund hier in der Steppe aufgefunden. Du kannst Dir nicht vorstellen, wie einige von uns ganz verrückt nach etwas Abwechselung diesen Windhund aufgepäppelt haben. Sascha haben sie ihn genannt. Er ist jetzt unser Maskottchen geworden, denn unsere Division hatte bislang keinen Namen. So heißen wir also jetzt die Windhunddivision, ganz nach dem Ausspruch des Führers: Flink wie die Windhunde müßt ihr sein.

Liebste Johanna, wie gerne wäre ich bei Dir. Das, was wir hier sonst erleben müssen, ist mitunter so grausam, wie ein Krieg nur sein kann. Wenn ich nicht so zärtliche Worte schreiben kann, dann versteh mich bitte. Ich könnte doch all diese schweren Wochen und Monate nicht ertragen, wenn ich mich nicht verhärten würde, wenn ich nicht einen schweren eisernen Panzer um mein Herz gelegt hätte, der jeden Tag härter wird. Mir ist oft zum Aufheulen zumute, doch ich kann's nicht. Erweichen, zum Schmelzen bringen, kannst nur Du diesen Panzer.

Heute haben wir erfahren, daß wir, sobald das Wetter es erlaubt, aufbrechen werden, um weiter in Richtung Süden vorzustoßen, um die Flanke zu sichern. Vielleicht geht es aber auch auf Moskau. So genau weiß das wohl nur der Führer selbst. Bis dahin gilt es hier den Dienst zu erfüllen und der Pflicht nachzukommen.

Ein Letztes für heute noch. Sag ruhig Deiner Freundin, daß Du einen Verlobten hast. Das feiern wir dann später nach. Sobald

die Urlaubssperre aufgehoben ist, werde ich Heimaturlaub beantragen und dann komme ich nach Berlin.
Es grüßt und küßt Dich Dein
Heiner

Meine liebe Johanna. Im Felde 26.12.1941
Gerade noch rechtzeitig zu Weihnachten ist Dein Päckchen angekommen. Fritz, der die Post von der Sammelstelle holen und an die Kompanien verteilen muß, hätte es fast nicht mehr rechtzeitig geschafft. Sein Wagen kam durch die Schneeverwehungen gar nicht durch. Erst als ein ganzer Trupp von Gefangenen den Vorweihnachtstag hindurch Schnee geschaufelt hatte, konnte Fritz die so sehnlichst erwarteten Briefe und Päckchen zu uns bringen.
Vielen Dank für die warme Wäsche, die ich hier sehr gut gebrauchen kann. Na, und die Zigaretten erst! Es tut mir so leid, daß ich Dir so gar nichts zum heiligen Feste schenken kann. Vorgestern Abend hat sich jeder die größte Mühe gegeben, uns zu zeigen, daß Heiligabend war. Die Schreibstube und das Lazarett sind in einem Schulgebäude untergebracht, sodaß ich mich hier oft aufwärmen kann, während ich meinen Dienst versehe. Als uns die Schwestern und Sanitäter vom Flur her einige Weihnachtslieder sangen, da sind uns allen die blanken Tränen heruntergelaufen. Du kennst doch das Märchen vom Froschkönig? Da ist mir der erste Reifen von meinem Herzen geschwunden.
Der Winter hier ist hart, viel härter, als wir es in der Heimat gewohnt sind. Mittlerweile werden immer mehr Kameraden mit Erfrierungen an Händen, Füßen, Nase und Ohren ins Lazarett gebracht. Es ist nicht schön, das mit anzusehen. Viele Geräte sind uns eingefroren und müssen mühsam wieder gängig gemacht werden. Das Wasser friert so schnell, daß man fast dabei zuschauen kann. Zum Trinken aber auch zum Waschen kaum

zu gebrauchen. Einige von uns sind schon zu Frontschweinen geworden, weil sie sich kaum noch waschen.
Letzte Woche habe ich mir die Haare schneiden lassen, bin froh, von diesem Wust befreit worden zu sein. Schönheit spielt hier keine Rolle, für wen sollen wir denn auch gut aussehen?
Liebes Hannchen, gerade in diesen Tagen vermisse ich Dich so sehr. Ich weiß schon gar nicht mehr, wie ein Kuß von Dir schmeckt... Aber an Urlaub ist nicht zu denken. Immer noch haben wir eine Sperre. Wenn doch nur der verfluchte Winter langsam zu Ende gehen würde.
Heute Abend hatte ich aber doch noch ein so schönes Erlebnis und davon will ich Dir noch schreiben. Ich habe vorhin meine Streife gemacht. Als ich rausging, war es so stark bewölkt, daß vom Mond noch kaum etwas zu sehen war. Aber dann verzogen sich alle Wolken und es kam ein wunderschöner klarer Sternenhimmel zum Vorschein. Als ich dann in meine Unterkunft ging, hab ich mich noch ein Weilchen vor meinen Bunker gesetzt und hab diesen herrlichen Himmel angesehen. Dabei sind alle meine Gedanken bei Dir gewesen. Ach ja, wir haben ja hier über uns dieselben Sterne, wie bei euch zu Hause. Wie ich nun so dasaß, habe ich mit offenen Augen von Dir geträumt und ich sah zwischen all den vielen Sternen Dein geliebtes Gesichtchen. Ich mußte mich von diesem so schönen und beglückenden Bild mit Gewalt losreißen, sonst würde ich wohl jetzt noch draußen sitzen...
Für heute am 2. Weihnachtstage sei lieb gegrüßt von Deinem Heiner

Mein allerliebster Heiner. *Berlin, 20.1.1942*
Dein letzter Brief liegt schon wieder so lange zurück, sodaß ich Dir schnell noch einmal schreiben möchte. Ich fühle mich Dir dann immer ein wenig näher. Das Leben hier zu Hause an der Heimatfront ist eintönig und doch um soviel schwieriger

und lebensgefährlicher geworden. Alles gibt es nur noch auf Bezugsschein und Lebensmittelkarte. Wenn man etwas dafür haben will, muß man sich sehr früh vor den Läden anstellen. Wenn gerade die Sirenen anfangen zu heulen, oder wenn man zu spät kommt, dann hat man Pech.
Die Familien, die durch Bombenangriffe ihr Haus verlieren, müssen ihre Kinder auf das Land zu einer anderen Familie verschicken. Diese Kinderlandverschickung bringt den Kindern natürlich mehr Sicherheit, für Mütter und Kinder ist es aber oftmals ein schmerzlicher Abschied.
Meiner Mutter geht es wieder einmal gar nicht gut. Der Winter hat ihr zu schaffen gemacht und sie kann kaum noch allein aus dem Bett. Dabei gibt es immer häufiger Fliegeralarm und wir müssen alles verdunkeln. In letzter Zeit schläft Tante Elli oft bei uns, um Mutter zu versorgen und dabei zu helfen, rechtzeitig in den Luftschutzkeller zu kommen.
Neulich war ich nachmittags noch in Charlottenburg, um nach Lebensmitteln anzustehen, als Fliegeralarm gegeben wurde. So schnell ich konnte, rannte ich hinter der Menge her. Ich wußte ja nicht, wo hier der nächste Keller war. Als wir uns endlich in Sicherheit glaubten, wurde es stockdunkel und wir hörten so ein furchtbar lautes Rumsen. Dann plötzlich so stark, daß der Boden unter uns auf und ab rüttelte. Es waren nur Bruchteile von Sekunden. Einige Frauen begannen zu schreien, andere weinten und beteten. Vor mir rutschte jemand auf meine Füße. Jemand schrie: Die Gasleitung ist getroffen. Nun hatte ich auch Angst, vor allem vor dem Gas.
Ich weiß nicht mehr, wie lange wir da noch so dichtgedrängt stehen mußten. Auf einmal gab es Bewegung in der Menschenmenge und wir wurden sehr langsam auf den Ausgang des kleinen Kellerraumes in den Gang geschoben. Vielleicht noch eine weitere Stunde und wir kamen schubweise in die Nähe eines Loches, welches nach draußen führte. In dieser Öffnung sahen wir bald vier helfende Hände, die uns Eingeschlossene

einen nach dem anderen vorsichtig herauszogen. Mir schien die Zeit unendlich lang, wir waren so viele! Endlich wieder am Tageslicht sahen wir, daß um uns herum haufenweise Pakete von Zeitungen brannten, Mauerbrocken waren verstreut und es herrschte überall Chaos. Wir hörten, daß das Pressehaus drei Volltreffer bekommen hatte – und wir unten im Keller! Die Decken hatten also gottlob gut gehalten.
Ach wie sehr wünschte ich, der Krieg wäre endlich vorbei und ich könnte Dich in meine Arme schließen. Immer wenn ich eine ruhige Minute habe, stelle ich mir vor, wie wir eine Zukunft gestalten würden und gemeinsam die Anforderungen des Lebens meistern. Wie schön ist es dann immer, einen Brief von Dir zu erhalten und zu wissen, daß Du am Leben bist.
Tausend Küsse sende ich Dir und hoffe so sehr, daß es Dir gut geht.
Dein Hannchen aus Berlin

Der Schnee begann langsam zu schmelzen, aber der harte russische Winter 1942 war noch nicht zu Ende. Immer häufiger gelang es der Sonne ganze Abschnitte für kurze Zeit vom Frost zu befreien, so dass aus Eis und Schnee Matsch wurde, um des Nachts wieder zu gefrieren. Doch so sehr die Freude bei den deutschen Soldaten aufkeimte, dass sie endlich ihre Winterstellung verlassen konnten und die grausame Kälte, die bei vielen Kameraden Erfrierungen verursacht hatte, ein Ende nahm, so groß war der Frust als sie merkten, dass sie nun die Kälte gegen den Schlamm eintauschen mussten. Erneut wurde wieder Strecke gemacht. Die 116. Panzerdivision hatte den Befehl bekommen, in Richtung Stalingrad vorzurücken. Die Stadt an der Wolga, in der wichtige Kriegsgüter umgeschlagen wurden und die als das Tor zu den Ölfeldern im Kaukasus galt, sollte unter allen Umständen eingenommen werden. Doch längst waren die Strecken dieses Jahres nicht mehr mit denen von 1941 zu vergleichen. Die Kraft und der unbedingte Wille, alles für den Sieg aufs Spiel zu setzen, hatten nachgelassen. Die Männer waren körperlich und psychisch nicht mehr das, was sie zu Beginn des Russlandfeldzuges gewesen waren. Zu viele waren bereits gefallen. Zu viele hatten irgendwelche Verletzungen. Hunger und Kälte hatten bei vielen Zweifel hinterlassen. Rückzug nannte man nun Frontbegradigung. Immer öfter hörte man Flüche hinter vorgehaltener Hand über den Krieg, über Befehle, die nicht nachzuvollziehen waren. Einzig das Ziel Stalingrad lockte mit einem Etappensieg. Wäre Stalingrad erst erobert, würde man die Russen schnell in die Knie zwingen können.

Liebe Johanna. *15. Februar 1942*
Ich habe wieder einen Freund verloren. Wir mußten einer Vorhut von 20 Mann, die in einen Hinterhalt geraten waren, zur Hilfe kommen. Helmut Bergfeld, den ich schon so lange kenne, ist gefallen. Bei dem Angriff lag er plötzlich tot neben mir, während ich verschont blieb. Seine angsterfüllten Augen werde ich nie vergessen. Kein Tag vergeht, an dem nicht ein oder zwei Mann der Kompanie ausfallen. Da kommt mir manchmal der Gedanke: Wann bin ich eigentlich an der Reihe? Vielleicht bekomme ich ja nur einen Splitter ab, sodaß es für die Heimat reicht. Findest Du solche Gedanken gotteslästerlich? Ich habe nun schon so oft mit angesehen, wie Kameraden gefallen sind, da denke ich natürlich auch oft an den Tod. Nur eines möchte ich nicht: In russische Gefangenschaft geraten. Für solchen Fall bleibt die letzte Kugel übrig. Und wenn ich in Rußland bleiben sollte, dann darfst Du daran nicht zerbrechen. Es wäre nicht in meinem Sinn, wenn Du Dein ganzes Leben lang trauern würdest meinetwegen.
Ich habe in der letzten Zeit weniger Briefe an Dich geschrieben, obwohl ich schon die Zeit gehabt hätte. Aber ich kann einfach nicht. Und da schreibe ich lieber gar nicht als einen Jammerbrief. Ihr habt's in der Heimat schon schwer genug,

warum sollen wir Euch auch noch das Herz schwer machen?
Mir tun meine Füße weh, als wenn ich auf tausend Nadeln gehe, aber es ist ja kein Wunder, über eine Woche läuft man schon mit quietschnassen Füßen herum, ohne daß man die Schuhe aushatte. Man müßte noch ein paar Schuhe zum Wechseln haben, aber die gibt es ja leider nicht mehr, trockene Strümpfe anziehen hat ja keinen Zweck, sie sind ja sofort wieder naß, wenn man bloß in eine andere Gegend kommen würde, anstatt hier, es ist furchtbar, mein Mantel ist so voll Lehmwasser gesogen, daß ich ihn kaum noch allein anziehen kann, so schwer ist er. Ich habe ihn vorhin mit dem Löffel abgekratzt, der sieht nicht mehr grau aus, der ist jetzt braun. An den Schuhen habe ich, wenn ich gehe, Klumpen von Lehm, die Erde ist dermaßen aufgeweicht. Wie oft hat man da schon die Balance verloren und dann hinein in den Brei.
Liebstes Hannchen, weißt Du noch, was wir in Berlin besprochen haben? Es gehr mir sehr gut in diesen Tagen, aber sei unbesorgt. All dies gilt es tapfer zu überstehen.
Sei lieb gegrüßt von Deinem
Heiner

Friedhelm war sauer. Als alle Männer, die den Hinterhalt überlebt hatten, wieder in dem kleinen Schulgebäude waren, stieß er Heinrich mit einer Hand vor die Brust und schubste ihn damit vor sich her.
„Der Alte hat ausdrücklich mir das Kommando für die Aktion gegeben. Warum bist du mit Helmut und Günther so schnell vorgestoßen? Wir hätten die Russen in die Zange nehmen können, dann wäre Helmut noch am Leben! Du hast viel zu eigenmächtig gehandelt."
„So ein Blödsinn. Ich habe getan, was nötig war. Schließlich waren wir die ersten, die bei Greiner waren", verteidigte sich Heinrich.
„Aber du hättest warten können. Ich hatte das Kommando.

Wenn ich das Bollbrinker berichte, kannst du dein blaues Wunder erleben."
Jetzt schaltete sich Fritz ein. „Das macht Helmut auch nicht wieder lebendig. Lass Heinrich in Ruhe, Friedhelm. Es ging doch darum, die anderen rauszuhauen. Wer konnte denn ahnen, dass da noch Scharfschützen sitzen?"
Fritz war zwischen die beiden getreten und versuchte damit Frieden zu stiften.
„Verdammt noch mal! Heinrich ist viel zu eigensinnig und viel zu nachgiebig gegen das Russenpack. Damals in diesem kleinen Dorf. Du hättest doch alle Russen laufen lassen!"
„Du Arschloch! Du konntest es doch gar nicht abwarten, schnell genug über Frauen und Kinder herzufallen!"
„Na und, es ist Krieg! Besser als mit ihnen gemeinsame Sache zu machen. Du hast doch schon zu Hause mit Juden und Asozialen verkehrt!"
Friedhelm redete sich in Rage, aber auch Heinrich hielt sich nicht mehr zurück.
„Sag mal, bist du bekloppt? Mit Juden und Asozialen verkehrt? Dann warst du das also, der damals meine Eltern angezeigt hat? Das darf doch wohl nicht wahr sein!"
Jetzt war es Heinrich, der auf Friedhelm losging und ihn mit beiden Händen umstieß. Friedhelm ergriff sofort Heinrichs Jacke und zog ihn zu Boden.
„Aufhören! Seid ihr verrückt geworden? Was soll das?"
Neben Fritz griffen nun auch einige andere Kameraden ein und versuchten die Streithähne auseinander zu bringen. Völlig außer Atem hielten jeweils drei die Kämpfenden auseinander, so dass sie sich nun hasserfüllt gegenüber standen und in die Augen blickten.
Heinrich versuchte seine Kameraden abzuschütteln.
„Lasst mich los! Mit so einem Idioten will ich nichts zu tun haben!"
Auch Friedhelm beruhigte sich langsam wieder und wurde

von seinen Leuten in eine andere Ecke gedrängt. „Mit solchen Pfeifen wie dir werden wir den Krieg nie gewinnen!“ war sein abfälliger Kommentar. Heinrich zog sich seine Jacke zurecht und drehte sich um.
„Und so was will eine Kompanie führen. Ein Dreck bist du.“

Liebster Heiner. *3. Juli 1942*
Voller Sorge habe ich Deinen letzten Brief erhalten. Du darfst so nicht denken. Ich bete jeden Tag, daß Gott seine schützende Hand über Dich hält. Daß Dir nichts passiert und Du ganz bald zu mir zurückkehrst. Es muß so schwer sein für Euch, immer wieder gute Kameraden zu verlieren. In meinen Gedanken bin ich bei Dir und Du bei mir.
Die Wochenschau verkündet nun einen Großangriff auf Stalingrad und sagt, daß damit die Kräfte der Russen bald erschöpft sein werden. Der Russe ist am Ende. Wir alle hoffen, daß der Krieg dann gewonnen ist und Frieden einkehrt.
Der kleine Zinnsoldat, den Du mir geschenkt hast, begleitet mich immerzu. Ich habe ihn stets bei mir und er läßt den Mut nicht sinken. So sollst auch Du sein, mein Liebster.
Sei tausendmal umarmt und geküßt von Deiner
Hanna

Meine liebe Johanna. *14. August 1942 Im Felde*
Jeder Krieg verroht die Menschen. Einen Krieg steht man nur durch, wenn man alle Mitleidsgefühle zurückdrängt – oder man dreht durch. Unsere Verpflegung kommt einfach nicht nach. Wir haben Befehl, uns aus dem Lande zu ernähren. Das ist leicht befohlen – aber woher etwas nehmen bei der Armut? Der Krieg macht hart, unmenschlich: Wir nehmen Flüchtlingen ihre Pferde ab und lassen sie mit ihren Habseligkeiten auf der Straße liegen. Zu Deiner Beruhigung, diese Pferde sind Mili-

tärpferde, die sich die Russen auch irgendwie und irgendwo organisiert haben. Die Russen sind wahre Meister des Rückzugs. Die Städte sind meist völlig geräumt, nichts Brauchbares ist zu finden, alle Läden, alle Speicher sind leer. Die Bevölkerung ist sehr viel unfreundlicher hier als in anderen Gegenden, die wir durchzogen haben. Die Häuser sind dreckiger. Aus Angst vor Läusen übernachte ich oft draußen. Den Frauen müssen wir befehlen, unsere Wäsche zu waschen.

Ich glaube, Deine Gebete werden erhört, unser Herrgott hat seine Hand über mich gehalten. Vor drei Tagen griffen uns die Russen an und setzten vorher einen Segen von Artillerie- und Granatwerfersalven in unsere Stellung. Ich war gerade bei einer Besprechung in einem Unterstand. Ich hockte in der hintersten Ecke, vier andere saßen vor mir. Da ging ein Granatwerfertreffer direkt in den Eingang meines Unterstandes. Ich war zugedeckt mit schreienden Verwundeten, deren Blut auf mich floß. Mit Mühe konnte ich mich heraus arbeiten, um Hilfe zu holen. Ein Unteroffizier tot, drei Mann schwer verwundet. Es waren alles Leute aus meiner Kompanie, die täglich mit mir zusammen waren, von denen ich jede einzelne Gewohnheit kenne.

Daß mir das alles sehr zu Herzen geht, wirst Du sicher verstehen. Um das alles wieder in Ordnung zu bringen, werde ich Dich und Deinen Einfluß brauchen.

Unsere Division wird nun doch nicht direkt nach Stalingrad geschickt. Viele von uns sind darüber geradezu verärgert. Nun will man uns den verdienten Lohn nehmen. Stalingrad fällt sicher in unsere Hände und dann heißt es, daß wir nicht dabei waren.

Ganz viele liebe Grüße von Deinem
Heiner

Kapitel 9
Russland/Berlin, 1943-1944

Urlaubssperre. Für die Soldaten ein Alptraum. Einmal noch die Frau, die Verlobte, die Mutter, die Geschwister sehen. Wer konnte schon wissen, ob man morgen überhaupt noch unter den Lebenden weilte? Doch auch wenn man schon die Bewilligung in den Händen hielt, konnte sie jederzeit wieder entzogen werden. Wenn Kameraden dann aus der Heimat an die Front zurückkamen, berichteten sie meist nichts Erfreuliches. Not und Elend machten auch an der Heimatfront nicht Halt. Einzig die geliebten Menschen wieder zu sehen, machte für zwei Wochen das Grauen in Russland vergessen. Heinrich hatte seit 1941 keinen Heimaturlaub mehr bekommen. Erst als Anfang1943 die Schlacht an der Wolga endgültig verloren war und unzählige Soldaten in Stalingrad gefallen oder in Gefangenschaft geraten waren, keimte in der 116. Panzerdivision die Hoffnung, bald wieder die Heimat zu sehen. Paradox, die Niederlage in Stalingrad brachte Hoffnung auf Urlaub.

Heinrich saß in einem Zelt, das behelfsmäßig zur Schreibstube eingerichtet worden war. An seinem Tisch wurden die Anträge und Bewilligungen vorbereitet, die dann an höherer Stelle genehmigt und unterschrieben wurden. Er hatte seine Eintragungen fertig und wollte in die Unterkunft zurückgehen, als er einmal mehr an die Briefe von Johanna dachte, die er stets in seinem Mantel trug. Er hätte es nicht gewagt, auch nur einen Brief bei seinen Feldsachen in der Unterkunft zu lassen. Die Briefe waren ihm heilig. Zu groß war seine Angst, dass man einen der Briefe hätte finden können und sei es auch nur zufällig. Irgendjemand hätte etwas missverstehen können, hätte jemand anderem etwas weitersagen können und wenn dies dann in die falschen Ohren geraten wäre, hätte es für Heinrich große Probleme gegeben. Er dachte besonders an diesen einen Brief von Johanna, den sie im Februar 1943 geschrieben hatte. Eigentlich hatten sie vereinbart, dass sie sich nur sehr vorsichtig über den Krieg und die schrecklichen Auswirkungen schreiben würden. Doch das konnte Johanna einfach nicht ausblenden. Der Brief, den er im Februar 1943 erhielt, hatte ihn ins Grübeln gebracht.

Liebster Heinrich. Berlin 25.2.1943
Ich hoffe so sehr, daß es Dir gut geht. Ich habe Angst um Dich und davor, Dich niemals wiederzusehen.
Vor ein paar Tagen hat Reichspropagandaminister Goebbels im Sportpalast eine Rede gehalten. Bekommt Ihr eigentlich an der Front davon etwas mit? Habt Ihr einen Empfänger, mit dem Ihr seine Reden hören könnt? Hier bei uns ist sie mehrfach wiederholt worden und jeder spricht davon.
Schon oft habe ich den Führer sprechen gehört, aber diese Rede von Goebbels hat mir Angst gemacht. Er fragte die Zuschauer im Sportpalast und damit wohl uns alle, ob wir noch an den totalen Sieg glauben würden? Er sagte, die Engländer würden behaupten, wir wären des Kämpfens müde und wollten die Kapitulation, jetzt wo die Wehrmacht es nicht geschafft hätte, Stalingrad einzunehmen. Er fragte, ob wir noch ein gläubiges Vertrauen an den Führer hätten? Er schwor uns ein, hinter Euch zu stehen, Ihr, die Ihr an der Front kämpft, und alles Mögliche zu unternehmen und jedes Opfer zu bringen, welches zum Sieg nötig ist.
Wer sich am Krieg vergeht, der solle den Kopf verlieren, hat er gesagt. Zum Schluß fragte er die Menschen, ob sie bereit wären für den totalen Krieg. Noch totaler, als sie ihn sich überhaupt vorstellen könnten. Die Menschen schrien und jubelten.
Ich habe Angst, Heinrich!
Volk steh auf und Sturm brich los! hat er gesagt. Das hört man seitdem überall auf der Straße. Noch totaler als bisher? Werden dann noch mehr Bomben fallen, hier in der Heimat und bei Euch an der Front? Werden dann noch mehr Menschen

sterben? Wir alle wollen den Sieg, aber ich will nicht, daß Du stirbst! Ich will leben, mit Dir.
Ich weiß nicht, welches Opfer ich denn noch bringen soll. Ich wünschte so sehr, daß wir den Krieg auch so beenden könnten, ohne daß so viele Menschen ihr Leben lassen müssen. Ich kann nicht mehr! Ich weiß natürlich, daß dies nicht möglich ist. Wir alle sind gefordert, unseren Mann zu stehen, auch dies will ich Dir schreiben. Ich bete zu Gott, daß ich Dich gesund wiedersehen werde.
Sei umarmt von Deiner Liebsten.
Viele Grüße von Deiner Johanna

Heinrich hatte den Brief wieder und wieder gelesen. So ein Brief konnte tatsächlich gefährlich sein. Für einen Moment ärgerte er sich über diese Dummheit von Johanna. Wehrkraftzersetzung nannte man das. Sie brachte ihn und sich selbst in größte Gefahr. Aber hatte sie nicht Recht? Der totale Krieg sollte helfen, den Krieg zu verkürzen? Wie sollte das gehen? Noch größere Anstrengungen wurden gefordert. Er hatte von der Rede Goebbels gehört. Ihr Kommandeur hatte sich bei einem Appell darauf bezogen und gesagt, dass von nun an in der Heimat und an der Front alles nur Erdenkliche und Menschenmögliche getan werde, um den Bolschewismus und die Engländer in die Knie zu zwingen. In die Knie waren sie oft genug selbst gegangen. Im Dreck hatten sie gelegen und kaum noch etwas zu essen gehabt. Erfroren und verhungert, verblutet und verreckt, war das etwa noch nicht der totale Krieg? Auch ihn überkam ein Gefühl von Angst. Aber er wollte dieses Gefühl nicht zulassen. Er war es den Kameraden schuldig bis zum Ende dabeizubleiben. Er verscheuchte die Angst, indem er schnell seine Sachen packte und in die Unterkunft eilte.

Die „Windhunddivision" war unter großen Verlusten verlegt worden. „Verlegt worden zur Auffrischung" war die offizielle

Version, Rückzug hätte die Sache genauer beschrieben. Seit der Niederlage in Stalingrad wurden nur noch Fronten begradigt, strategisch unwichtige Orte aufgegeben und Einheiten zusammen gezogen. Heinrichs Einheit war schon einmal in Mariupol gewesen, 1941. Die Stadt zählte damals sicher mehr als 200 000, vielleicht 250 000 Einwohner. Jetzt im September 1943 waren es wahrscheinlich keine 100 000 mehr. Hier war kaum etwas zerstört, die Stadt war 1941 ohne große Kampfhandlungen eingenommen worden. Zur „Auffrischung" gehörte auch eine Entlausung. Alle Soldaten hatten zunächst beim Barbier anzutreten. Das waren rekrutierte Friseure aus der Bevölkerung, die mit ihren Scheren, Rasiermessern und Kämmen in den Waschräumen der Fabrik anrückten. Alle Soldaten gaben ihre Kleidung zur Reinigung ab. Anschließend wurden sie sämtlicher Körperhaare entledigt. Der Gestank in der Halle erinnerte Heinrich an seine Lehrzeit in der Lederfabrik. Anschließend folgte eine Behandlung mit einem Mittel, das alle Läusenachkommen vernichten sollte. Das Jucken in sämtlichen Körperregionen hörte zwar auf, aber dafür stellten sich rote Hautflecken, allergische Reaktionen und sogar blutige Wunden ein.

„Steht dir gut, so ganz ohne Haare", bemerkte Fritz, als er Friedhelm mit der neuen, sehr kurz geschorenen Frisur sah und sich selbst auf einen Stuhl setzte.

„Das ist ja wie bei den Juden. Ausrasieren und anschließend unter die Dusche..."

Fritz drehte sich zu Friedhelm um. „Wieso Juden? Was haben die denn damit zu tun?"

„Den Juden in ganz Europa geht es doch jetzt an den Kragen. Die werden von überallher in die KZs gebracht, man rasiert ihnen die Haare aus und anschließend...", er machte eine Pause, „und anschließend müssen sie duschen."

„Ja und? Was soll am Duschen schlimm sein?"

„Walter Beerenkötter aus der 59. Infanterie hat es erzählt. Die

kommen gar nicht unter echte Duschen, die denken nur, dass sie duschen müssen."
„Und dann?" Fritz zog ein fragendes Gesicht.
„Gas, oder irgend so was. Die gehen über den Jordan. Im wahrsten Sinne des Wortes." Friedhelm lachte über seinen schlechten Witz am meisten. Auch andere lachten, viele schienen jedoch gar nicht so recht zu verstehen, was er meinte.
„Du meinst, die werden vergast?"
„Klar, was denkst du denn? Was meinst du wohl, warum es hier nur noch so wenig Menschen gibt? Die Juden sind doch schon alle ins KZ gebracht worden."
„Na ja, so viel Juden wird es hier auch nicht gegeben haben", schaltete sich Heinrich ein.
„Ich habe eben von Bollbrinker gehört, dass die meisten arbeitsfähigen Männer, aber auch Frauen und Kinder ins deutsche Reich zur Arbeit geschickt worden sind, zur Unterstützung auf Bauernhöfen, bei der Herstellung von Waffen. Da kannst du mal sehen, bei uns zu Hause melken jetzt die Russen unsere Kühe und misten den Stall aus. Und die nächsten Granaten fertigt die Olga von der Wolga für uns."
Über das Schicksal der Russen und Ukrainer, gegen die man so erbittert kämpfte und die immer wieder für Sabotageaktionen und Partisanenüberfälle sorgten, empfand man kaum Mitleid. Sollten sie ihre Schuldigkeit doch in der deutschen Heimat ableisten. Dort würde man mit ihnen schon gebührend umgehen. Dass diese Männer und Frauen verschleppt worden waren, unter schlimmen Bedingungen zur Arbeit gezwungen wurden, oft gequält, für nichts bestraft, und dass sie niemals ihre Heimat wiedersehen sollten, davon ahnten die Soldaten nichts. Sie hätten es aber auch gar nicht wissen wollen.

Mein liebstes Hannchen. *28.9.1943*
Endlich, endlich bin auch ich einmal wieder an der Reihe, in die geliebte Heimat zu fahren. Mein Gesuch ist bewilligt, der

Spieß ist gestern zu mir gekommen und hat mir die freudige Nachricht überbracht. Fritz und ich und noch einige andere fahren schon morgen für drei Wochen nach Hause. Stell Dir vor, meine Liebste, für drei Wochen! Du kannst schon mal das Quartier machen. Nur kurz will ich Dir deshalb schreiben, denn natürlich werde ich auch nach Berlin kommen, um Dich zu sehen. Freust Du Dich?
Ich werde zunächst Mutter in Werther besuchen, aber anschließend komme ich zu Dir. Von Werther aus schreibe ich Dir, wann genau das sein wird, da man ja gar nicht mehr weiß, ob die Züge regelmäßig und pünktlich verkehren. Jetzt drück mir die Daumen, daß nicht wieder eine andere Anordnung kommt, daß nicht schon wieder allgemeine Urlaubssperre befohlen wird.
In Liebe Dein
Heinrich

Die Fahrt dauerte unendlich lange. Immer wieder blieb ein Zug auf offener Strecke stehen, ohne dass jemand wusste warum. Über Kiew und Warschau, dann mit einer Umleitung über Dresden und Magdeburg erreichten sie nach Tagen endlich Hannover. Hier wurde die Fahrt wieder unterbrochen, weil es einen Angriff auf das Streckennetz in Richtung Ruhrgebiet gegeben hatte. Überhaupt sahen Fritz und Heinrich auf ihrer Fahrt durch deutsche Städte, dass nicht nur an der Front Bomben gefallen waren. Die Oktobersonne schickte am fünften Tag ihrer Reise warme nachmittägliche Strahlen auf der Vorplatz des Bahnhofs in Hannover, wo die beiden es sich auf einer Bank bequem gemacht hatten, als sie vom Motorengeräusch eines Kübelwagens aus ihrer Ruhe gerissen wurden.
„He, Kameraden, wo wollt ihr hin?“
Fritz öffnete die Augen und blickte auf das Militärfahrzeug, in dem zwei Soldaten saßen, die angehalten und tatsächlich ihn und Heinrich mit dieser Frage gemeint hatten.
„Nach Bielefeld.“

„Los, steigt ein. Wir fahren nach Dortmund."
Fritz und Heinrich schauten sich an. Sie trauten ihren Ohren nicht. Im Nu hatten sie ihre Rucksäcke geschultert und auf der hinteren Bank Platz genommen. Ein Blick auf die Abzeichen der beiden Soldaten vorn verriet ihnen, dass sie es hier ebenfalls mit einem Unteroffizier und einem Gefreiten zu tun hatten.
„So was nennt man wohl Glück im Unglück", freute sich Heinrich. „Wie kommt ihr dazu, nach Dortmund zu fahren, jetzt, wo der Treibstoff so knapp ist?"
„Wir haben wichtige Papiere nach Hannover gebracht. Wir müssen schnell zurück, es geht demnächst Richtung Frankreich", war die Antwort des Unteroffiziers.
„Ihr Glücklichen, in den goldenen Westen."
„Na ja, wenn der Ami tatsächlich landen sollte, wird das auch noch ein heißer Tanz. Aber wir werden ihn schon zurück ins Meer werfen! Ich heiße übrigens Karl Gerke. Und das ist Gefreiter Dietrich Wedekind. Wie heißt ihr?"
„Fritz Steuben. 116. Panzerdivision."
„Heinrich Altmann. Auch 116. Panzer. Wisst ihr, ob die Autobahn auch einen Treffer abbekommen hat, oder kommt man durch?"
„Auf der Herfahrt war noch alles in Ordnung. Hoffen wir mal das Beste."
Der Wagen verließ das Stadtgebiet. Deutlich weniger Menschen waren auf den Straßen zu sehen, fast ein wenig wie ausgestorben wirkte die Stadt. Männer waren sowieso kaum noch unterwegs. Die Gespräche der vier drehten sich um die letzten Kriegserlebnisse, in welchen Schlachten man gekämpft hatte, wie die allgemeine Lage eingeschätzt wurde und welche Befehle sinnvoll, glorreich gewesen seien oder auch nur Kopfschütteln hervorgerufen hatten. An den Westen Europas, an Frankreich, hatten alle vier nur schöne Erinnerungen. Die jungen Damen an der Seine, eine Flasche Rotwein und immer

nur Siege. Frankreich war in ihrer Erinnerung wie ein bunter Abenteuerausflug hängengeblieben. Russland dagegen war ihnen verhasst. Kälte und Hitze und vor allem Niederlagen. Jeder konnte berichten, wie er mehrmals dem Tode knapp entronnen war. Tatsächlich war die Autobahn noch durchgängig befahrbar. So erreichten sie die Ausfahrt Bückeburg im Weserbergland. Karl Gerke lenkte den Kübelwagen auf die Landstraße in Richtung Bad Eilsen.

„Was ist los, warum fahren wir hier raus?“ Fritz und Heinrich waren eingeschlafen und durch die verlangsamte Fahrt wieder aufgewacht.

„Ohne Benzin geht's nicht. Irgendwo müssen wir noch Sprit besorgen.“

„Habt ihr in Dortmund keine Reservekanister eingepackt? Hier auf dem Land wird das wohl ein Problem.“

„Nee, wir sollten unterwegs zusehen, dass wir eine Tankstelle finden“, war die Antwort von Karl. Heinrich und Fritz waren leicht verwundert. Eine so weite Strecke ohne zusätzlichen Kanister in diesen Zeiten erschien ihnen merkwürdig. Die Tankstelle in Bad Eilsen war geschlossen. Vergeblich klopften sie an die Tür des Wohnhauses. Niemand öffnete oder schien ihr Rufen zu hören. Karl nahm die Zapfpistole und versuchte mit Hilfe der Pumpe Benzin zu bekommen, doch der Schlauch blieb leer.

„Und was jetzt? Wie weit reicht der Sprit denn noch?“ Fritz kam die Sache immer seltsamer vor. Wenn sie hier auf der Strecke liegen blieben, bedeutete das unter Umständen kilometerweit laufen zu müssen und immer noch die Ungewissheit, eine Tankstelle zu finden und dann vielleicht kein Benzin zu bekommen, da dies mittlerweile Mangelware und rationiert worden war.

„Keine Panik, bis Bückeburg reicht's allemal. Da werden wir schon Benzin kriegen.“

Der Kübelwagen rumpelte weiter über die unbefestigte Land-

straße. Endlich gelangten sie an eine Tankstelle, immerhin war es bereits sechs Uhr.
„Tag Chef. Einmal volltanken bitte! Ölwechsel und abschmieren.“
Dietrich Wedekind begrüßte den Tankwart sehr salopp.
„Macht ihr Witze? Volltanken? Woher soll ich soviel Benzin nehmen? Reinpinkeln kann ich euch.“ Der Tankwart hatte bemerkt, dass er es hier mit unteren Dienstgraden zu tun hatte. Mit einem Putztuch säuberte er sich die Hände. Jetzt übernahm Karl das Kommando.
„Na ja, dann eben so viel, wie wir kriegen können. Wir müssen noch bis Dortmund.“
„Ich warte selbst auf ‘ne Lieferung. Abgabe nur auf Bezugsschein oder nach militärischer Anordnung.“
„Wir haben doch einen Marschbefehl. Der ist so gut wie ‘ne militärische Anordnung.“
Der Tankwart schüttelte den Kopf.
„Nichts zu machen, Kameraden. Ich komme in Teufels Küche.“
„Nun haben Sie sich man nicht so. Die zwei sind auf Heimaturlaub, die müssen nach Bielefeld. Kommen direkt von der russischen Front, verlieren einen Tag nach dem anderen und würden so gern ihre Liebsten sehen. Sollen die hier versauern, oder den Weg vielleicht zu Fuß nach Hause gehen?“
Der Tankwart schaute von einem zum anderen. „Zehn Liter könnt ihr haben. Aber nur gegen Bares.“
Er nahm den Schlauch erst von der Zapfsäule, als Karl ihm Geld gegeben hatte, steckte den Schlauch in die Tanköffnung und begann mit dem Handhebel zu pumpen.
„Wo kommt ihr denn her?“ wollte der Tankwart jetzt wissen.
„Aus Hannover.“
Heinrich bemerkte, dass Karl bei dieser Aussage seinen Kameraden angrinste. So als ob er bislang nicht ganz die Wahrheit gesagt hätte. Der Tankwart machte seine Arbeit. Nach kurzer

Zeit saßen alle vier wieder im Wagen und machten sich auf den Rückweg zur Autobahn.
„Sagt mal, habt ihr wirklich einen Marschbefehl von Dortmund nach Hannover und zurück?"
Heinrich wurde nun sehr direkt.
„Na ja, nicht ganz bis Hannover. Eigentlich nur nach Osnabrück. Aber was soll's? Wir haben unseren Marschbefehl ein wenig verlängert. In Hannover warteten unsere Liebchen, ihr versteht? In der Heimat, da gibt's ein Wiedersehen..." Karl machte eine eindeutige Handbewegung.
„Hannover – Osnabrück? Ist aber ganz schön weit, euer Umweg."
„Und wenn schon? Ist doch alles gut gegangen. Wir haben unseren Spaß gehabt und ihr seid gleich zu Hause. Noch Fragen?"
Karl hatte bemerkt, dass aus Heinrichs Worten Skepsis sprach und wurde nun selbst ein bisschen ungehaltener.
Heinrich und Fritz war bei dem Gedanken nicht ganz wohl, einen so weiten Umweg ohne echten Marschbefehl zu machen. Aber Karl hatte Recht. Das Wichtigste war, dass sie bald daheim waren, ganz ohne zusätzlichen Aufwand und schneller als mit dem Zug.
Sie erreichten den Stuckenberg bei Herford, als Karl schon von Weitem eine Militärstreife der Feldgendarmerie erkannte, die sich auf der Autobahn postiert hatte und die vorbeifahrenden Fahrzeuge an die Seite winkte. Die Soldaten der Feldgendarmerie waren an einer ovalen Blechplakette auszumachen, die sie an einer Kette um den Hals trugen. Dies hatte ihnen den Beinamen „Kettenhunde" eingebracht und diesen Kettenhunden fiel man besser nicht in die Hände. Die Feldjäger streiften überall umher, um nach versprengten Soldaten zu suchen. Schlimm, wenn sie jemanden als fahnenflüchtig ausmachten. Nicht selten übergaben sie Wehrmachtsangehörige der SS.
„So eine Scheiße!" Karl schaute nach rechts und links, aber

ein Ausweichen war nun nicht mehr möglich. Kaum war der Wagen zum Stehen gekommen, baute sich der Truppführer am Seitenfenster des Fahrers auf.
„Mach mal den Motor aus, Kamerad, und zeigt mir eure Papiere.“
Gleich vier Wehrmachtsangehörige hatten die Fahrbahn blokkiert. Karl Gerke kramte langsam und bedächtig in seiner Jakkentasche, während die anderen Soldaten um das Fahrzeug schlichen und es sich sorgfältig besahen.
„Also hier ist erst einmal der Fahrzeugschein. Ist alles in Ordnung damit, können Sie mir glauben Herr Oberfeldwebel. Hat alles seine Richtigkeit.“
Man merkte Karl eine gespielte Sicherheit an.
„Um das Fahrzeug mache ich mir weniger Sorgen. Wo wollt ihr eigentlich hin?“
„Nach Dortmund. Zurück zur Truppe. Wir werden schon erwartet.“
„Und der Einsatzbefehl? Wo ist der?“
Wieder kramte Karl in seinen Taschen, schaute ins Handschuhfach und wendete sich seinem Kameraden zu.
„Dietrich, hast du den Einsatzbefehl nicht gehabt?“
„Ich? Nee, den hast du doch.“
„Also Herr Oberfeldwebel, die Sache ist so. Wir hatten Marschbefehl bis Osnabrück und... – und da haben wir nur noch einen kleinen Umweg gemacht.“
Der Oberfeldwebel verzog sein Gesicht.
„Soso, Marschbefehl bis Osnabrück? Und was wollten Sie dort? Was ist nun mit den Papieren?“
Karl Gerke konnte gar keinen Marschbefehl vorzeigen. Auch die Beteuerungen von Fritz und Heinrich, sie wären von Hannover freundlicherweise nur mitgenommen worden, machte die Sache nicht besser, sondern verschlimmerte sie nur noch. Von Hannover? Was sie denn in Hannover zu tun gehabt hätten? Voller Sicherheit kramte Heinrich seinen Urlaubsschein

aus der Tasche, aber unglücklicherweise fielen ihm dabei die blanko Fahrausweise heraus, mit denen er sich versorgt hatte, damit er eine zusätzliche Fahrt nach Berlin problemlos in die Tat umsetzen konnte. Blanko Fahrausweise, zudem noch gestempelt und unterschrieben, erregten bei dem Oberfeldwebel natürlich sofort noch mehr Misstrauen und so fanden sich alle vier nach einer Stunde auf der Stadtkommandantur in Herford wieder. Stundenlange Verhöre folgten. Unerlaubtes Entfernen von der Truppe, Benutzung eines Wehrmachtsfahrzeuges ohne Befehl, Vergeudung von Benzin, Fälschung von dienstlichen Fahrausweisen. Mit diesen Vergehen würde man alle vier vor das Kriegsgericht bringen. Die vier konnten noch so oft ihre Unschuld beteuern, beweisen konnten sie sie letztlich nicht. Kein Wunder also, dass man sie noch in derselben Nacht in Arrest stecke, um ihre Angaben zu überprüfen und sie gegebenenfalls dem Kriegsrichter vorzuführen.
Heinrich und Fritz teilten sich eine Zelle und saßen auf ihren Pritschen. Die Zelle befand sich im Keller des Rathauses. Ein vergittertes Fenster ließ kein Licht in den Raum, weil es viel zu tief gelegen war, die Wände waren weiß getüncht, an manchen Stellen hatte sich jedoch schon der eine oder andere Insasse verewigt, indem er Kritzeleien in Wort und Bild hinterlassen hatte. Fliegen und anderes Ungeziefer waren an den Wänden und an der Decke zerquetscht worden und hatten unappetitliche Spuren hinterlassen. Es stank nach Schweiß, Erbrochenem und Urin. Die Betten hatten nur eine graue Felddecke.
„Verdammte Scheiße! So hatte ich mir das nicht vorgestellt. Karl und Dietrich haben uns reingelegt!" Heinrich war sauer, dass er seinen Heimaturlaub im Arrest absitzen musste.
„Nun mal langsam. Die haben uns nicht reingelegt. Die haben es doch nur gut gemeint. Die hätten uns doch wirklich mit nach Bielefeld genommen."
„Aber wenn ich gewusst hätte, dass die gar keinen Marschbefehl haben, wäre ich doch gar nicht eingestiegen."

„Und wenn die gewusst hätten, dass du blanko Fahrausweise hast, hätten die uns gar nicht mitgenommen. Also, Karl und Dietrich sind an unserer beschissenen Lage nicht allein Schuld. Wir hätten ja nicht einsteigen brauchen. Dumm ist nur, dass uns nun niemand glaubt, dass wir tatsächlich auf Urlaub sind und nicht fahnenflüchtig."

Heinrich war aufgestanden und ging nun von der Fensterwand zur Tür auf und ab. Abrupt blieb er stehen und schlug mit der Faust an die Wand. „Und ich kann Berlin vergessen!"

„Sei mal ganz froh, wenn wir hier überhaupt heil wieder rauskommen."

Fritz saß auf der Pritsche und stützte seinen Kopf auf beide Arme.

„Da überlebt man jahrelang im Krieg, hat Glück, dass man jeder Granate ausweichen konnte und dann sitzt man plötzlich in der Heimat ganz dick in der Tinte, findet sich vorm Kriegsgericht wieder und vielleicht sogar..."

Drei Tage verbrachten sie nun schon in der Arrestzelle. Das Essen war noch schlechter, als sie es von der Front gewohnt waren. Eine dünne Wassersuppe mit ein paar Stückchen Brot. Jeden Tag wurden sie zu Verhören in ein Amtszimmer geholt und immer wieder beteuerten sie ihre Unschuld. Nein, sie hätten nicht unerlaubt ihre Truppe verlassen und sie hätten sich nicht absetzen wollen. Sie hätten in Russland mit ihrer Einheit gekämpft und müssten dort nach Ablauf ihres Urlaubs auch wieder hin. Die Fahrausweise hatte Heinrich irrtümlich eingesteckt, schließlich wäre er ja auf der Schreibstube und hätte tagtäglich mit solchen Papieren zu tun. Natürlich wäre das ein Vergehen, aber er hätte es nicht absichtlich getan und die Papiere wären ja auch gar nicht zum Einsatz gekommen. Immerhin konnten sie ihre Dienstmarke und ihr Soldbuch vorzeigen. Der Angehörige der Stadtkommandantur stellte immer wieder die gleichen Fragen. Er hatte schon eine telegrafische

Anfrage beim Divisionskommandeur gestellt, ob die Angaben richtig seien. Aber das würde eine Zeitlang dauern. Von Karl und Dietrich wurde ihnen nichts berichtet. Es wurde lediglich immer wieder behauptet, dass sie mit denen unter einer Decke stecken würden, aber das würde man schon noch herausfinden und beweisen. Mittlerweile waren fast zwei Wochen vom Urlaub verstrichen und die beiden hockten immer noch in ihrer Zelle, ohne zu wissen, wie es weiterging. Heinrich wurde fast wahnsinnig. Immer wieder schlug er gegen die Wand oder auf den kleinen Tisch, der neben dem Fenster stand, stieß dabei derbe Flüche aus und schlief in der Nacht kaum.

Am fünften Tag in Untersuchungshaft wurden sie vor den Kriegsrichter zitiert. Er hatte den Rang eines Majors, sein linker Arm war nach einer Kriegsverletzung versteift, sodass er die Papiere, die vor ihm auf dem Tisch lagen nur sehr umständlich auseinander falten konnte. Neben ihm saß ein Schreiber, der den Rang eines Unteroffiziers hatte. An der Tür standen zwei weitere Soldaten mit geschulterten Karabinern, die Fritz und Heinrich in den Raum geführt hatten.

„Altmann, Heinrich und Steuben, Fritz! Sie werden beschuldigt, sich unerlaubt von der Truppe entfernt zu haben. Wir haben den Fall geprüft. Heute Morgen ist ein Telegramm aus Russland gekommen. Oberleutnant Krämer bestätigt darin, dass Sie beide der 116. Panzerdivision angehören und zurzeit in Mariupol stationiert sind.“ Der Major schaute nicht von seinen Papieren auf, sondern versuchte weitere Schriftstücke auseinander zu falten.

„Haben wir doch gesagt. Wir sind ganz unschuldig hier hinein geraten.“ Heinrich versuchte erneut sich zu rechtfertigen.

„*Diese* Anklage gegen Sie wird fallengelassen.“

Jetzt war auf Fritz und Heinrichs Gesicht deutlich ein erleichtertes Lächeln zu erkennen.

„Können wir gehen?“

„Moment. Ich sagte *diese* Anklage wird fallengelassen. Sie haben sich aber auf unerlaubte Weise mit blanko Fahrscheinen versorgt. Die Fahrscheine stehen Ihnen nicht zu. Im Namen des Führers und des deutschen Reiches verurteile ich Sie also wegen unerlaubten Besitzes von Wehrmachtsdokumenten zu zwei Wochen Arrest. Und das auch nur, weil Sie beide bislang noch nicht aufgefallen sind und sich gut geführt haben. Die fünf Tage, die Sie bereits hier sind, werden Ihnen angerechnet. Ich hoffe, Ihr Kommandeur in Mariupol wird Ihnen gehörig den Marsch blasen. Vielleicht springt ja der eine oder andere Sondereinsatz für Sie heraus. Abführen!"

Einspruch und Widerspruch waren zwecklos. Heinrich und Fritz wussten, dass ein Militärgericht im Krieg eine schnelle Verurteilung aussprechen konnte und dass Zuwiderhandlungen nur bedeutet hätten, dass sie noch härter bestraft worden wären. Zwei Wochen Arrest plus die bereits verbrauchten Reisetage, da konnten sie eigentlich gleich zur Front zurück und hatten nichts von ihrem Urlaub gehabt.

„Und was nun? Sollen wir gleich zurück zur Truppe, wenn wir hier rauskommen, oder willst du deine Mutter noch für eine Stunde sehen?" fragte Fritz.

„Verdammte Scheiße! So ein Mist!" Heinrich schlug gegen die Wand und schüttelte den Kopf. „Wenn ich noch nach Hause fahre, kann ich Berlin vergessen. Wenn ich nach Berlin fahre, sehe ich meine Mutter nicht mehr."

„Tja mein Lieber, so etwas nennt man bei uns in Lippe ein Döpkenspiel. Kannste nur verlieren, egal wie du dich entscheidest. Aber sei froh, dass sie uns nicht an die Wand gestellt haben. Du weißt, was auf Fahnenflucht steht."

„Fahnenflucht, wer redet denn von Fahnenflucht?"

„Na, es hätte nicht viel gefehlt. Dass der überhaupt nachgefragt hat, ob wir zur 116. gehören, ist schon ein Wunder. Manch einer ist schon für viel weniger erschossen worden. Ich möchte nicht wissen, wie es Karl und Dietrich ergeht."

Beim Toilettengang am Abend erzählte ihnen ein Wachsoldat,

dass Karl und Dietrich verlegt worden waren. Nach Bremen. Bei denen schien der Fall tatsächlich noch schlimmer zu sein. Heinrich war verzweifelt. Aber jetzt hatte sich die Situation verändert. Wenn überhaupt, so konnte er vielleicht ein paar Stunden beim Umsteigen in Berlin herausschinden, bevor er zurück zur Front musste. Die Zeit des Urlaubs war abgelaufen. Die überzähligen Fahrausweise waren konfisziert worden. Der letzte, der ihnen davon blieb, war der Rückfahrschein nach Mariupol zur Truppe an die Front.

Als Heinrich und Fritz im Zug nach Berlin saßen, sprachen sie kein Wort miteinander. Die ganze Angelegenheit fühlte sich genauso beschissen an, wie eine Niederlage oder ein Rückzug an der Front. Sie hatten den Heimaturlaub, den kostbaren Heimaturlaub, verzockt, leichtfertig aufs Spiel gesetzt und alles verloren. Obendrein waren sie dem Kriegsrichter nur mit Glück von der Schippe gesprungen. In diesen Zeiten wurde mit Deserteuren kurzer Prozess gemacht. Sie erreichten den Lehrter Bahnhof in Berlin. Der Zug hatte eine andere Strecke genommen, mehrere Schienenstränge waren bereits von den Alliierten bombardiert und bislang nicht wiederhergestellt worden. Heinrich und Fritz standen auf dem Bahnsteig wie bestellt und nicht abgeholt.

„Und was jetzt?“ Fritz ahnte, was Heinrich vorhatte. „Weiß sie, dass du kommst?“

„Sie hat keine Ahnung. Ich hab ihr nicht geschrieben, weil ich nicht wusste, ob wir noch nach Hause fahren. Aber selbst wenn, was hätte ich ihr denn schreiben sollen? Ich komme nach Berlin, hab’ aber keine Ahnung, wie lange wir noch im Knast verbringen müssen?“ Heinrich schüttelte den Kopf.

„Was hast du vor?“

„Na was schon? Ich fahr hin, um sie wenigstens für ein paar Stunden zu sehen. Was machst du solange?“

„Ich warte auf dich am Schlesischen Bahnhof. Sieh zu, dass du um fünf spätestens da bist. Um 17.30 Uhr geht unser Zug.

Wenn du den verpasst, kommst du wieder in Teufels Küche und das könnte dann wirklich ins Auge gehen."
Heinrich schaute auf die große Bahnhofsuhr. Jetzt war es 11.20 Uhr. Er umarmte seinen Freund und ging zum Ausgang. Berlin hatte sich verändert. Als er aus dem Bahnhofsgebäude trat, fielen ihm sofort die ausgebombten und ausgebrannten Häuserzeilen auf. Ganze Komplexe waren zusammen gebrochen.
Er ging die Spree entlang Richtung Friedrichstraße. Man hatte ihm gesagt, dass von dort noch Züge Richtung Neukölln führen. Tatsächlich fuhren noch Bahnen bis zum Halleschen Tor, aber von hier gab es keine Verbindung momentan. Die Uhr am Bahnhof zeigte 12.25 Uhr. Die Gitschiner Straße führte über die Prinzenstraße zum Kottbusser Tor. Hier kannte er sich aus, aber wohin er auch schaute, die Spuren der Bombenangriffe waren nicht zu übersehen. Erst jetzt überfiel ihn der Gedanke, auch die Reichenberger Straße könnte es vielleicht erwischt haben. Was, wenn das Haus mit der Nummer fünfundsiebzig nicht mehr existierte? Seine Schritte wurden schneller. Aber schon von Weitem erkannte er, dass die Häuserzeile mit der Fünfundsiebzig weitgehend unversehrt geblieben war. Auf der Straße lagen Trümmer, doch das Haus war intakt. Er stieg die Treppenstufen hoch. Und wenn nur die Mutter zu Hause war, jetzt um 13.00 Uhr? Johanna musste bestimmt arbeiten um diese Zeit. Was sollte er der Mutter sagen? Er wusste ja nicht einmal, wo die Putzmacherei war, in der Johanna arbeitete. Er klingelte. Nichts rührte sich. Er klingelte ein zweites Mal. Endlich öffnete sich die Tür einen Spalt breit. Dann riss Johanna die Tür ganz auf und umarmte Heinrich so voller Schwung, dass er gar nicht anders konnte, als sie in seinen Armen im Kreis zu drehen.
„Ich werd' verrückt. Du bist es tatsächlich!"
Minutenlang hielten sie sich in den Armen und küssten sich immer wieder.
„Wie kommst du hier her? Jetzt auf einmal aus dem Nichts? Du

hast gar nicht geschrieben."
„Hast du meinen letzten Brief nicht bekommen?"
„Den letzten Brief? Aber du hast nicht gesagt, wann du genau nach Berlin kommst. Komm rein. Diesmal muss ich dich aber meiner Mutter vorstellen."
Johanna zog Heinrich an der Hand in die Wohnung.
„Mutter, das ist Heinrich Altmann, mein Verlobter. Er ist auf Heimaturlaub."
„Guten Tag, junger Mann. Ich freue mich Sie endlich kennenzulernen."
Johannas Mutter saß in einem Sessel. Man sah ihr an, dass sie kränkelnd war.
„Guten Tag Frau Feller. Die Freude ist ganz auf meiner Seite."
Heinrich reichte ihr die Hand und verbeugte sich höflich, wie er es gelernt hatte.
„Setz dich Heinrich, hast du Hunger? Natürlich hast du Hunger. Ich mach' dir was zu essen. Und einen Kaffee. Ein kleiner Rest ist noch da, für besondere Anlässe. Und heute ist ein besonderer Anlass. Ich bin gleich wieder da."
Johanna eilte in die Küche und ließ Heinrich mit ihrer Mutter allein zurück. Frau Feller starrte ein wenig vor sich hin, während Heinrich versuchte, ihr zuzulächeln. Aus der Küche kamen immer wieder Nachfragen von Johanna. „Seit wann bist in Berlin? Warst du schon bei deiner Mutter in Bielefeld? Zieh doch deinen Mantel schon mal aus. Bist du gut durchgekommen?"
Heinrich versuchte es mit einsilbigen Antworten, während er seinen Blick durch die Wohnung der Fellers schweifen ließ. Alles war sauber und ordentlich eingerichtet, fast wie bei ihm zu Hause in Werther. Er hörte die Wohnzimmeruhr ticken. 13.25 Uhr. Endlich erschien Johanna wieder im Zimmer. Sie stellte einen Teller mit zwei Scheiben Brot, die mit etwas Käse belegt waren, und einer Gurke daneben auf den Tisch.

„Der Kaffee braucht noch etwas. Ich bin so glücklich, dass du da bist. Wie geht es dir? Wie lange kannst du bleiben?"
Heinrich starrte auf die Brote vor ihm. Durfte er wirklich zugreifen? Seit den Verhören in Herford hatte er nichts mehr gegessen. Johanna merkte ihm den Hunger an.
„Lang zu, sonst fällst du uns noch vom Fleisch. Also, wie lange bleibst du?"
Da saß er nun. Abgemagert sah er aus. Die Haare kurz geschoren, das Gesicht ganz schmal. Seinen Rucksack hatte er zur Seite gestellt, den schweren Soldatenmantel immer noch an. Heinrich nahm sich eine Scheibe Brot und biss hinein. Er kaute, schluckte und wieder fiel sein Blick auf die Uhr. 13.35 Uhr.
„Bis um fünf. Ich muss schon heute wieder zurück an die Front. Um ein Haar hätte ich gar nicht kommen können."
„Bis um fünf?" Johanna schaute auf die Uhr. Ihr Gesicht verfinsterte sich. „Nein. Sag, dass das nicht wahr ist. Nicht schon heute!"
Eine Stunde später waren sie draußen auf der Reichenberger Straße. Irgendwann, nachdem sie den Kaffee getrunken hatten, hatte Johanna darauf gedrängt, mit Heinrich einen Spaziergang zu machen. Über die Manteuffelstraße gingen sie an das Kottbusser Ufer und an den Landwehrkanal. „Hast du nur so kurz Heimaturlaub bekommen?"
Heinrich wurde verlegen.
„Nein, eigentlich drei Wochen, aber... wir haben Pech gehabt, Fritz und ich. In Hannover haben uns zwei Landser in ihrem Wagen mitgenommen. Sie haben uns gesagt, sie müssten nach Dortmund, dabei hatten sie überhaupt keinen Marschbefehl. Unerlaubt von der Truppe abgesetzt hatten sie sich. Und uns hat man nicht geglaubt. Wir haben zwei Wochen im Bau gesessen."
Johanna schlug die Hand vor den Mund. „Kriegsgericht? Oh Gott, dass du überhaupt noch kommen konntest."

„Zu Hause bin ich gar nicht mehr gewesen. Der Heimaturlaub ist um. Ich muss zurück zur Truppe. Wie geht es dir, Johanna?“ Sie gingen weiter.
„Ich bin nicht mehr beim Putzmacher, der hat schon längst zugemacht. Hüte werden im Krieg nicht gebraucht. Und die Hüte aus Stahl wurden bei uns nicht hergestellt. Man hat mich dienstverpflichtet. Bei der BVG. Fahrkarten kontrollieren. Und anschließend die Züge reinigen. Alles muss doch seine Ordnung haben. So, als wären wir im tiefsten Frieden. Dabei fliegen uns hier die Bomben um die Ohren. Du kannst dir nicht vorstellen, wie es ist, einen Angriff zu überstehen.“
„Doch, kann ich. An der Front ist es nicht anders, glaub mir.“
„Wann hört dieser verdammte Krieg endlich auf? Ich habe die Schnauze so voll.“
Heinrich blickte sich um. So etwas durfte sie in der Öffentlichkeit nicht laut sagen, aber Johanna legte erst richtig los.
„Volk steh auf und Sturm brich los! Räder müssen rollen für den Sieg! Wollt ihr den totalen Krieg? Die Jungs, die jetzt zur Wehrmacht müssen, sind immer jünger, direkt von der Schulbank weg. Ich kann nicht mehr! Ich will nicht mehr!“
Heinrich nahm Johanna in den Arm.
„Vier Jahre kämpft ihr schon an den Fronten – und wofür? Selbst die Wochenschauen berichten nur noch von Frontbegradigungen und Rückzug. So viele sind schon gefallen für den Führer. Wie viele will er denn noch?“ Sie hatte sich in Rage geredet.
„Johanna, so darfst du nicht reden. Beruhige dich doch. Wenn dich jemand hört!“
Heinrich schaute sich um. Gottlob waren sie allein am Kottbusser Ufer.
„Sieh doch nur, Heinrich, was aus Berlin geworden ist. Kannst du dich erinnern? Dort drüben stand einmal ein Wohnblock. Einfach weg. Schutt und Asche. Die Menschen haben kein Zuhause mehr. Dahinter, der Görlitzer Bahnhof ist schwer getrof-

fen. Züge kommen nicht mehr durch. Und der nächste Angriff kommt bestimmt. Wie viele Menschen habe ich schon tot oder verletzt auf der Straße liegen sehen? Was ist das für ein Leben?“
Heinrich versuchte ihre Tränen von der Wange zu wischen, doch Johanna schüttelte den Kopf.
„Marianne ist bei einem Bombenangriff ums Leben kommen. Lydias Mann ist in Russland gefallen. Alles was übrig blieb, war sein eisernes Kreuz zweiter Klasse, ein Stück Blech. Das haben sie ihr nach Hause geschickt. Soll ich dich denn auch noch verlieren?“
Er hielt sie immer noch fest in den Armen.
„Alles wird gut. Wir leben ja noch. Beruhige dich.“
Die tröstenden Worte mochte Heinrich selbst nicht so recht glauben. Genau in diesem Augenblick heulten die Sirenen auf. Immer wieder, ein ohrenbetäubender Lärm.
„Wie müssen in den Luftschutzkeller. Komm schnell. Meine Mutter kann nicht mehr allein gehen. Wir müssen sie holen.“
Johanna zog Heinrich hinter sich her und lief mit ihm zurück in die Reichenberger Straße. Von überall kamen ihnen Menschen entgegen. Manche trugen Taschen, Kisten oder Akten unter dem Arm. Die meisten waren Frauen mit ihren Kindern. Ältere wurden gestützt oder schleppten sich auf Krücken. Alles drängte die Treppen herunter. Als sie die Wohnung in der Reichenberger Straße erreichten, stand Frau Feller schon an der Tür. Johanna und Heinrich nahmen sie in die Mitte und versuchten ihren Gang so gut es ging zu beschleunigen.
Der Luftschutzkeller befand sich einen Eingang weiter. Der Raum war dunkel, obwohl einige schwache Lampen brannten. Sie wurden von einem Luftschutzwart empfangen. Ein älterer Herr, den man an seiner Armbinde erkennen konnte. In einem Ton, der jedem Feldwebel zur Ehre gereicht hätte, wies er jedem einen Platz zu. Alles schien eintrainiert und ging reibungslos. Hier oder dort vernahm man einige Gesprächsfet-

zen. Kinder wurden unruhig, versuchten sich entweder von der Hand der Mutter loszureißen oder klammerten sich ganz dicht an ihnen bekannte Personen. Immer noch war das Heulen der Sirenen zu hören. Johanna und Heinrich hatten Frau Feller in die Mitte genommen und ihre Arme um sie gelegt. Erst war es nur ein fernes Brummen, dann wurde es immer lauter, bis es schließlich zu einem Dröhnen anwuchs: Die Motorengeräusche der Flugzeuge. Selbst hier im Keller waren sie zu hören. Monoton, bedrohlich, angsteinflößend. Kurz darauf fielen die ersten Bomben. Ein Krachen, ein Donnern, sodass die Erde im Kellerraum bebte, in dem über einhundert Menschen saßen. Schreie wurden laut. Kinder, die sich nicht beruhigen ließen. Menschen, die ihre Hände vor das Gesicht oder über den Kopf pressten und immer wieder das Krachen einer aufschlagenden Bombe. Von der Decke rieselte der Putz, das Licht flackerte, bevor es endgültig verlosch. Minuten folgten, die ihnen wie Stunden vorkamen. Sie hielten sich an den Händen und waren stumm vor Angst.

Zwanzig Minuten, vielleicht eine halbe Stunde später ertönte ein weiteres Signal der Sirenen. Entwarnung. Der Angriff war beendet. Noch weitere fünf Minuten und im Keller gab es sogar wieder Licht. Stimmen wurden laut. Taschen und Koffer wurden sortiert. Manche Menschen sprachen ein Vaterunser, wischten sich Staub und Schweiß aus ihrem Gesicht. Die ersten verließen den Keller. Heinrich und Johanna stützen Frau Feller, als alle wieder das Tageslicht erblickten. Die Reichenberger Straße war verschont geblieben. Wieder einmal. Aber wie lange noch? Aus Richtung der Lausitzer Straße sah man Flammen aufsteigen. Rauch lag über dem Stadtteil. Schreie, Rufe und Klagen erschallten und irgendwo wurden Glocken geschlagen, die zu einer Feuerwehr gehören mochten. Heinrich und Johanna schauten sich an. Gemeinsam brachten sie die Mutter nach oben in ihre Wohnung.

„Ich muss leider schon wieder gehen, Frau Feller. Die Pflicht ruft."
Johannas Mutter reichte ihm die Hand. „Vielen Dank, dass Sie mir geholfen haben. Kommen Sie gesund wieder, Herr Altmann." Unwillkürlich fiel Heinrichs Blick erneut auf die Uhr im Wohnzimmer. 16.25 Uhr. Die Zeit lief ihnen unerbittlich davon. Johanna brachte Heinrich an die Wohnungstür. Noch bevor er sie öffnete, zog Johanna ihn zu sich heran.
„In diesen Zeiten hat man so wenig Zeit. Das hast du beim letzten Mal gesagt, als du mich besucht hast, weißt du noch?"
Johanna legte die Arme um Heinrich und gab ihm einen Kuss.
„Ich muss fort. Ich kann nicht bleiben. Es fällt mir so schwer, aber ich kann nicht."
Johanna nickte und schaute Heinrich in die Augen.
„Dieses Mal kein Baden in der Krummen Lanke, kein Kino und keinen Tanz. Dieses Mal nur Opfer bringen für den Führer. Aber ich will tapfer sein, so wie du, mein unbekannter Soldat. Irgendwann ist der Krieg aus und dann warte ich hier in der Reichenberger Straße auf dich, dass du mich holen kommst."
Sie standen an der Wohnungstür. Heinrich hatte seinen Rucksack schon geschultert und den Türgriff in der Hand.
„Ich werde wiederkommen. Versprochen."
„Das letzte Mal wolltest du mir so etwas nicht versprechen. Du hast mir nur versprochen, alles zu versuchen, wiederzukommen. Du hast Wort gehalten, Heinrich. Versprich mir nur, dass du gut auf dich aufpasst. Leb wohl."
„Leb wohl, Johanna."
Er nahm sie noch einmal in die Arme und drückte ihr einen Kuss auf die Lippen, so als wäre es das letzte Mal.

Kapitel 10
Rureifel, 1944

Die auf dem Rückzug befindlichen deutschen Truppenteile waren oft leichte Beute für die Jagdbomber der Amerikaner und Engländer. Ohne Luftabwehr und ohne eigene Flugzeuge blieb den deutschen Einheiten nur die blitzschnelle Deckungssuche im freien Gelände und das gestaltete sich meistens als sehr schwierig. Das Wetter spielte eine große Rolle. Alliierte Jagdbomber konnten nur bei gutem Wetter fliegen; Regen, Nebel oder Dunkelheit war daher das beliebtere Wetter bei den deutschen Truppen. Der Rückzug war eine einzige Demütigung für diejenigen, deren Soldatenehre immer noch aus Kämpfen bestand. Für manche aber war er die Hoffung auf das rasche Ende des Krieges. Für alle jedoch war er mit der Gefahr verbunden, dieses Ende nicht mehr zu erleben.
Im Oktober 1944 war die Reichsgrenze auf dem Rückzug längst erreicht. Südöstlich von Aachen in der Rureifel hatte die Wehrmachtsführung noch einmal Kräfte zusammengezogen, um das Vordringen der Alliierten zu stoppen. Man sprach sogar von einer bevorstehenden Offensive in Richtung Belgien. An einer Verteidigungslinie im Wald von Hürtgen südlich von Düren brachte die Deutsche Wehrmacht die Alliierten zum Stehen. Das Gebiet war stark bewaldet und sehr hügelig, außerdem gab es Reste der Westwallbefestigung von 1938. Hier lagen zwei Talsperren, die man sprengen konnte, um dem Feind den Aufmarsch zusätzlich zu erschweren. Den Deutschen war das Gebiet gut bekannt, während die Alliierten aus unerfindlichen Gründen nur unzureichendes Kartenmaterial besaßen. Zudem hatte sich eine gefährliche Euphorie bei den Angreifern breit gemacht. Genauso schnell wie in Frankreich wollte man auch auf deutschem Boden den Vormarsch und den Siegeszug fortsetzen. Durch das schnelle Vorrücken waren der Nachschub und die Absicherung allerdings nicht mehr genügend gewähr-

leistet. Zu viele Ziele, zu wenig Aufklärung und Logistik.
Der Winter war in diesem Jahr ungewöhnlich früh hereingebrochen. Zunächst hatte es nur geregnet, alles war durchweicht, es gab kaum Stellen in Feld und Wald, die man befahren oder begehen konnte ohne einzusinken. Immer wieder blieben Fahrzeuge stecken. Schnell war es zudem kalt geworden und aus dem Regen wurde Schneeregen.
Die 116. Panzerdivision hatte Befehl, den Wald bei Hürtgen zu verteidigen, koste es was es wolle. Man hatte Beobachtungsposten ausgebaut, die letzten Geschütze und Panzer in Stellung gebracht, das Gelände vermint und Deckungsgräben ausgehoben. Seit Tagen tobte eine erbitterte Schlacht im Hürtgenwald. Granaten und Panzergeschosse zwangen zum Verharren in eben diesen Gräben oder in befestigten Unterständen. Durch den Wald hallte ohne Pause der ohrenbetäubende Lärm von Granaten, durchbrochen nur von Maschinengewehrsalven, dem Zischen von Raketenwerfern und dem Rasseln von Panzerketten. Kleine Dörfer wie Vossenack, Kommerscheidt oder Schmidt standen unter Dauerbeschuss sowohl von den Amerikanern als auch von den Deutschen, denn die Vorherrschaft in diesen Dörfern wechselte teilweise schon nach Stunden.
Leutnant Bollbrinker hatte sein Fernglas an die Augen gesetzt. Irgendwo hier, unweit seines Beobachtungspostens, erwartete man die Amerikaner mit einer größeren Kolonne von Panzern. Bollbrinker hatte gute Sicht. Der Wald bestand nur noch aus verkohlten Baumstümpfen, die im Laufe der Gefechte in Brand geschossen worden waren und eine apokalyptische Szenerie boten. In diesem Moment erblickte er die ersten Kettenfahrzeuge, wie sie sich den Hügel von Vossenack hinunter durch einen Hohlweg hinab wälzten.
„Sie kommen! Sie kommen tatsächlich den Hang hinunter. Die sind größenwahnsinnig! Wie wollen die mit den Panzern diesen steilen Weg hinunterkommen? Hanstein, melden Sie sofort weiter zum Hauptstand. Sie kommen tatsächlich den Hohlweg

südlich von Vossenack hinunter. Mehr als hundert Panzer und Fahrzeuge."
Hastig drehte der Melder an der kleinen Kurbel seines Telefongerätes und gab die Meldung seines Vorgesetzten weiter, während Bollbrinker den Aufzug der Feinde weiter beobachtete.
„Altmann, ist der Hohlweg vollständig vermint?" richtete der Leutnant seine Frage nun an Heinrich. „Vollständig, Herr Leutnant!"
Doch dieser Bestätigung hätte es nicht weiter bedurft. Leutnant Bollbrinker konnte durch sein Fernglas im selben Moment genau beobachten, wie bereits der erste Panzer im unteren Drittel des Hohlweges auf eine Mine rollte, die daraufhin explodierte. Zwar konnte die Mine den Panzer nicht vollständig zerstören, doch durch die Detonation verlor er seine rechte Kette, wurde manövrierunfähig und fand sich gleich darauf quer stehend im Hohlweg wieder. Der Konvoi saß fest und konnte weder vorwärts noch zurück.
„Treffer!" Die Freude war Leutnant Bollbrinker anzumerken. „Und jetzt gibt's Zunder."
„Hanstein, machense mal sofort 'ne Verbindung mit dem Gefechtsstand Greiner. Wenn die jetzt von Norden her vorrücken, dann sind die Amis am Arsch!"
Wieder drehte der Melder hastig an der Kurbel des Feldtelefons. Eine Verbindung gelang jedoch nur mit der zentralen Sammelstelle, die knapp zwei Kilometer weiter in einem kleinen Bunker untergebracht war. Schon nach einem kurzen Wortwechsel kam die Rückmeldung des Melders an seinen Offizier. „Keine Verbindung zum Gefechtsstand Greiner, Herr Leutnant. Die Leitung ist irgendwo unterbrochen."
„Verdammt noch mal, das hat noch gefehlt. Altmann, kriegen Sie raus, wo der Abriss ist. Wir brauchen dringend eine Verbindung zu Greiner."
Kabelkontrolle war eigentlich etwas für die Männer der Nachrichteneinheit, aber mittlerweile gab es kaum noch Kamera-

den, die hierfür speziell ausgebildet waren. Heinrich und Fritz waren für diese Aufgabe eingeteilt. Unverzüglich machten sich die beiden auf den Weg, um den Kabelschaden zu finden und zu reparieren. Die Maschinenpistolen über die Schulter gehängt, mit Werkzeug und Ersatzkabel ausgerüstet rutschten sie den Abhang hinunter und verfolgten das abgehende Kabel des Beobachtungsstandes weiter in Richtung Frontlinie. Bis hierhin war noch alles in Ordnung. Das Kabel in der Hand robbten sie sich weiter vor. Langsam gestaltete sich ihr Unternehmen zu einem Himmelfahrtskommando. Immer wieder mussten sie Schutz suchen in Schützengräben oder hinter Baumstämmen, da sie von der Gegenseite ausgemacht worden waren und unter Beschuss genommen wurden. Fünfhundert Meter weiter hatte Fritz dann nur noch ein loses Kabelende in der Hand. Tatsächlich war hier eine Granate eingeschlagen und hatte das Kabel zerfetzt. Mittlerweile waren ihre Uniformen völlig durchnässt und verdreckt und ihre Hände eiskalt, sodass die Reparatur des Schadens sehr schwierig war und viel Kraft kostete. Als sie endlich die Verbindung wieder hergestellt hatten, gerieten sie erneut unter Beschuss Jetzt war auch noch ihr Rückweg abgeschnitten, denn feindliche Granaten flogen genau auf den Pfad, auf dem sie gekommen waren.
Es blieb ihnen nichts anderes übrig, als einen größeren Umweg zu nehmen. In gebückter Haltung und auf Knien gelang es ihnen dem Beschuss zu entkommen und sich in ruhigeres Gebiet vorzuarbeiten. Nach einiger Zeit erreichten sie in einem etwas dichteren Wald eine Einheit, die offensichtlich der Infanterie zuzuordnen war. Die Soldaten lagen geschützt in Deckung und starrten auf einen nahegelegenen Waldweg. Eine merkwürdige Stille beherrschte die Szenerie.
„Was gehr hier vor?“ Heinrich flüsterte seine Frage geradezu. Der Soldat neben ihm antwortete, indem er mit dem Kopf in Richtung Waldweg nickte.
„Da drüben, keine hundert Meter von hier, liegt ein verwun-

derter Ami. Vorhin haben sie einen Angriff gestartet, aber wir haben sie zurückgeworfen. Ein paar von denen hat's erwischt, die sind hinüber, aber einer lebt noch."
„Wer hat das Kommando?"
„Leutnant Lengfeld." Wieder nickte der Soldat, diesmal in Richtung seines Vorgesetzten.
Leutnant Lengfeld hatte sein Fernglas an die Augen gesetzt und beobachtete die andere Seite des Weges, der den Wald hier durchschnitt und im Moment so etwas wie ein Niemandsland war.
„Worauf wartet der?" wollte Heinrich wissen.
„Der Ami schreit gleich wieder. Lengfeld will warten, bis sie ihren verletzten Kameraden geholt haben." Tatsächlich durchbrach nun ein Schreien und Rufen die Stille.
„Help! Help me! I'm dying!"
„Soll der doch krepieren!" schaltete sich ein anderer Soldat ein. „Der hat vorher mit Sicherheit auch ein paar von uns erwischt."
Nun aber erteilte Leutnant Lengfeld Befehle. „Keinen Schuss, Männer. Wir warten. Bis die Sanis kommen, ist absolutes Feuerverbot, verstanden?"
Niemand rührte sich. Leutnant Lengfeld nahm immer wieder sein Fernglas an die Augen und beobachtete die Szene. Doch nichts geschah, außer dass der verletzte amerikanische Soldat wieder und wieder um Hilfe schrie und sich am Boden wand. In der Ferne waren weiterhin Abschüsse und Einschläge der Granaten zu hören, aber hier bewegte sich auf beiden Seiten nichts.
„Das ist doch unmenschlich." Heinrichs Nachbar schüttelte den Kopf. „Man sollte ihm den Gnadenschuss geben!"
„Was sollen wir tun, Herr Leutnant? Die Amis wissen genau wie wir, dass der Weg dort vorn vermint ist. Da kommt so schnell keiner hin." Ein Unteroffizier in vorderster Reihe hatte seinen Vorgesetzten angesprochen.

„Dann holen wir ihn eben selbst. Los, nach hinten durchgeben. Sanitrupp zusammenstellen!“
„Herr Leutnant, dass ist zu gefährlich. Die Minen liegen gut getarnt auf der ganzen Strecke und selbst wenn wir es schaffen bis dahin vorzudringen, geben wir das beste Ziel für den Feind. Die knallen uns ab wie die Hasen!“
„Reden Sie keinen Unsinn, Eichberg. Wenn die bis jetzt nicht geschossen haben, dann schießen sie auch nicht, wenn wir ihn holen. Wir sind näher dran und wir wissen, wo die Minen liegen. Wer war vor zwei Woche dabei, als die Minen verlegt worden sind?“
„Ich, Herr Leutnant“, kam eine Antwort von rechts.
„Ich auch“, meldete sich ein weiterer Soldat.
„Ich brauche Freiwillige. Kann ich mit euch rechnen? Hat jemand ein weißes Stück Stoff?“
Die Männer aus der Infanterie schauten sich ratlos an. Woher sollte man jetzt einen weißen Stoff nehmen? Mit der weißen Fahne zeigte man, dass man sich ergeben wollte. Aber Leutnant Lengfeld nahm seinen Männern die Suche ab.
„Es muss auch so gehen, sonst ist es sowieso zu spät.“
Endlich waren vier Sanitäter mit einer Trage am Ort des Geschehens. Heinrichs Nachbar schaute verständnislos herüber und schüttelte erneut den Kopf.
„Wohl verrückt geworden, unser Leutnant. Will den Helden spielen. Was will der denn mit dem Ami? Der kommt doch sowieso in Gefangenschaft, wenn er denn überlebt.“
Eine Gruppe von insgesamt acht Männern machte sich auf den Weg, den Verwundeten zu bergen und an deren Spitze stand Leutnant Lengfeld selbst. Mit Zeichen und Zurufen machten sie sich gegenseitig auf die Gruben aufmerksam, in denen Minen vergraben sein konnten. Alle hatten ihre Waffen zurückgelassen. Der Amerikaner lag immer noch dort und schrie verzweifelt um Hilfe. Umso erstaunter schien sein Gesicht, als er die deutschen Soldaten wahrnahm, die sich ihm von der feind-

lichen Seite her näherten. Sein Bein hatte einen Granatsplitter abbekommen und seine Hose war vom Blut durchtränkt. Die Sanitäter hievten ihn auf die Trage und machten sich auf den gefährlichen Rückweg. Leutnant Lengfeld stand noch einen kurzen Moment da und blickte zum Gegner hinüber. Kein Schuss war gefallen. Sie hatten den Verwundeten erreicht und geborgen. Lengfeld schaute hinüber auf die andere Seite und musste den Feind erblickt haben, denn mit einem Wink gab er eindeutige Zeichen. Die Sanitäter hatten schon ein ganzes Stück des Rückweges bewältigt, als sich nun auch der Leutnant auf den Rückweg machte. Er versuchte über eine Mulde zu springen, in dem ganz augenscheinlich eine Mine vergraben sein musste, rutsche dabei aus und landete mitten in dem Krater. Augenblicklich zerriss die Detonation der Panzermine die spannungsgeladene Luft, schleuderte Leutnant Lengfeld ein paar Meter weiter zu Boden, wo er regungslos liegen blieb. Seine drei Begleiter robbten zu ihm so schnell es ging, hoben ihn auf und trugen ihn an Armen und Beinen zur Einheit zurück. Doch Leutnant Lengfeld lag zu diesem Zeitpunkt schon im Sterben, seinen Mut hatte er mit seinem jungen Leben bezahlt.

Einige Tage später konnte sich Heinrichs Einheit zu einer Ruhepause weiter hinter die Frontlinie zurückziehen. Ihre Kräfte waren erschöpft, sie waren müde und ausgelaugt. Waffen und Munition waren defekt und verbraucht. Für die wenigen Panzer und Fahrzeuge, die sie noch hatten, gab es kaum noch Benzin. Man hatte sogar schon von den erbeuteten Fahrzeugen den Sprit abgezapft. Es gab keine Nachschublinie mehr. Die Männer hatten das Gefühl, von allen Seiten jederzeit angegriffen werden zu können. Es gab Meldungen, wonach die Amerikaner an verschiedenen Stellen durchgebrochen waren und sich anschickten, die restlichen Einheiten irgendwann einzukesseln. Nirgends im Krieg wurde wohl sinnloser gestorben, als jetzt und hier. Jeder Befehl, dem Feind mit den letzten verbliebenen Waffen entgegenzutreten, konnte den eigenen Tod kurz vor dem Zusammenbruch bedeuten. Und doch gab es immer noch Männer, die vom Endsieg faselten. So ein Vorgesetzter konnte die Einheit noch völlig sinnlos ins offene Messer des Feindes laufen lassen.

Ungefähr fünfzig Soldaten der 116. Panzerdivision hatten sich in der Scheune eines Bauernhofes unweit der Stadt Schleiden einquartiert und lagerten teils in dem Gebäude, teils davor. Die Dämmerung hatte bereits eingesetzt. Die Bauernfamilie hatte den Hof nicht verlassen wollen als es hieß, die Bevölkerung solle evakuiert werden, da man keine Garantie des Schutzes übernehmen könne. Die Tiere des Hofes waren längst geschlachtet, eine letzte Kuh dermaßen abgemagert, dass sie weder Milch gab noch sonst zu etwas Nutze gewesen wäre. Die Bäuerin war von der Quartiernahme ihrer Scheune überhaupt nicht angetan und hatte alles versucht, die Truppe zum Weiterziehen zu bewegen. Zu groß war ihre Angst, dass der Feind in ihrem Haus eine Stellung vermuten und dann nicht lang fackeln würde, um das Letzte, was ihr geblieben war, Haus und Hof, mit ein paar Granaten oder Panzerschüssen zu zerstören. Doch Leutnant Bollbrinker war ihr Flehen gleichgültig gewesen. Er hatte die Männer angewiesen, genau hier Quartier zu machen.

Heinrich saß mit ein paar Kameraden an der Scheunenwand und starrte in die Abenddämmerung. Immer wieder hörte man in der Ferne Geschützdonner, aber die Männer schien dies nicht mehr sonderlich zu beeindrucken. Heinrich hatte sein Schreibpapier aus seinen Sachen gekramt und versuchte einen Brief zu schreiben. Seltsam, erst jetzt bemerkte er, dass es sein letztes Papier und sein letzter Umschlag war. Sein Stift, eine Art Schulgriffel, versagte in der Feuchtigkeit immer wieder den Dienst. Heinrich wusste nicht, ob seine Briefe überhaupt noch in Berlin ankamen. Die Lufthoheit über Deutschland gehörte längs den Alliierten. Fahrzeuge und Eisenbahnzüge wurden angegriffen, Schienenstränge zerstört. Wie schnell ging ein Postsack dabei in Flammen auf oder verloren. Aber Heinrich wollte seine eigene Verbindung nach Berlin nicht abbrechen lassen. Seine Gedanken verbanden ihn mit Johanna, die in Berlin auf ihn wartete und die er so gerne wiedersehen wollte.

Meine liebe Johanna, *Im Felde November 1944*
Wie sehr hoffe ich, daß Dich dieser Brief überhaupt erreicht und Du am Leben bist. So lange schon habe ich nichts mehr von Dir gehört. Deine Briefe konnten wahrscheinlich gar nicht so schnell nachgeschickt werden, wie wir in den letzten Monaten unsere Stellung wechseln mußten. Seit Wochen liegen wir nun hier und führen erbitterte Gefechte mit den amerikanischen Feinden. Aber die Übermacht ist so unsagbar groß. Während der Feind immer wieder neue Kräfte ins Feld führen kann, müssen wir unsere letzten Reserven mobilisieren. Und wir kennen dabei nur eine Richtung. Wir sind müde und ausgelaugt, im wahrsten Sinne abgekämpft.
Vor ein paar Tagen hat ein deutscher Leutnant echten Heldenmut bewiesen. Als ein Amerikaner verwundet war und von den eigenen Leuten nicht geborgen werden konnte, da hat dieser Leutnant sich aufgemacht und ihn gerettet. Dabei ist er selbst auf eine Mine getreten und gefallen. Ich bewundere soviel Menschlichkeit und Heldenmut, aber ich weiß nicht, ob ich so etwas könnte. Wir gehen mit unserem Leben und mit dem der Gegner um, als wenn wir hundert Leben hätten. Ich wünschte nur, daß es endlich vorbei ist, daß uns niemand mehr sagen kann, was wir tun sollen, wo und wie wir zu sterben haben.
So oft hatte ich den Tod schon vor Augen, aber ich bin ihm entkommen. So oft hatte ich ihn sozusagen schon in meiner Tasche, nur rausgelassen habe ich ihn nicht und das will ich auch weiterhin nicht tun. Ob mit Sieg oder ohne, wir wollen alle nur noch heil nach Hause und unsere Liebsten wiedersehen. Ich werde zu Dir kommen, sobald ich kann. Wir alle müssen noch

ein wenig aushalten.
Liebste Johanna, ich hoffe, es geht Dir gut. Man hört so Einiges aus der Heimat und es ist so wenig Erfreuliches dabei.
In ewiger Liebe
Dein Heinrich

„Zigarette, Heinrich?“
Fritz hielt seinem Freund eine Packung amerikanischer Zigaretten hin.
„Amerikanische! Wo hast du die her?“ Heinrich war überrascht.
„Gefunden.“
„Gefunden? Wo findet man denn amerikanische Zigaretten?“
„Gestern hab ich sie bei einem toten Kameraden gefunden. Woher der sie hatte, weiß ich auch nicht.“
„Du meinst, du hast sie ihm abgenommen.“
„Ist doch sowieso egal jetzt. Er braucht sie nicht mehr und bevor sie dem Ami wieder in die Hände fallen, hab ich sie mir genommen.“
Heinrich stutze und griff nur zögerlich zu, aber die Entbehrungen hatten in den letzten Monaten zugenommen. Eine amerikanische Zigarette war jetzt eine geradezu exotische Besonderheit. Er nahm sich eine und reichte die Packung weiter an die anderen Kameraden.
„Meinst du, dass er etwas dagegen haben könnte?“
„Wahrscheinlich wäre er sogar froh darüber, dass wir sie haben und nicht der Ami“, erwiderte Fritz und zog den ersten Rauch tief in seine Lungen.
„Er hat hinter sich, was wir noch vor uns haben. Wir sitzen tief drin in der verdammt dicken Tinte.“
„Wisst ihr, was Kessel auf Englisch heißt? Pocket. Heißt eigentlich Tasche oder Sack“, bemerkte ein Kamerad, der auch noch nicht lange bei der Einheit war. „Die haben uns im Sack.“

„Solange wir noch Waffen haben, machen die kurzen Prozess mit uns“, sagte ein anderer.
„Und warum schmeißen wir sie dann nicht weg?“ fragte jetzt Heinrich. Die Lethargie war gebrochen. Alle schauten verduzt auf den Frager. Aufgabe war Verrat!
„Weil wir dann auch am Arsch sind!“ sagte Fritz. „Vor ein paar Tagen noch sind Leute standrechtlich erschossen worden, weil sie abhauen wollten.“
„Ist doch egal, von wem wir erschossen werden. Wer von euch glaubt denn diesen Mist vom Endsieg noch?“
„Na, zumindest unser Generalfeldmarschall Model. Feiglinge haben keinen Platz in unseren Reihen, hat er gesagt. Wer wankt, hat sein Leben verwirkt, hat er gesagt“, bemerkte ein anderer.
„Glaubt ihr wirklich, dass Bollbrinker uns daran hindern würde, abzuhauen?“
„Worauf du einen lassen kannst. Der würde alles daran setzen, dich kurz vor dem Ende noch zur Strecke zu bringen. Und dein Spezi Friedhelm ist auch so einer, Heinrich.“
„Ihr könnt ja schon mal für den Ernstfall üben“, überraschte der junge Kamerad erneut mit seinen Englischkenntnissen. „Wenn ihr euch ergeben wollt, heißt das *I surrender!* Stand auf einem Flugblatt vom Ami vor ein paar Tagen.“
„Immerhin hatten wir doch mal so etwas wie einen Ehrenkodex“, sagte Heinrich. „Die zehn Gebote für die Kriegsführung des deutschen Soldaten. Könnt ihr euch erinnern?“
„Stimmt, du hast Recht. Damals in der Grundausbildung. Wie war das doch gleich? Der deutsche Soldat kämpft ritterlich für den Sieg seines Volkes. Grausamkeiten und Zerstörungen sind seiner unwürdig. Das 1. Gebot.“
„Waren wir grausam?“ Fritz, der in solchen Momenten einen ironischen Humor entwickeln konnte, beantwortete seine Frage gleich selbst. „Nö, grausam waren wir nicht, höchstens die anderen.“

Für Heinrich klangen Fritz‘ Worte bitter, geradezu sarkastisch. Fritz fragte und antwortete gleich selbst weiter. „Haben wir etwas zerstört? Nicht dass ich wüsste. Gebot Nummer vier: Kriegsgefangene dürfen weder misshandelt noch beleidigt werden. Hoffentlich weiß der Scheiß Ami das auch, sonst tret’ ich ihn in den Arsch.“
Fritz verzog sein Gesicht nun zu einem Grinsen.
„Gebot Nummer sieben: Die Zivilbevölkerung ist unverletzlich. Der Soldat darf nicht plündern und zerstören. Stand da was von Vergewaltigung?“
„Kannst ja mal Friedhelm fragen“, warf Heinrich ein.
„Von Vergewaltigung stand nichts in den Geboten, geht also wohl in Ordnung.“
Eine Zeitlang starrten sie wortlos in den Himmel, der sich mittlerweile vollends verdunkelt hatte. Die Kälte kroch vom Boden in die Körper, aber keiner der Männer machte Anstalten in die Scheune zu gehen. Alle hatten ihren Wollmantel angezogen. Der hielt zwar einigermaßen warm, hatte sich aber so mit Feuchtigkeit vollgesogen, dass er nun gut und gerne ein paar Kilo mehr wog. Wo hätte man ihn auch trocken sollen? Ein offenes Feuer wollte man nicht riskieren. Von ferne war immer noch das Abfeuern und Einschlagen von Granaten zu hören.
„Sag mal Heinrich, was hat uns dieser ganze Krieg eigentlich gebracht?“ fragte Fritz weiter.
„Wir haben halb Europa gesehen, ist das vielleicht nichts?“
„Und sind am Ende doch wieder zu Hause angekommen. In der Heimat, da gibt’s ein Wiedersehen.“
„Immerhin werden wir beim Ami in Gefangenschaft geraten und nicht beim Iwan.“
„Und du hättest dein Mädel in Berlin nicht kennengelernt. Wann hast du eigentlich das letzte Mal von Johanna gehört?“
Heinrich stützte seinen Kopf in die Hand.
„Das letzte Mal? Im Juli. Geschrieben hat sie den Brief aber schon im Mai.“

„Was hat sie geschrieben?"
„Es ging ihr gut, sehr gut sogar."
„Wirklich?"
„Das war unser Geheimcode, weißt du. Wir wollten vermeiden zu schreiben, wie es uns wirklich geht, wenn uns das Wasser bis zum Hals steht. Man weiß ja nie, wer den Brief öffnet. Aber es muss schlimm sein in Berlin. Die Amis wechseln sich mit den Tommys beim Bombenwerfen ab. Tagsüber die einen, nachts die anderen. Wahrscheinlich bleibt kein Stein mehr auf dem anderen. Und bald steht der Iwan vor der Tür. Ich darf gar nicht dran denken."
„Schreibst du ihr noch?" wollte Fritz wissen.
Heinrich hielt seinen Brief in die Höhe.
„Wenn die Bahn noch durchkommt, dann kriegt sie nächste oder übernächste Woche Post. Aber mittlerweile ist es mir scheißegal, wer da alles noch so mitliest."
„Was machst du, wenn der Krieg aus ist?"
„Ich fahr hin, soviel steht fest. Ich fahr hin und frag sie, ob sie meine Frau werden will."
Über den matschigen Feldweg näherte sich ein Motorrad. Es hatte kein Licht eingeschaltet, um möglichst nicht gesehen zu werden, doch das Motorengeräusch hörte man schon von Weitem. Die vier Posten, die als Wache eingeteilt waren, nahmen ihre Maschinenpistolen in Anschlag und warteten auf die Ankunft des Kradmelders.
Die anderen Männer, die an der Scheune saßen, standen auf und schauten ebenfalls in die Richtung, aus der das Geräusch herandrang. Nur wenige Augenblicke später hielt das Motorrad vor der Scheune.
Aus dem Beiwagen sprang ein Soldat, der offensichtlich noch recht jung und noch nicht lange im Einsatz war. Er grüßte mit ausgestreckter rechter Hand und einem „Heil Hitler" und fragte nach dem verantwortlichen Offizier.
„Wenn du den Führer suchst, der sitzt in seinem Bunker in Ber-

lin, mein Junge. Wenn's auch Leutnant Bollbrinker tut, der ist drinnen in der Scheune."

Bei den älteren Männer, die schon von Anfang an dabei waren, hatte sich ein gewisser Unterton breit gemacht, der gerade den jungen Rekruten deutlich machen sollte, dass auch mit Übereifer dieser Krieg nicht mehr zu gewinnen war. Der junge Soldat verschwand in der Scheune.

„Transportiert ihr auch die Feldpost?"

Heinrich trat an den Fahrer näher heran. Der Angesprochene nickte.

„Kannst du einen Brief für mich mitnehmen, Kamerad?" Heinrich hielt dem Fahrer seinen Brief hin.

„Klar. Ist das alles, oder habt ihr noch mehr?"

„Den Rest erzählen wir dann nächste Woche persönlich zu Hause", entgegnete Fritz. Der Fahrer lächelte nur müde. Mittlerweile kam der jüngere Soldat wieder aus der Scheune und war dabei seine Ledertasche, in die er die Papiere von Leutnant Bollbrinker gesteckt hatte, wieder zu verschließen. Sobald er im Beiwagen Platz genommen hatte, schob der Fahrer seine Brille vom Helm, gab Gas und brauste den Feldweg weiter.

Kurz darauf erschien Leutnant Bollbrinker. In seinem Gefolge waren alle Männer, die zuvor mit ihm im Gebäude gewesen waren.

„Mal herhören, Männer. Befehl aus dem Hauptquartier. Übermorgen werden wir uns im Raum Prüm mit anderen Einheiten und allen verfügbaren Panzern und Geschützen vereinigen. Da scheint noch eine ganz große Aktion bevorzustehen. Wartet's mal ab, Leute. Der Krieg ist noch nicht verloren. Würde mich nicht wundern, wenn jetzt endlich die versprochenen Wunderwaffen zum Einsatz kommen. Irgendwo weiter südlich werden wir einen Keil in die feindlichen Linien treiben. Also, jetzt heißt es noch einmal: Zähne zusammenbeißen, Kameraden. Alles wird mobilisiert. Altmann, Reckers, Sie nehmen sich noch zwei Männer und fahren mit dem Lastwagen Richtung

Adenau. Im Raum Blankenheim sollen sich noch ein paar versprengte Truppenteile aufhalten. Feldwebel Steiner hat da das Kommando. Bringen Sie die Leute morgen früh hierher, damit wir morgen Abend abrücken können. Morgen ist Schneeregen angesagt, da ist mit Angriffen von Jagdbombern wohl nicht zu rechen. Noch Fragen?"
Die Männer schüttelten ihre Köpfe. Damit verzog sich Leutnant Bollbrinker mit dem größten Teil der Soldaten wieder in die Scheune. Kräfte mobilisieren, hatte er gesagt. Noch einmal eine ganz große Aktion starten. Wunderwaffen. Bei den Männern wollte keine Euphorie aufkommen. Wunderwaffen hätten viel eher kommen müssen, wenn es denn überhaupt welche gab. Und von welchen Kräften der Leutnant sprach, die noch zu mobilisieren seien, wusste auch niemand zu beantworten.

Am nächsten Morgen hatte die Einheit nur ein schmales Frühstück erhalten. Einen Becher Kaffeeersatz, der immerhin so heiß war, dass man sich die Finger daran verbrennen konnte, und einen Kanten Kommissbrot. Heinrich, Fritz, Friedhelm und Günther machten sich bald mit einem Fahrzeug auf den Weg. Blankenheim war ein Dorf etwa fünfundzwanzig Kilometer südöstlich von Schleiden. Die Landstraße war zwar einigermaßen befestigt und deshalb recht gut zu befahren, dafür lag sie aber weitgehend offen in der Landschaft und war von der Luft aus gut einsehbar. Am Morgen war es noch bewölkt und es drohte tatsächlich Regen oder Schnee zu fallen, doch mit zunehmender Tageszeit klarte es auf. Mittlerweile hatte die Sonne ihren Weg durch die Wolken gefunden. Die Antwort auf die Frage, ob man nicht besser die Nacht hätte abwarten sollen, wurde ihnen schon nach gut zehn Kilometern abgenommen. In der Ferne tauchten im Tiefflug zwei Jagdbomber auf, deren Flugzeugmotoren nun sehr schnell lauter wurden. Heinrich riss genauso wie Fritz die Fahrzeugtür auf und sprang ins Freie. Eilig taten Friedhelm und Günther es ihnen nach. Die zwei

Flugzeuge schienen das Fahrzeug direkt im Visier zu haben. Keine fünfzig Meter über dem Boden rauschten sie heran und begannen alsbald mit dem Beschuss des Lastwagens durch ihre Bordkanonen. Von der Landstraße und den angrenzenden Feldstücken spritzte die Erde auf und hinterließ Einschusskrater. Auch der Lastwagen erhielt einen Treffer. Der erste Angriff dauerte keine dreißig Sekunden. Die vier Soldaten, die sich im Straßengraben Schutz gesucht hatten, schauten angstvoll nach oben und sahen die beiden Maschinen in einem Höllentempo davon rasen. Doch sehr schnell merken sie, dass dies noch nicht alles gewesen sein sollte. Beide Flugzeuge wendeten und flogen erneut einen Angriff. Diesmal erfolgte der Angriff von den Flanken. Während das eine Flugzeug nach wie vor Maschinengewehrsalven auf das Fahrzeug und die Soldaten am Boden niederregnen ließ, feuerte das andere seine Bordraketen ab. Die zweite Rakete traf den Lastwagen voll, worauf das Fahrzeug explodierte und augenblicklich in Flammen stand. Der höllische Lärm und das Dröhnen der Flugzeugmotoren verebbten genauso schnell wie sie gekommen waren. Heinrich und Fritz, die gemeinsam keine zwanzig Meter von dem Lastwagen entfernt im Graben lagen, schauten sich an. Der Gesichtsausdruck von Fritz sprach Bände.
„Alles in Ordnung?“ fragte Heinrich.
„Ich glaub‘ schon“, gab Fritz zur Antwort. Auch Friedhelm und Günther schienen unverletzt. Die Männer standen langsam auf und schauten in den Himmel. Ein erneuter Angriff konnte jederzeit erfolgen, doch die Luft schien tatsächlich rein zu sein. Die Jagdbomber hatten ihre tödliche Fracht abgeworfen und damit ihren Auftrag erfüllt. Friedhelm fand überraschend schnell den Überblick wieder. „Wir müssen hier weg, runter von der Straße!“
Mit ihren Karabinern erreichten sie den Waldrand, wo sie eine Pause einlegten.
„Was nun?“ fragte Heinrich. „Die versprengten Truppenteile

können wir so nicht mehr einsammeln. Also besser zurück."
„Wir schlagen uns so zu ihnen durch und marschieren zusammen zur Einheit zurück."
Heinrich schüttelte den Kopf. „Bis Blankenheim sind es mindestens noch fünfzehn Kilometer. Wenn wir den ganzen Weg zurück marschieren müssen, sind wir in drei Tagen noch nicht wieder da."
„Nichts da, wir führen den Befehl aus!" bestand Friedhelm auf Einhaltung seiner Order.
„Wie wär's, wenn ich mit Fritz mal ein wenig die Gegend erkunde?"
„Kannst du machen, Heinrich. Aber in spätestens einer Stunde seid ihr wieder zurück."
Heinrich und Fritz hatten ihre Karabiner umgehängt und erkletterten eine Anhöhe, von der aus man eine gute Aussicht hatte.
„Der spielt sich wieder auf wie der Feldmarschall persönlich", wetterte Heinrich. „Würde mich nicht wundern, wenn er uns noch Dreck fressen lässt."
Kaum hatten sie die Anhöhe erreicht, glaubten sie ihren Augen nicht zu trauen. Auf der Straße aus Schleiden rollten circa zwanzig amerikanische Panzer Richtung Blankenheim. In etwa einer halben Stunde mussten sie die Stelle erreichen, an der der brennende Lastwagen stand. Auf der anderen Seite des Hügels konnte man deutlich erkennen, wie sich unzählige Infanteristen sowohl dem Hügel näherten als auch die westliche Umgehung des Hügels bereits eingenommen hatten. Sie saßen also in der Falle. Fritz hatte das Fernglas an den Augen und versuchte die Anzahl der Infanteristen abzuschätzen.
„Westlich kommen sicher mehr als zweihundert. Über die Anhöhe sind es sogar noch mehr! Tja, das war's dann wohl. Ende der Vorstellung! Wir sollten Friedhelm und Günther Bescheid sagen."
Schneller als sie den Hügel hinauf geklettert waren, kamen sie

ihn nun wieder hinunter und wurden von Friedhelm bereits erwartet. Friedhelm tobte, als er den Lagebericht von Heinrich vernahm. „Wir werden uns bis zum letzten Mann verteidigen!“
Heinrich stand nur da und schüttelte den Kopf.
„Gar nichts werde ich mehr verteidigen. Das ist doch alles so sinnlos. Wir werden alle vor die Hunde gehen, und wofür? Für nichts und wieder nichts! Ich habe die Schnauze voll. Ich werde jetzt den Amis die paar hundert Meter entgegen gehen und dann ist Schluss mit dem Scheißkrieg.“
„Bist du verrückt, Heinrich? Genau das wirst du nicht tun! Du wirst hier mit uns deutschen Boden verteidigen, wie wir es geschworen haben!“ schrie Friedhelm.
Heinrich pustete nur verächtlich.
„Und wer will mich daran hindern zu gehen? Du etwa, Friedhelm?“
„Das werden wir ja sehen, du bleibst hier! Los Günther alles zur Verteidigung fertig machen.“
Wieder schüttelte Heinrich nur den Kopf.
„Warum willst du jetzt noch den Helden spielen, Friedhelm? Am Ende hast du nur eine Kugel im Bauch und niemanden wird es interessieren, ob du bis zum Schluss deine Knochen hingehalten hast. Also los, es ist vorbei. Es geht doch nur noch darum, diese Scheiße zu überleben. Kommst du mit Fritz?“
„Das ist desertieren! Feigheit vor dem Feind! Aber ich habe es schon immer gewusst, Heinrich, du bist ein Feigling, ein Angsthase! Einer, der mehr Schiss hat als Vaterlandsliebe.“
Friedhelm nahm seinen Karabiner hoch, lud durch und zielte auf Heinrich. „Los, nimm die Hände hoch. Günther, nimm ihm den Karabiner ab.“
Heinrich drehte sich bewusst mit dem Rücken zu Friedhelm und ging ein paar Schritte weiter. Ganz ruhig nahm er seine Waffe von der Schulter und warf sie zur Seite. Auch Fritz entledigte sich seines Karabiners. Als sie ihre Stahlhelme vom

Kopf nahmen und langsam weitergingen, brüllte Friedhelm erneut los.
„Ihr feigen Hunde! Ihr werdet schon sehen. Los, Günther, Dekkung suchen, der Ami kann jeden Moment hier sein!“
Sein Befehl klang trotzig, fast schon erbärmlich und bemitleidenswert. Seine Hände zitterten und über seine Wangen liefen Tränen. Er hatte es nicht gewagt, auf seine Kameraden zu schießen. In sein ohnmächtiges Gefühl, aus Feigheit nicht geschossen zu haben, mischte sich die Wut, es dann wenigstens dem Feind zu zeigen. Heinrich merkte, dass er noch seine Dienstpistole bei sich trug. Er tastete sie unter seinem Mantel hervor und ließ sie langsam ins Gras gleiten. Schon bald vernahm er in kurzer Entfernung die Bewegungen des Feindes. Mit erhobenen Händen gingen die Soldaten langsam weiter.
„I surrender!“ schrie Heinrich immer wieder und auch Fritz stimmte ein. Sie saßen bereits auf der Ladefläche eines Lastwagens, als sie das Rattern der Maschinengewehre hörten, das für Friedhelm und Günther das letzte aussichtslose Gefecht darstellte.

Kapitel 11
Werther/Berlin, 1945

Er erreichte den Belle-Alliance-Platz am Halleschen Tor. Eine Bombe hatte die Tunneldecke der U-Bahn-Linie durchschlagen. Sie war völlig in sich zusammengefallen. Die Hauptstadt wirkte wie ein öder, unheimlicher Trümmerhaufen mit gespenstischen Formen von ehemaligen Häusern, Straßen, Plätzen und Stadtvierteln. Wie von der Faust eines Riesen zerschmettert lag das riesige Trümmerfeld der Millionenstadt in der Sonne. Manche Häuser bestanden nur noch aus einem Gerippe. Fenster, Türen, Dachstuhl und alles Brennbare hatte irgendwann Feuer gefangen, die Zwischendecken waren nach unten durchgerutscht. An manchen Gebäuden fehlte eine Außenwand. Man konnte jetzt direkt in das Haus und in die Zimmer schauen, genau dorthin, wo einmal Menschen gegessen, geschlafen, einander geliebt hatten. Wie in eine Puppenstube. In der Luft lag ein brandiger Geruch. An der Kochstraße hatte er einen Blick bis weit über einige ehemalige Häuserblocks, bis dorthin, wo irgendwo irgendwann einmal der Anhalter Bahnhof gestanden haben musste. Am Halleschen Tor stand ein ausgebrannter Panzer, so einer, wie die Kameraden ihn in der 116. Division auch benutzt hatten. Es war noch nicht lange her, dass aus seinem Rohr Tod und Zerstörung gekommen waren. Nicht weit davon ein russischer Panzer, ebenfalls ausgebrannt. Zeugen einer Schlacht um Berlin, die bis in den Mai getobt hatte.
Auf der Gitschiner Straße Richtung Kottbusser Tor gönnte er sich eine Pause. An dem großen Gebäude, das man als solches noch erkennen konnte, stand „Reichspatentamt". Daneben hing ein Plakat. „Die Bevölkerung von Berlin wird dringend davor gewarnt, ungekochtes Wasser zu trinken. Ruhrgefahr!" Das Fleisch solle man lange kochen lassen und alle Küchen- und andere Abfälle tief vergraben.
Heinrich setzte sich vor das ehemalige Reichspatentamt. Für

den Mantel war es jetzt viel zu warm. Wahrscheinlich war es die Macht der Gewohnheit. Der Mantel hatte ihm so oft gute Dienste geleistet. Wenn er auch oftmals mit Regenwasser vollgesogen schwer wie ein Sack Kartoffeln auf seinem Rücken gewogen hatte, so hatte er ihn doch immer ein wenig gewärmt. Zuletzt noch im Winter in der Gefangenschaft bei den Amerikanern auf den Wiesen am Rhein. Wochenlang hatten sie draußen sitzen müssen, egal, ob es regnete oder kalt war. Sie waren die Verlierer und hatten zu tun, was die Sieger befahlen. Heinrich kramte in seinem Rucksack nach etwas Essbarem. Ein Kanten Brot und seine Feldflasche mit Wasser war alles, was er fand. Kleidung zum Wechseln hatte er nicht mehr. Er schob seine Feldmütze in den Nacken, setzte sich auf einen der großen Trümmersteine und begann zu essen und zu trinken. Ein Militärfahrzeug mit vier russischen Soldaten fuhr vorbei. Der Reflex zu fliehen war ermüdet, nicht mehr vorhanden. Nichts bewegte ihn mehr in Deckung zu gehen. Er blieb einfach sitzen und schaute dem Fahrzeug hinterher.

Am 5. Juli war er aus der Gefangenschaft entlassen worden. Zusammen mit seinem Kameraden Fritz Steuben. Weihnachten 1944 hatten sie schon in den Lagern der Amerikaner zusammen mit Tausenden von anderen Kameraden verbracht. Immerhin waren sie einigermaßen versorgt worden. Sie wussten, dass sie bald nach Hause durften, im Gegensatz zu den Kameraden, die sich im Osten ergeben hatten. Es hatte Gerüchte gegeben, dass die Russen ihre Gefangenen noch lange nicht freigeben würden. Zu Fuß und mit Lastwagen hatten sich Heinrich und Fritz nach der Entlassung nach Hause durchgeschlagen. Am Bahnhof in Bielefeld hatten sie sich verabschiedet, so wie damals, 1938. Mein Gott, das war schon so lange her, dachte Heinrich. Niemand wollte damals die Zeichen der Zeit verstehen. Alle hatten sie „Heil“ geschrien, auch er. Er hatte schon 1938 gesehen, dass Menschen verschleppt und misshandelt wurden, aber

er hatte es nicht wahrhaben wollen. Schließlich war er selbst ja nicht betroffen. Auf eine glorreiche Zukunft hatte er gehofft, eine Zukunft, die nun in Scherben und Trümmern lag.
Heinrich musste an seine Ankunft zu Hause in Werther denken. Mutter und Elisabeth hatten ihn in die Arme geschlossen und nur noch geweint, als er plötzlich kurz vor der Sperrstunde im Bahnhof stand. So lange hatten sie nichts von ihm gehört und die Angst, dass er nicht heimkehren würde, hatte entsetzlich an ihnen genagt. Walter war noch nicht aus dem Krieg zurück. Immerhin hatte er eine Karte schreiben dürfen, dass er beim Engländer in Gefangenschaft sei und sobald wie möglich heimkäme. Die Mutter hatte für Heinrich am nächsten Tag eine Wanne mit warmem Wasser bereitet, auf die er so lange verzichtet hatte. In der Zwischenzeit hatte Elisabeth bei Bauer Temming ein Stück Fleisch eintauschen können und zusammen mit ein paar restlichen Kartoffeln hatte Heinrich ein derart fürstliches Mahl bekommen, wie er es schon lange nicht mehr gegessen hatte. Und er hatte in einem richtigen Bett gelegen! Trotz der Ruhe, oder wahrscheinlich gerade wegen der Ruhe in der Kleinstadt, konnte er dennoch nicht schlafen. Die Stille hatte ihm die Nerven geraubt. Er war es nicht mehr gewohnt, allein in einem Raum zu schlafen, ohne die nächtlichen Geräusche der Kameraden, ohne Alarmbereitschaft, ohne Granateneinschläge.
Es hatte sich schnell herumgesprochen, dass Heinrich Altmann wieder zu Hause war. Nicht lange und Frau Reckers war bei den Altmanns im Bahnhof erschienen und hatte Heinrich gefragt, ob er etwas über Friedhelm wüsste. Zuerst wollte Heinrich lügen und sagen, dass er nichts über Friedhelm wisse. Doch warum sollte er lügen? Es hätte Frau Reckers nur falsche Hoffnungen gemacht und tatsächlich wusste er ja, was mit Friedhelm geschehen war.
„Frau Reckers, es tut mir Leid“, hatte er mit ehrlicher Anteilnahme gesagt. „Friedhelm ist tot. Er ist von einem Grana-

tensplitter getroffen worden. Er hat tapfer gekämpft bis zum Schluss. Er war ein vorbildlicher Kamerad, wie man ihn sich nur wünschen konnte. Wir haben ihn in der Eifel begraben."
War das die Wahrheit? Frau Reckers hatte nur genickt, nichts hatte sie gesagt. Dann hatte sie sich umgedreht und war gegangen. Heinrich wusste nicht, ob er die richtigen Worte gefunden hatte, um die Frau zu trösten. Für Heinrich waren es eben die Worte, die man so oft gewählt hatte, um den Angehörigen per Brief von der Front den Tod eines Sohnes oder des Ehemanns mitzuteilen. Was hätte es auch für einen Sinn gemacht, die Wahrheit zu sagen, wie er wirklich gestorben war? Und was war überhaupt die Wahrheit? Seine Wahrheit war nicht die von Friedhelm gewesen. Friedhelm war tot, gefallen für Deutschland oder für den Führer, was machte das für einen Unterschied. Tot war tot. Er, Heinrich, hatte überlebt und das war nur der Vorsehung zu verdanken, über die er zwar glücklich, auf die er aber nicht stolz war.
Nachdem Frau Reckers gegangen war, hatte sich Heinrich beim Amt gemeldet, um Lebensmittelkarten zu bekommen. Auf dem Amt hatte er zwar die ersehnten Karten erhalten, doch er wurde auch gleich aufgefordert, seine Arbeitskraft in einer Straßenbaukolonne zur Verfügung zu stellen, was ihm überhaupt nicht gepasst hatte. Er wollte sich selbst Arbeit suchen. Er war daraufhin zu Bauer Temming gegangen, der mit der Familie Altmann gut bekannt war. Arbeit gegen Naturalien, ein weitaus besserer Lohn. Doch zuvor wollte er noch etwas erledigen. Die Mutter hatte ihn groß und ungläubig angeschaut.
„Junge, was hast du vor? Wo willst du hin?"
Aber Heinrich hatte sich nicht getraut, ihr die ganze Geschichte mit Johanna aus Berlin zu erzählen. Nein, solange er nicht wusste, was mit Johanna war, zog er es vor, auch hier eine Lüge hervorzubringen.
„Mutter, ich hab' dem Kameraden Fritz Steuben versprochen, in den nächsten Tagen bei ihm vorbeizuschauen. Das Haus sei-

ner Mutter hat Bombentreffer abbekommen. Fritz will versuchen, es notdürftig zu reparieren und da will ich ihm helfen. Ich habe es ihm versprochen. Ich bin aber in einigen Tagen zurück. In höchstens einer Woche. Kannst du mir etwas Geld geben?“
Nach langem Warten auf verschiedenen Bahnhöfen, nach Fußmärschen über staubige Landstraßen war er nach drei Tagen in Berlin angekommen. Und nun suchte er Johanna, seine Hoffnung, seine Zukunft.

Er trank den letzten Rest Wasser aus seiner Feldflasche und sah auf die andere Straßenseite hinüber. An einem Lebensmittelgeschäft, das mal eines gewesen sein musste, hingen zwei Schilder: „Kartoffeln noch nicht eingetroffen“ und „Brot ausverkauft“, die wenig Hoffnung verbreiteten. An der Prinzenstraße überquerte er den Kanal. Er hätte weiter geradeaus bis zum Kottbusser Tor gehen können, so viel wusste er, es wäre der kürzere Weg gewesen, doch er bog rechts in die Prinzenstraße ab. Er wollte noch mehr Zeit haben. Auf der anderen Kanalseite kam er in kurzen Abständen bald an zwei Kirchen vorbei, die ebenfalls nicht von Treffern verschont geblieben waren. Auf den Vorplätzen war das Pflaster aufgerissen. Die Erde war an mehreren Stellen ausgehoben worden, um Gräber dort anzulegen. Einfache Holzkreuze steckten in der Erde. Menschen, die an der Heimatfront ihr Leben gelassen hatten, waren hier begraben, geradezu verscharrt worden.
Er ging den Kanal weiter entlang, bis er links in die Admiralstraße einbiegen konnte. Das Straßenschild stand sogar noch unversehrt auf dem Bürgersteig. In Heinrich stiegen Erinnerungen hoch, die sein Herz schneller schlagen ließen. Hier in der Admiralstraße wohnte ihre Tante. Hier hatte er die schönste Nacht seines Lebens verbracht. Gerade wollte er sich nach links wenden, da nahm er einen alten Mann wahr, der sich auf einen Sack niedergelassen und vor sich seinen Hut gestellt hatte. Der

Mann war alt und schien nicht mehr sehen zu können. Sein rechtes Bein fehlte, er hatte seine Krücken neben sich gelegt. „Haben Sie eine Spende für einen Flüchtling?“ versuchte der Alte von Heinrich ein Almosen zu erbetteln.
Heinrich kramte in seinen Taschen und fand eine Münze, die er dem alten Mann in den Hut warf. Dann ging er die Admiralstraße entlang. Dasselbe Bild, wie überall, viele Häuser existierten gar nicht mehr. Doch das Haus, in dem ihre Tante wohnte, stand noch. Da er es sofort wiedererkannte, begann sein Herz schneller zu schlagen. Ein erster Lichtblick, ein Hoffnungsschimmer. Er stand vor dem Haus und starrte nach oben in das Fenster, hinter dem sich seine Wünsche, seine Erinnerungen, seine Hoffnung und seine Liebe verbargen. Die Wohnungen in dem Haus waren alle bewohnt, Menschen gingen auf dem Bürgersteig, doch niemand kannte ihn und kein Gesicht kam ihm bekannt vor.
Er ging weiter und erreichte das Kottbusser Tor. Kaum zu glauben, aber hier fuhr tatsächlich schon wieder eine U-Bahn. Hier begann die Reichenberger Straße. Heinrich schaute auf die Häuserzeilen. Es kam ihm vor wie ein Lotteriespiel. Die Nummer fünfzehn war heil geblieben, hatte gar nichts abbekommen, die Nummer siebzehn war völlig zerstört. In der dreiundzwanzig konnte man behelfsmäßig noch wohnen, von der siebenundzwanzig gab es nur noch Schutt und Asche, die fünfunddreißig existierte nur noch als Gerippe, die dreiundvierzig und fünfundvierzig waren noch intakt. Als er vor der Nummer siebzig stand, konnte er in Gedanken leicht weiter zählen und erkannte auf Anhieb, was mit Haus Nummer fünfundsiebzig war. Die fünfundsiebzig hatte es schwer getroffen, das Haus war in sich zusammengefallen, niemand konnte hier mehr wohnen. Wer sich beim Angriff hier aufgehalten hatte, war sicher unrettbar verloren gewesen. Vom Hinterhaus gab es wenigstens noch einen Rest. Heinrich stieg über die Steinhaufen und gelangte in den Hinterhof. Niemand schien ihn zu bemerken. Er schaute

sich um und fühlte Verzweiflung aufkommen. Er wollte nicht hier bleiben, an einem Ort, der sein Glück hätte sein können, der nun aber der Ort seiner Trauer war. Er kletterte über den Steinhaufen zurück auf die Straße und eilte zur Admiralstraße. Ihre Tante würde doch wissen, was passiert war, wo Johanna war, ob sie noch lebte. Sie lebte, sie musste doch leben!
In der Admiralstraße angekommen hastete er die Treppe hoch in den ersten Stock. Er konnte sich genau an den Eingang erinnern. Vielleicht hatte sie ja bei der Tante Unterschlupf gefunden. Er klopfte mehrmals an der Tür. Sicher war sie hier und würde ihm gleich öffnen, ihn in die Arme nehmen, voller Glück, sodass er sie drehen konnte, so wie damals...
Doch es öffnete nicht Johanna, sondern eine Frau, die er nicht kannte.
„Guten Tag, entschuldigen Sie, dass ich störe, ich bin auf der Suche nach... Ich suche eine junge Frau namens... Johanna Feller. Sind Sie ihre Tante?“
Die Frau schaute einen Augenblick mitleidig in Heinrichs Augen.
„Sie müssen der unbekannte Soldat sein. Heinrich, nicht wahr? Kommen Sie doch herein.“
Heinrich trat sich die Füße auf der Matte vor der Tür ab und ging in die Wohnung.
„Bitte, gehen Sie doch geradeaus weiter in die Stube“, sagte die Frau.
Beim Gang durch den Flur fiel sein Blick in das Schlafzimmer, dessen Tür offen stand. Ob Johanna ihr von dieser Nacht erzählt hatte? In der Stube angekommen, bot die Frau ihm einen Platz an. Heinrich nahm seinen Rucksack ab und setzte sich. Seine Augen verrieten eine brennende Ungeduld.
„Es tut mir so unendlich Leid, ich habe nur schlechte Nachrichten für Sie.“
Schlechte Nachrichten! Das konnte nicht sein! Eine schlechte Nachricht zu überbringen, das war seine Aufgabe gewesen.

Er war derjenige, der Nachrichten überbringen musste, die mit „Es tut mir Leid" begannen. *Seine* Rolle war die des Trösters. Er hatte überlebt und musste weiterleben und dazu gehörte doch auch Johanna.
„Johanna ist tot."
Drei Wörter, die ihn in die Wirklichkeit zurückholten. Drei Wörter, die alles kaputt machten, all seine Hoffnungen zerstörten, die schlimmer einschlugen als alle Granaten. Und plötzlich saß er da und wusste nicht, was er tun oder sagen sollte. Zu oft hatte er den Tod gesehen, sodass jetzt einfach keine Tränen fließen wollten. Heinrich schluckte. Er hatte Kameraden sterben sehen, hatte an ihrem Grab gestanden und mit anderen gesungen: Ich hatt' einen Kameraden, einen besseren findest du nicht... Er hatte sogar gefallene Kameraden einfach liegen lassen müssen. Der Tod war so lange allgegenwärtig gewesen. Immer hatte es anschließend einen neuen Befehl gegeben und fast schien es, als ob er auch jetzt auf einen solchen warten würde. Die Tante riss ihn aus seinen Gedanken.
„Im Februar haben mehrere Bomben die Straße getroffen. Das Haus ist völlig ausgebrannt dabei. Man hat gar nichts mehr gefunden am nächsten Tag. Ihre Mutter ist auch umgekommen."
Heinrich nickte, so wie es die Mutter von Friedhelm in Werther getan hatte, als Johannas Tante weitersprach.
„Johanna hat mir von Ihnen erzählt. In den höchsten Tönen hat sie geschwärmt. Sie waren verlobt, nicht wahr? Sie hat mir erzählt, dass Sie sich regelmäßig geschrieben haben und dass Sie verbotenerweise Johannas ersten Brief an den unbekannten Soldaten einfach geöffnet haben. Der verdammte Krieg hat alles kaputt gemacht."
Wieder nickte Heinrich nur und starrte zum Fenster hinüber.
„Johanna war ein paar Tage vorher noch bei mir. Sie hat mir etwas gezeigt und sagte, dies sei ihr größter Schatz. Wie ihren Augapfel würde sie ihn hüten. Bei jedem Bombenangriff hätte sie ihn mit in den Keller genommen, sie hätte ja nichts anderes.

Ich weiß nicht, warum sie ihn an dem Tag hier gelassen hat. Ich glaube nicht, dass sie ihn vergessen hätte."

Sie stand auf, ging in die Küche und kam nach kurzer Zeit mit einer kleinen Metallkiste zurück, setzte die Kiste auf den Tisch und nickte Heinrich zu.

„Ich bin mir sicher, das ist für Sie, oder es ist bei Ihnen zumindest doch besser aufgehoben als bei mir."

Heinrich nahm die Kiste an sich und öffnete sie. Es waren seine Briefe, die er im Laufe der Jahre an Johanna geschrieben hatte. Und oben auf den Briefen lag der kleine Zinnsoldat, der wie er den verdammten Krieg überlebt hatte und wie er dazu verdammt war, in einer ungewissen Zukunft weiter zu leben.

Dank

Natürlich habe auch ich einigen Menschen zu danken, die mir bei der Realisierung dieses Romans behilflich waren. Mein Bruder Heinz-Peter und seine Frau Marlene haben mir als Erstleser wichtige Rückmeldungen gegeben. Sylvia aus Hamm hat mich mit ihrer Einschätzung zur Weiterarbeit ermutigt. Ohne Benjamin wären Text und Cover nie in die rechte Form gekommen. Meine Lektorin Anna Paulsen, die man unter www.schreibbuero-paulsen.de für derartige Projekte absolut zuverlässig anheuern kann, hat alle großen und kleinen Fehler gefunden und die Sache rund gemacht. Nicht zuletzt danke ich aber meiner Frau Angelika, die meine Abwesenheit und Launen ertragen musste und mich immer bestärkt hat.